现代小说经典文库

叶 紫 （上）

主编：黄勇

汕頭大學出版社

图书在版编目（CIP）数据

中国现代小说经典文库. 叶紫：全2册 / 黄勇主编.—汕头：汕头大学
出版社，2014.3（2016.4 重印）
ISBN 978-7-5658-1207-1

Ⅰ.①中… Ⅱ.①黄… Ⅲ.①小说集-中国-现代 Ⅳ.①I246

中国版本图书馆 CIP 数据核字（2014）第 031844 号

叶　紫　　　　　　　　　　　　　　　　　　　　YEZI

总　策　划：赵　坚
主　　　编：黄　勇
责任编辑：宋倩倩
责任技编：黄东生
装帧设计：袁　野
出版发行：汕头大学出版社
　　　　　广东省汕头市汕头大学内　　邮编：515063
电　　话：0754-82904613
印　　刷：北京富达印务有限公司
开　　本：695mm×940mm　1/16
印　　张：20
字　　数：240 千字
版　　次：2014 年 3 月第 1 版
印　　次：2016 年 4 月第 2 次印刷
定　　价：59.60 元
ISBN 978-7-5658-1207-1

发行/广州发行中心　通讯邮购地址/广州市越秀区水荫路 56 号 3 栋 9A 室　邮编/510075
电话/020-37613848　传真/020-37637050

前　言

　　三十年代的中国文坛，闪现过一道匆匆而逝却极为明亮耀眼的星光，他的名字叫叶紫（1910—1939）。叶紫原名余昭明，又名鹤林，1910 年出生在风景如画的湖南益阳县月塘湖乡。在 1926 年的湖南农民运动中，全家都投入到革命的洪流中，直到次年"马日事变"，父亲、叔父、姐姐相继殉难。逃出白色恐怖的叶紫开始了他艰难的漂泊生活，做苦工、拉洋车、当兵、讨饭、教书。难怪鲁迅在 1935 年《叶紫作〈丰收〉序》中说到："作者还是一个青年，但他的经历，却抵得太平天下的顺民的一个世纪的经历。"1932 年，叶紫与友人创办《无名文艺》旬刊，同年参加"左联"，次年又加入中国共产党。1935 年叶紫患了严重的肺病，抗战爆发后曾一面治病，一面参加抗日救亡运动，1939 年 10 月因病早逝，年仅 29 岁。叶紫的创作主要集中于 1933—1936 年，而这短暂的四年大体又可以分为两个时期。前期以短篇集《丰收》的发表为标志。在这部集子所收录的六个短篇中，描写洞庭湖西南，即作家故乡农民的苦难与抗争成为叶紫小说创作的主要内容。这一时期的作者，抱着"冲到时代的核心中去"的理想，并"在时代的核心中把握到一点伟大的题材，来作为创作的资料"，试图创造出"大众的题材，大众的情绪，一直到大众的技术"。中篇小说《丰收》正是作者坚持这种理想将农村经济破产威胁下的农民生活和命运较好地表现出来的作品。它以一对农民父子对待悲苦命运的不同方式，真实地再现了老少两代农民的心理落差，并从中看到了在旧有的压迫专制下迸发出反抗之火的可能。这类作品肩负着山一般的仇恨和火一般的愤怒，确是"直指了时代的核心"，但激进中显得有些粗直，甚至在有些篇章中还出现了对作家自身生活内蕴的重复。作为一个有自审能力的作家，叶紫在1935年写成的中篇《星》和短篇集《山村一夜》中及时作出了调整，从而过渡到他小说创作的第二阶段。在中篇小说《星》中，作者使小说人物的性格趋于复杂化并加强了心理分析。对女主人公梅春的心理描写尤为细腻生动，将诸如怨妇的痛苦，新恋情降临时的张皇失措，忍辱抚育遗孤的绝决都表现得十分深刻得体。同时，作者也有意增强了小说的抒情诗色彩，很多篇章中洋溢着洞庭湖畔的山光水色。小说《山村一夜》可以说是叶紫小说创作中最具分量的作品，它描写了一个"愚昧的父亲将亲生儿子送去给人家杀了"的悲惨故事，从而痛彻地剖析出一个奴性的父辈是如何以其愚蠢的方式戕害了一个子辈的独立人格直至宝贵生命。作品叙事与抒情，哲理与意境的完美融合，表明了叶紫小说创作开始走向成熟。

就在叶紫继续迈步追求左翼文学的多样化的时候，命运却又一次表现了对天才的吝啬。正如刘西渭所言："还有比这可痛惜的？死带走了最好的部分。"

本书只收录了叶紫"生的最好的部分"，当然，这也是我们所能给读者看到的最好的部分。

目 录

星

第一章

一

丈夫整整地又有三天不曾回家了。梅春姐一大清早就爬了起来，悲哀地，怏怏地，在自己的卧房里靠着窗口站了一会儿，用一种怀着恨意的嫉妒的视线，牢牢地凝注着那初升太阳幸福的红光。在秋收后的荒原上，已经有早起勤奋的农人，在那里用干草叉叉稻草了。野狗奔驰着，在经过的草丛里，挥洒着泪一般的露珠。

梅春姐用很大的时候抑制住了自己的哀怨，她无心烧早饭；轻轻地伸手在床上搜寻了自己和丈夫的几件换下的衣裳，提着桶，穿过中堂，蹒跚地向湖滨走去。

朝露扫湿了她的鞋袜和裤边，太阳从她的背面升上来，映出她那同柳枝一般苗条与柔韧的阴影，长长的，使她显得更加清瘦。她的被太阳晒得微黑的两颊上，还透露着一种少妇特有的红晕；弯弯的，细长的眉毛底下，闪动着一双含情的，扁桃形的，水溜溜的眼睛。

路上的农人们都指手画脚起来了。他们有用各种各色的贪婪的视线和粗俗的调情话去包围，袭击那个年轻的妇人。他们有时还故意停止着工作，互相高声有心使她听得出来地，谈论着她们夫妇间的事情："说吧，老黄瓜，为什么陈灯笼夜夜叫她守空房呢？……"

"谁知道呢？……'家花没有野花香'罗，也许……"

"不，有人说，她是在娘家养过什么汉子来的！所以，陈灯笼才不爱她，折磨她。……"

"啊！原——来！……那就难怪陈癫子罗！"

梅春姐尽管佯装没有听见，可是那些无耻的污浊的话，却总象箭簇似地向她射来，甚至于射到她的心里。她着力地稳定了一下自家的脚步，飞快地冲出那恶浊的旋涡，咬着牙，喘着息，一口气跑到那湖岸的石头跟前蹲下了。

湖水，碧绿的，清澈的飘流着，起着细细的涟波。在湖岸的石头的两边，已经有好几个同村的妇人在那里洗衣了。梅春姐一面和她们招呼着，一面尽量地想把那颗跳动的心儿慢慢地平下来，把那些恶毒的，刺心的秽话扔开去。她扯起衣角，揩了一揩额角上的因为奔跑出来细细的汗珠，便弯腰洗她的衣服了。

水声和捶衣木的声音在湖中激荡着。不甘沉默的旁的妇人们，就趁着这一个机会大家无所顾忌地攀谈起来。她们淡着家里日用的柴米油盐，她们谈着漂亮、新鲜、时髦的布料，她们谈论着公婆，谈着孩子，谈着自家的男人和别人家的暧昧的私事。……

梅春姐夹在她们中间装得非常快活。有时候，她还故意地跟着旁人大笑几声。她想教人家看不出来她那种被丈夫侵蚀的内心的痛苦。可是那谈锋却象有意要使她为难似的，不知怎么一下子又转到她的丈夫身上来了。

"他已经几天没有回来了呢？"发问的是一个麻面的中年妇人，十五年来她已经生了十个儿女了。她带着笑脸时，麻子就一粒一粒地牵动着。

"三，三天……"梅春姐轻轻回道。

"你想不想他呢？夜……"

"当然喽！"一个面孔涂得象燕山花的，有名的荡妇柳大娘，截断了麻子的话。"她为什么不想呢？这样漂亮，年轻！……"

梅春姐觉得那淤积的心血，是怎样地热烘烘地涌上了她的面庞。她渐渐地把头低下来了。一面使力地搓着水浸的衣服，一面偷偷地瞟视着左右的妇人们。当她看见了妇人们——尤其是柳大娘的那牢牢的视线——都在凝注她，而又感到自己的脸太红了的时候，她就故意地把衣服往水中沉重地摁着，几乎摁得连人带桶都滚到湖中了。

"为什么呢？你们……"一个老年一点的，一面伸手抓着梅春姐，一面向大家责骂着："不要再说这些事情了吧，你们都不是好东西！……"

"好东西！……年纪轻轻，男人做得初一，我就做得初二。"那柳大娘愤愤地，带着一种真正的同情心，叫道，"'哪个罗裙不扫地，哪个扫帚不沾灰！'嗳，黄瓜妈，莫说梅春姐还这样漂亮！……"

"唪！阎王会勾你的簿的！不要脸的，下流的家伙！你总以为人家都象你这骚货！……"

大家又都哄笑起来。

梅春姐可不能再佯装快活了，她用了一种很大的，自制的力量，勉强地洗完这一桶衣服，才站起身来。然后又象逃难似的，拚命地穿过那些男人们的下贱的视线和嘲笑，跑到了自己的家中。

二

丈夫陈德隆，——因为生癞子，人家就叫了他陈灯笼。——对于梅春姐是太不知道怜爱的。他好像没有把年轻的妻当做人看待，他认为那不过是一个替他管理家务，陪伴泄欲的器具而已。自己去年的一个风雪满天的、忧愁的日子，用一顶红轿、吹鼓手和媒人，把梅春姐从娘家娶回来以后，他就没有对她装过一回笑脸。他骂她，他折磨她，并且还常常凶恶地，无情地，在夜深人静的时候殴打她。他象很有计划似地打她的胸，打她的腹，打她的腿，……他打着还不许她叫，不许给人家在外面看出她的伤痕来。

丈夫没有弟兄姊妹，只有一个老年的盲目的公公。在去年，那公公还能在听到梅春姐被丈夫打得辗转呻吟的时候，摸到房门口来用拐杖抛掷陈德隆，骂他是个无福消受贤德妇人的恶鬼！今年，不幸的是公公归天了，陈德隆就更加无所顾忌地欺压他的妻。他趁这时候学会了打牌，学会了喝酒，学会了和一切浮荡的，守空房的妇人勾勾搭搭。他常常一出来，就三五天不回去。

梅春姐对于丈夫是不能说不贤德的，她自始至终没有向人家说过丈夫半点错过。她忍受着，她用她自己的眼泪和遍体的伤痕来博得全村老迈人们的赞扬。当她听到了那雪白胡子的四公公和烂眼睛的李六伯伯敲着旱烟管儿，背地里赞扬她——“好一个贤德的妇人啊！……”“好一朵鲜花插在牛粪上啊！”“癞子陈灯笼的福气好啊！……”的时候，她就觉得那浑身的伤处，都象给一种无形的，慈祥的，勉慰的手掌抚摸过似的，痛苦全消了。她可以骄傲——尤其是对于那些浮荡的，不守家规的妇人骄傲。

但是，一到夜间，当她孤零零地，躺在黑暗的，冷清清的被窝中反复难安的时候，她的灵魂便空虚与落寞得象那窗外秋收过后的荒原一般。哀愁着不是，不哀愁着也不是。她常因此而终宵不能成梦。她对着这无涯的黑暗的长夜深深地悲叹起来……有时候，她也会为着一种难解的理由的驱使从床上爬起来，推开窗口，去仰望那高处，那不可及的云片和闪烁着星光的夜天；去倾听那旷野的，浮荡儿的调情的歌曲，和向人悲诉的虫声。……

她忍耐着。一切都忍耐着——当她在夜间又想起白天里那些老人们可宝贵的，光荣的赞扬时。

三

亡命地从湖滨跑回来，放好桶，晒好衣裳，走进到卧房的时候。梅春姐已经身疲力软了。她无心烧饭，无心饮牛，无心饲喂鸡和鸭……懒洋洋地躺在木床上，去推想她那命运中的各种不幸的根源。田野中的男人们的秽语和湖上的妇人们的嘲讽，就象一个多角的，有毛的东西似的，只在她的心中翻滚。她想起了母亲临终的前夜，和父亲死时所对她叮嘱的那些话来："在家从父，出嫁要从夫。如果丈夫有什么不正当的行为的时候，只能低声地，温语地，夜间在枕头上去劝慰他。……"她觉得她对丈夫是太少劝慰了；她应当好好预备一些温软的话，在夜间，在枕头上，去劝慰她的丈夫才行。这样，她便深深地叹了一叹，把心思勉力地镇静了一回儿，就又慢慢地开始她那日常的，好像永久也做不完的，家中的琐细事物。

在夜间，丈夫陈德隆回来了。他喝得醉熏熏的。在一线微弱得可怜的灯光底下，可以看到他那因长癞子而脱落了发根的光头上，有几根被酒力所激发着的青筋在凸动。他的面孔通红的，在刷子般的粗黑的眉毛下，睁大着一双带着血丝的，发光的，螃蟹形的眼睛。

他一声不响，歪歪倒倒地走到了床边，向梅春姐做成一个要冷茶的手势，就横身倒了下来。

夜——是很长的。当他喝冷茶喝足了的时候，当梅春姐正要用温软的言词去劝慰他的时候，当村上的赌徒们正待邀人去赌钱的时候，丈夫陈德隆的酒醒来了。他突然地，象一根发条似地从床上弹了起来，伸手到小柜中摸出他那仅有的几块放光的洋钱和铜板，一匹熊似地冲到村中去！……

梅春姐拖着他的手，哭着，叫着："德～～隆～～哥！你，你不在家，人……家……要……欺侮我的！……"

"谁呀？"他停了一停脚步。"放心吧！没有人敢在老子头上动土的！……"就扔下梅春姐的手来，跑开了。

夜——是很长的。

梅春姐张望着丈夫的阴影，在无涯的黑暗中消逝着；回头又看着那象在打呵欠似的洞黑的床铺，她的心儿不能抑制地战栗了好久。被子里还遗留着丈夫的酒气，可是——没有了丈夫。小柜中还遗留着洋钱和铜板的空位置，可是——没有了洋钱和铜板。她想哭，可是——她连哭都哭不出来了。

她又慢慢地走近了窗口前，她在那里站立了好久好久。她想不出一个能够使丈夫回心的办法。叹气，流眼泪，一点也不能打动丈夫的那颗懵懂的心。她渐渐地，差不多要沉入到一种绝望的，无可奈何的悲哀中了。

站着……叹着……之后，她就推开窗子伸出了头来，想看一看她那从小就欢喜看的夜的天空，想借着星星和月明来解一解心中的愁闷。可是，忽然地，象有一个什么暗号似的，那埋伏在她左右，专门为勾引她而来的，浮荡儿的粗俗的情歌，立时间便四面飘扬起来了。

最初是一个沙声的唱道：

十七八岁的娇姐呀～～没人瞅啦～～
跪到情哥哥面前～～磕响头！……

梅春姐向窗前唾了一口，把头缩了回来。她觉得这些人都是些卑污，下贱的，太可笑的家伙。也不想想他自家是什么东西！……但悲痛是无情的，她睡不着。她把耳朵轻轻地贴在窗口边，无聊地又想听下去——她是想赶去那快要把她全身都毁灭掉的悲哀：

哥说："我的姐姐呀！……
不怕你膝头骨跪得～～浮浮肿，
额头叩得～～没有皮，……
你呀！～～要想情哥……万不依！……"

接着，又有一个人装着女人的声音唱起来了。这声音，梅春姐一听就知道是那一个身上脏得发霉，还常常佩着一个草香荷包的，小眼睛的独身汉老黄瓜唱的。喉咙尖起来就象那饿伤的猫头鹰一般地叫着：

姐说："我的哥呀！……

你要黄金白银～～姐屋里有，……

要花花绿绿的荷包子～～慢慢送得来；……

你铁打的心儿呀～～想转来！……"

沙声的又唱道：

哥说："我的姐呀！……

不怕你黄金白银～～堆齐我的颈，……

花花绿绿的荷包子～～佩满我的身；……

父母的遗体呀～～值千金！……"

梅春姐越听越觉得下流了；她离开了小窗，准备钻进那洞黑的床上。可是那歌声的尾子，却还是清清楚楚地可以听得出来。尖声的在后面接着：

姐说："我的哥呀！……

我好比深水坝里扳罾～～起不得水啦！……

我好比朽木子塔桥～～无人走啦！……

只要你情哥在我桥上过一路身，

你还在何嗨～～修福积阴功！……"

沙声的没有再唱了。一阵一阵的嘻笑涌进了梅春姐的小窗，她用被头把耳朵扪得绷紧，她暗暗地又使力地唾了两回。她想："你们能算什么东西呢？癞虾蟆……"

　　然而，痛苦，悲哀，空虚，孤独，……却又是真的。梅春姐她只能够尽量地抑制她自己，她总还满望着丈夫有回心转意的一日。然而这一日要到什么时候才来呢？梅春姐她不能知道。因此，她的痛苦，悲哀，空虚，孤独，……也就不晓得要到什么时候才能够解除。

第二章

一

　　第三年——是梅春姐和丈夫结婚的第三年——的九月，不知道为了什么事情，从南国，从那遥远的天际里，忽然飞来了一把长长的，锐利的剪刀，把全城市和全乡村的妇女们的头发，统统剪下来了。

　　这真是一件希奇的，突如其来的事情！……

　　当这把长长的，锐利的剪刀，来到这村庄里，第一个落到黄瓜妈的头上的时候，她就浑身发起抖来。她要求道："好心眼的姑娘们啊！……可怜我吧！我要没有了头发，阎王不会收我的，我要到地狱中去受罪的！……"但，谁听她的呢，一下子就象剪乱麻似地把它剪下来了。当这把剪刀第二个落到麻子婶的头上的时候，她就叫着，嚷着："剪不得啦！看相的先生说过了的：我的晚景全靠这头发，我要没有头发，我的一家人都要饿死啦！……"但，谁听她的呢，那巴巴头就象一只乌龟壳似的，随着剪刀落下来了。当这把剪刀第三个快要落到那欢喜擦脸红的柳大娘的头上的时候，她早就藏躲起来了，等到寻了她从黑角落里拖出去，她便一面流泪，一面哀求地："少，少剪一点儿吧！……没有了头发，我，我要丑死的啦！……"但，谁听她的呢，姑娘们的剪刀是无情的，差不多连根儿都剪下来了。当这无情的，长长的，锐利的剪刀，第四个落到梅春姐的头上来的时候，她就很泰然地，毫不犹疑地挺身迎了上来，她对着拿剪刀的姑娘们说：

"剪掉它吧，剪吧！反正我有这东西和没有这东西是一样的。我是永远也看不见太阳的人！我要它有什么用呢？……"

一切妇女们的头发都剪下来了，一切妇女们都伤心地痛哭着：黄瓜妈哭着，——她怕阎王不肯收她！麻子婶哭着，——她怕年老时要饿饭！柳大娘哭着，她怕她的情人不爱她！抛弃她！……

一切老头子们都夹七夹八地跟在中间摇头，叹气：

"不得了的！不得了的！……盘古开天以来女人就应该有头发的。没有了头发女人要变的，世界要变的！……"

只有梅春姐，她似乎与别的人不同。她没有把头发看到那般重要。因为，她的心已经快要给丈夫折磨死了，她已经永远望不到丈夫的回心转意的那一天了。她想："变啊！你这鬼世界啊，你就快些变吧！反正我是一个没有用了的人，我的日子一半已经埋到土中去了！……"

二

真鬼气，真是希奇的事情！……世界就是这么真正地，糊里糊涂地变起来了。从那一天——那剪掉头发的一天起，村子里就开始变得不太平不安静起来。不知道从什么地方跑来一些人（本村子里的也有），穿长衣的，穿短衣的，不分晴雨，不分日夜地在村子里穿来穿去。手里拿着各种各色的花样的东西，口里说着一些使人听不懂的新鲜的话。……

真鬼气，真是希奇的事情！……

丈夫陈德隆也开始变起来了。他变得比从前更加粗暴，更加凶狠了。他从楼板上摸出了一把发锈的丈把长的梭镖来，他把它磨得光光的。他说：他要去入一个什么会去，而那个会是可以使他发财的；将来可以不做事情有饭吃，有钱用，并且可以打牌，赌钱。……

梅春姐始终不明白这是怎样一回事情。当她看见丈夫把那把发锈的梭镖磨得放光了的时候，她的心里就不知不觉地害怕起来；她怕他要用那梭镖将她刺死！并且他的那两条带着红光的视线，还不时地，象一枝火箭似地直射着她，好像要将她吸到那螃蟹形的眼睛里去，射死她，烧死她似的。梅春姐不禁地发起抖来了。

“不要到外边去的！知道吗？”丈夫把那梭镖靠在怀抱里，用手卷着袖子。“我要到会中去了！……不，也许还要到旁的地方去。夜晚，你早些关门，这两天外边的风气不很好！……”

梅春姐用了一种顺从的，恐惧的，而又包含着憎恨的眼光回答了他。

她当真除了饮牛、饲鸡和上菜园以外，整整地三天没有出头门一步。

可是，到了第四天早晨，不知道还是因了丈夫的久不回来呢？还是因了自己的哀愁抑制不住呢？还是因了秋晴的困倦呢？还是因了另一种环境的或者是好奇的原因的驱使呢？……使她下了决心地要跑到外边走一回。她从板壁上取下一把草叉来，用毛巾将剪发的头包了一下，顺便到自己的草场中去叉两捆稻草来做引火柴。

荒原，仍旧是去年的，前年的荒原；村子，仍旧是去年的，前年的村子；不过是多了一些往来的，不认识的人，不过是多了一些飘扬的，花花绿绿的旗帜。……

在那原先的，住关帝爷爷的大庙里，还多了一座新开办的，读洋书的学堂。

梅春姐缓步地穿过一条狭小的田塍。在她的眼睛里，放射着一种新奇的，怀疑的视线。她象一头出洞来找寻食物的耗子似的，东张西望地把这变后的村庄看了好久好久，才又蹒跚地走向自己的草场去。

稻草象两座小屋子似地堆在那里。在那比较小的一座的旁边，有一个穿长衣的和一个穿短衣的人在谈话。梅春姐没有注意他们。她只举起草叉来叉了两捆，准备拖回家中去。

"德隆嫂！"

"谁呀？"

她回头去：一个年轻的，面孔象用木头刻出来的人望着她，他是麻子婶的大儿子木头壳。

"德隆哥昨晚回家吗？"

"没有回来！"梅春姐轻声地应着，一面看了一看那别的一个，用背面向着她的年轻人。

"唔！前晚还在会里和人家吵了架的，这家伙！……"木头壳沉吟了一声："一定是到哪里去打牌了，一定的！……"

梅春姐把稻草都堆在一起，弯腰扎了一扎。……那一个穿长衣的年轻客便向木头壳问了起来："哪一个德隆哥啦？……"

"就是啦！……就是前晚那一个和你们吵架的，那一个癞子啦！"

木头壳向梅春姐微微地盯了一盯："罗，这一位便是他的癫嫂子，叫梅春姐的！……"

梅春姐的脸羞得通红的。她的心里深深地恼恨着木头壳；她抬起头来，想拖着草叉就走！

不自觉地，那个穿长衣的年轻角色，正在打量她的周身，她和他之间的视线，无心地，骤然地接触了一下！

那一个的白白的，微红的，丰润的面庞上，闪动着一双长着长长睫毛的，星一般的眼睛！……

梅春姐老大地吃了一惊，使劲地拖着稻草和稻叉，向家中飞跑！

三

陈德隆因为和会中的主脑人吵了架，一连三天都躺在情妇的家里不出来。第四天的中饭时，他足足喝了三斤半酒，听说会中又到了一个新从县里下来的人，又有一桩事情瞒他了，他才跑出去。

米酒把他的心火燃烧得炽腾起来。他走一步歪一下地向会中奔驰着。他的脑子里装满了那红鼻子会长的敌意的笑容，和那副会长的骇人的，星一般的眼睛。他有心要和他们抬杠。他觉得他们这些人都很瞧不起他，事事都瞒他，而不将他当成自家亲人一般地看待。尤其是副会长的那特别为他们而装成的一副冰凉的面孔，深深地激怒了他那倔强、凶猛的，牛性的内心！

在经过自己的家门时，他停了一下，吩咐了老婆晚饭时多做一些米。他是打算去和会中人吵一阵就回来的。不是要寻他们的差处，而是发泄自家的心中的愤火！

有十来个人挤在会场中。当长工出身的红鼻子的老会长，正用一根小竹鞭向人们挥扬着，说着一些听不分明的，时髦的口语。副会长和另一个陌生的，蓄短胡须的人，在写着一张什么东西的字单。

陈德隆冲到他们的面前了。他故意摆摇他的身子，象一头淘气的、发了疯的蛮牛似地撞到人丛中去！环睁的螃蟹形的眼睛，先向旁人打望了。就开始大声、无礼的喧闹起来："会长！什么事情啦，丢开我？"

老会长微微地皱下眉头不理他，手中的竹鞭子更加有力地挥扬着。他好像并不曾听见陈德隆的声音似的，又接连地说下去了："……总之，总会花钱，费力……都是为的我们种田人自己；我们去当两个月兵，就应该尽些心思，尽些力！……"

陈德隆气起来。他蹒跚地冲过去，夺着老会长的竹鞭，他几乎要打着他的鼻梁了。

"是装聋吗？聋子吗？……你不会听见我的声音？……"

老会长的鼻子火一般地燃烧起来！他战声地，咬着牙关地啐他一口——

"你这瘟神！你，你……又来瞎缠么？……"

"怎么是瞎缠呢？我来寻着你们，就因为你们的心不公平，你们什么事情都瞒着我了！……"

"瞒你？"老会长浑身战着，他使力地抽出来他的小竹鞭子，挡着陈德隆的胸襟。"你能做什么东西吗？今天这里招兵，你能当兵吗？你能离开野婆娘吗？……"

"能！"陈德隆顽强地叫着，"只要你们都不瞒着，我是什么都能做的！……"

"打人，喝酒，摸骨牌，……什么都能做的！"副会长冷声地笑着。他的那一双大的唬人的眼睛，就象魔渊似地吸住了陈德隆的全身。

　　陈德隆跳起来了！他奔到副会长的跟前，拳头高高地抬着，他就象一下子要击坏他的对方的头颅似的。他的声音带着沙了："我要挖出你那双漂亮的眼睛来的，你瞧不起老子！不打人，不喝酒，不摸牌！都能行吗？行吗？——"

　　人们使力地解开他们。那另一个陌生的，蓄短胡须的人匆匆地跑来拉着陈德隆的手，向他温和地说："朋友，你不要生气啦！行的！……你要愿意，明天就同我们到总会中当兵去！只要你能不喝酒，不摸牌，那都行的啦！……"

　　陈德隆的怒火愈加上升起来！他瞅瞅这陌生的人一眼。他并没有问明白去当什么兵，就茫然地答应着。顽强，好胜，拥着他那一颗虚荣的，粗暴的内心！他很有一股蛮牛的性子，他很可以给你犁地，耕田，而你不能将他鞭挞，尤其是不能违拗他的个性而欺侮他！……

　　当他的名字被写上那张白白的纸单的时候，他还狠狠地骄矜了一下。他盯着那些有意瞧不起他的人们，他的眼睛更加圆睁着，那就象已经报复了一桩不可解脱的深仇似的。他的心里想："你们，妈妈的！嘿嘿！瞧瞧老子吧！……你们能算什么东西呢？……"

四

　　太阳走了，黑夜象巨魔似的，张口吞蚀着那莽苍苍的黄昏。在小窗的外边，有无数种失意的秋虫的悲哀的呜咽。

　　梅春姐坐在一张小桌子旁边，失神地凝注着那些冰凉了的菜和饭。一盏小洋油灯在她的面前轻盈地摇晃着。她并不一定是等丈夫回来，也不觉得自家的饥饿。在她的脑际里，却盘桓着一种从来不曾有过的，摇摇不定的想头。这想头，就象目前的那盏小洋油灯般地摇摇不定。不是哀愁，也不是欢喜。……

她懒洋洋地站起来，估量丈夫不会再回来了，便把小桌上不曾吃过的菜和饭收拾着，用一块破布头揩了一揩。

一切都和平常一样的：是夜，一个漫漫的，深长的夜！一个孤零零的，好像永远也得不到光明的，少妇的凄凉的夜！……

窗外的虫声更加呜咽得悲哀了，它们是有意唤起人们去给它们一把同情的眼泪的。

梅春姐又慢慢地靠近着小窗，荒原迎给她一阵冰凉般的寒气！那摇摇不定的，错乱的想头，使她无聊地向四周打望了一下：一切都和平常一样的。只不过是那班浮荡儿没有闲工夫再来唱情歌了，只不过是在大庙那边多了些花色的灯光的闪烁！

她微微地把头仰向上方：一块碧蓝色的夜天把清静的、渺茫的世界包罗了。一个弯腰形的，破铜钱般的月亮在云围中爬动着；在它的四面，环绕着一些不可数出的，翡翠也似的星光。

北斗星拖着一条长长的尾巴，那两颗最大的上面长着一些睫毛。一个微红的，丰润的，带笑的面容，在那上方浮动！……

梅春姐深深地吃了一惊——象白天在草场般地吃了一惊！她觉得一阵迅速的，频频的，可以听得出来的心脏底跳动！她把头儿慢慢地低下来！……在后方，突然地，一个沉重的，有力的破门声音，又将她惊震了！……

丈夫陈德隆的一双螃蟹形的眼睛现了出来。他的面孔微微地带点怒容，刚强而抑郁！他似乎并不曾喝酒，态度也比较平常缓和了些。

"你还不曾睡啦!"他轻轻地拍了一下梅春姐的肩头,琐着眉毛地说,"明天我要上街了!"

梅春姐痴呆了好一会工夫。好像有一件什么秘密的私情给丈夫窥破了似的,她的全身轻轻地战着!……一直等她发现了丈夫并没有注意她,而且反比平常和善了些时,才又迟迟地回复道:"我——是等你啦! ……上街? 做什么东西呢? ……"

"不做什么东西! ……去当兵,赌气! ……要两个多月才回来! ……"

丈夫是真正地没有注意她。他伸手从床上摊开来一张薄薄的被子,他连连地说:他是今天又和会里的人吵了的,所以才赌气地同总会中人当兵去。吃苦,他也得去拚拚来的! ……他叫梅春姐早些陪他睡了,明天好同他收拾一些随便的行囊,就同他们当兵去。

梅春姐是等他睡过之后,又站了好久好久,才吹灯上床的。她好像并不曾听见丈夫的话,她是深深地憎恨了这无情的,冷酷的,粗野的丈夫。当夜深时,她本分地给他蹂躏了她的身子之后,她的心里会忽然生出了一种从来不曾有过的,希奇的反响来:"为什么呢? 我要这样永远受着他的折磨呢? 我,我:……"这种反响愈来愈严厉,愈来愈把她的心弄得不安起来! ……

她频频地向黑暗中凝眸着;那一双星一般,长着长长睫毛的眼睛,便又轻轻地,悄悄地,在她的面前浮动起来了。她想:"真是希奇! 虽然只一回平常的见面,但那个人实在象在哪里见过来的! ……"不过,随时她又:"唉! 我为什么要想这些事情呢? 我为什么要想这些事情呢? 唉! 唉! ……实在地,那双鬼眼睛真在哪里见过来的!"

她向黑暗里小心地,战动地望望那睡得同猪一般的丈夫。忽然,她又被另一种可怕的想头牵连着。丈夫的那把磨得放亮了的梭镖，好像一道冷冰冰的电光似的，只在她的画前不住地摇晃，一双环睁的螃蟹形的眼睛。火一般地向她燃烧着！……

在耳边，四公公和李六伯伯们的频频的赞叹声又起来了："好一个贤德的妇人啊！……好一朵鲜花插在牛粪上啊！……"

梅春姐是怎样地觉得她的心在慢慢地裂开！裂成了两边，四块！裂成了许多许多的碎片！……

她悲哀地，沉痛地又合上她的眼睛。她深沉地想了：她还是要保持那过往的光荣的。她不能让这些无聊的，漆一般的想头把她的洁白的身名涂坏。在无论怎样的情形之下，不管那双眼睛是如何撩人，她还是决心不再和他碰头的为妙。

五

事情是往往要出人意料之外的。

譬如说：一头耗子想要躲避一只猫，它是一定要想尽它的方法的。或者是终天守在洞里。或者打听到猫不在家时才出去，或者是老远地听到猫来了就逃！……在耗子本身看来，这也许是一种比较安全的方法吧。但，不对；我们却常常可以看到一个耗子被抓到猫的口中。不仅是不能躲避，就是连怎样才会被抓到猫口中的，它都不知道。

梅春姐就正是一头这样的耗子，糊里糊涂地被抓到猫的口中。

她想是想得很好的。当丈夫叮咛了她一番匆匆离家之后，她就终天关在家里不出门。牛在家中饮，鸡在家中喂，……连菜园，连上村下村的邻舍都不轻跨一步，这总该不会遇见那双撩人的眼睛吧！——她自己想——但，不对！事情是往往要出人意料之外的。水缸中没有水了，她得上湖滨去挑水来；引火柴烧完了，她得上草场拖草去；夜晚鸡没有回笼，她得去寻鸡；牛粪堆满了牛栏，她得将它倾到外面的肥料沟中去！……

这一些琐细的事物，总象苍蝇叮食物似地叮着梅春姐，要摆也摆脱不开。做完一件又来一件，而且，每一件事都是要跑到外面去才做得成功的。一跑出去，她就常常要遇见那个鬼人，那一双只有鬼才有的撩人的眼睛！……

梅春姐会因此而感到沉重的不安。越不安事情就越多，事情越多就越要跑出去，越要跑出去就越要遇见那一个鬼人和那一双鬼眼。

谁知道呢？那一个鬼人是不是也在故意地到处阻拦她呢？

有几次，她是只跑到一半路就打了转身的；有几次她是绕着另一条小道而回的。……她一见到他，一见那双鬼眼，她的心就要频频地，不安地击动着。

她开始觉得她的世界慢慢地狭小起来了。她简直不能出门。好像她的周围已经没有了其他的人物，好像全村子，全世界都早已沉没了似的。她的眼睛里只能看到一个人，只能看到一双长着长长睫毛的，撩人的，星一般的眼睛！

她的四围站满了那一个人，她的四围闪动着那一双眼睛！……

又有一次，——也许是她回避和他碰头的最后一次吧，——梅春姐去挑水时，突然地，给他在湖滨拦住了。他穿的是一件灰布的夹长衫，他的手里拿着一条细长的鞭子。他满面笑容地望着梅春姐装了一个拦鸡鹅般的手势，将梅春姐拦在湖边。

微风舞着他的长长的黑发，他的一排雪白的牙齿同眼睛一样撩人地咬着那红润的下唇。他说："德隆嫂！为什么啦，你一见到我就逃？你……？”

梅春姐轻轻地把小水桶卸下了肩头，背转身来，低低地望着那水中的自己的阴影。她的面孔突然地红到耳根。她的心跳得快要冲出喉咙了。她不知所措地，忸怩地，颤声地回道："我——不认得……先生呀！……"

"不认得？我姓黄啦！……我是会中的副会长，我就在那大庙里教书的啦。你不是在草场中见过我的吗？……"

一阵风从梅春姐的侧面吹过来，把她那轻得使人听不出的来回声拂走了。

"也许你忘记了！……不过，你为什么事情要怕我呢？"

"我没有怕先生。"

"没有怕？好的！那么，我就改一天到你家中来玩吧！我和德隆哥很好，他回来了，我一定要来看他的。……"

梅春姐一直等他舞着那条细长的鞭子，跑了好远好远了，才深深叹了一声，挑水回家去。

这之后，黄先生就常常要跑到梅春姐的家中来，梅春姐也就不能再象耗子怕猫般地那样怕他了。虽然是丈夫不在家，虽然她还时常提防着村邻们的非议，而他呢？有时是一个人来，有时候还带着麻子婶家的木头壳，和一些会中的小家伙。……

他还时时向梅春姐说着一些关于女人们的开通不过的话语，他还时时向梅春姐讲着一些关于女人们的新奇不过的故事。

梅春姐的脑子渐渐地糊里糊涂起来，梅春姐的决心渐渐地烟消云散了起来！……

于是，一头美丽、温柔的耗子，就这样轻轻、悄悄地，被抓到了猫儿的口中。

六

这事情，就发生在一个黑暗的，苍茫的午夜。

梅春姐正为着一些村邻们的无谓的谣言而忧烦着，她已经整整地三宵不曾安静了。她的心里，就象一团迷雾般地朦胧起来。她想不清人们为什么要将她的声名说得那样难堪而污秽，她实在是不曾和人们有过什么卑微、下贱的行为的。她很能够矜持她自己。她可以排除邪恶的人们的诱惑，她可以抑制自家的奔放的感情。而人们毕竟不能原谅她，毕竟要造谣污秽她，并且在夜深人静时，还常来壁前壁后偷盗般地梭巡她。这真是太使梅春姐感到抑郁而伤心的了。

十月的荒原，就象有严冬那样的冰寒了。很少有几声垂毙的虫们的哀叫，透过了小窗来，钻进到梅春姐的繁乱的心情里。她懒洋洋地靠着窗门，看那壁隙的微风将油灯轻轻吹灭。疲劳困倦，……慢慢地，将她推到了那洞黑的床前。

一个嗫嗫嗦嗦的，低微的，剥啄的声音，把她惊悸了！

小窗门微微地启开着。一个黑色的，庞大的东西，慢慢地由窗口向里边爬！爬！……

梅春姐的全身都骇得冰凉了。她的牙门磕着！她几乎哑声地呼喊了起来！

黑色的东西摸到她的跟前了——是一个人。一个穿长袍子的，非常熟识的身材的人。梅春姐的心中慌忙着，击着，跳着……象耗子被抓到了猫儿口中般地颤栗起来！

"吓吗？……"那个人伸手摸着了她的肩头，——一股麻麻的火一般的热力，透过她的冰凉的身子。她嘶声地，抖战地推开他：

"黄，黄……你……你……唉！你……"

"我是……梅春姐，你，平静些吧！……我平常……"

"轻声些！……你……唉！……你不要害我的！……"

"不要紧的……现时已经不比从前了！……你安静些吧……"

梅春姐挣扎地摆下他的手来，她为那过度的惊惶而痴呆着。她的被眼泪淋湿着的身子紧紧地缩成了一团，她的心里更加慌忙地冲击着！

黄，象一只狼般地再度地奔向她来，梅春姐已经无法能推开他了。为了那些壁前壁后的梭巡人的耳目，她幽幽地，悲抑地，向他哀求道："你去，……去！……那边……菜园，林子里，我来。……"

"真的吗？"

"真的！……"

黄，就象一只矫捷的壁虎般的，向窗门翻走了。

外边黑得伸手看不见自家的拳头，梅春姐的心就象快要被人家分裂般地彷徨，创痛着！她推开了里房门，向着左方，那菜园的看不清的林子里踌躇着："天啦！这样的怕人啦，我去不去呢？我，我将？……"

她站在那里惊疑了好久好久，她还不能决断她的适当的行踪。黄遗留下来的热力，就象火一般地传到她的繁乱的心里，渐渐地翻腾了起来！

她犹疑，焦虑着！她的脚，会茫然地，慢慢地，象着魔般地不由她的主持了！它踏着那茅丛丛的园中的小路，它把她发疯般地高高低低地载向那林子边前！……

"假如我要遇见了邻人？……"她突然地惊惧着！她停住了，就好像已经在她的面前发现了一个万丈深长的山涧似的。她把头向周围的黑暗中张望一下，扪了一扪心，然后又昏昏沉沉地，奔到林子里去了。

一个黑黑的，突如其来的东西拖着她的手，她的全身痉挛着！

"这里！——"

"我，黄，……"

"不做声！——"

他轻轻将她搂抱起来，他紧紧地贴着她的脸！当他吻到了她的那乾热的嘴唇的时候，便一切都消失在那无涯的黑暗和冷静的寒风中了！……

第三章

一

传言象一团污浊的浓雾般的，将全村迷漫着。

五七个妇人：黄瓜妈、麻子婶、柳大娘，还有两个年轻的闺女、小媳妇，又在湖滨的洗衣基石上碰头了。

她们曲曲折折地谈着这桩新奇的，暧昧的事情。

在她们的后面，有三个老头子：白发的四公公，烂眼睛的李六伯伯，和精神健壮的关胡子。他们在那坟堆上抽烟，谈世事，他们向着太阳扪老虱婆。

柳大娘的双颊涂得火一般地通红了，她也想叫会中的副会长和有资格的人们看上她。她妖媚地朝那三个老东西唾了一口，又开始谈起她那还不曾谈完的故事："老黄瓜，他说，……"

"说什么呀？下流的，不要脸的家伙！……"黄瓜妈气起来。

"他说，……哼！他还比我们下流百倍呢！"柳大娘冷声地笑道。"他还夜夜去梅春姐家的壁前壁后偷看他们的！……他说：'有一天，我伏在菜园的后边！……'听呀，麻子婶！……'我很小心地望着她家的窗子，一个黑色的东西向里边爬！爬！……随后，又爬出来了。随后又有一个跟在那个的后边，摸到菜园中的林子里来了。我专神地一看：哼！你说是谁啦？……就是——梅春姐和那有一双漂亮眼睛的黄！……'他说：'唔！是的，副会长！'……"

黄瓜妈的脸色气得发白了，麻子婶笑着。

"我要打死那下流的东西的！……"黄瓜妈的眼泪都气出来了。

在远方，在那大庙的会场那边，有一群人向这湖滨走来了。似乎有人在吵骂着，又似乎已经打了起来。

柳大娘用手遮着额头望着，她吃惊地竖起她的眉头：

"麻子婶！你家的木头壳和老黄瓜打架啦！"

"打架？不会的！……"麻子婶应着，望着，"我家木头壳他很好！……"

打架的人渐渐地走了近来。

"该死的！……"麻子婶跳起来了。她是怎样地看见她的木头壳被老黄瓜踏在脚下揍拳头，又是怎样地看见人们将他们排解着！……

麻子婶连衣都不顾地跑上前去。欢喜看热闹的，洗衣的妇人们和坟堆上的老头子们也都围上来了。

"我要打死你这狗头壳的，你妈的！你给副会长拉皮条！我，我……"老黄瓜的小眼睛眨着，他连草香荷包都被震落下来了。"我明天就要上街去告诉陈灯笼的！……"

"我操你的妈妈！我给你的妈妈拉皮条呢！你看见了？……我操你的妈妈！……"木头壳将一颗血淋的牙齿吐在手里，他哭着，面孔就更加象木头刻出来的。"你自己吊不到膀子，你对你的祖宗发醋劲！我操你的妈妈！……"

麻子婶冲过去，她拖着老黄瓜的手，不顾性命地咬将起来！黄瓜妈浑身战着，她夹在人们中间喊天，求菩萨！

……

人们乌七八糟地围成一团了。

李六伯伯和四公公们从旁边长长地叹道："我们老早就说过了的！不得了的！女人们没有了头发要变的，世界要变的！……"

"变的？还早呢！……"关胡子摸着那几根灰白胡须，象蛮懂的神气，说，"利害的变动还在后头啊！……

"后头？……"四公公的心痛起来了，"走吧！没有什么东西好看的了！走！……"

三个人雁一般地伸着颈子，离开着那些混乱的人群，向村中蹒跚地走着！

二

为着那痛苦的悔恨而哭泣，梅春姐整整地好些天不曾出头门。黄已经有三夜不来了，来时他也不曾和她说过多些话。就好像她已经陷入到一个深沉的，污秽的泥坑里了似的，她的身子，洗都洗不干净了。她知道全村的人都怎样地在议沦她；她也知道自家的痛苦，陷入了如何的不能解脱的境地；她更知道丈夫的那双圆睁的眼睛和磨得发亮了的梭镖，是绝对不会饶她的！……

好像身子不是她自己的身子了，好像有人在她的身子上作过什么特殊的标记。她简直连挑水都不敢上湖滨。

她躲着。或者是：她连躲都躲不起来了。

"我就是这样地将自家毁掉吗？……但，不能呀！"她想着"我总得要他和我想一个办法的！……"

这一夜，有一些些月亮。梅春姐还不曾吹灯上床，木头壳便跑来敲她的房门了。

他的脸肿了起来，青一块，紫一块。他说："梅春姐！你们的事情很不好！我今天和老黄瓜打了起来！他要上街告诉陈德隆去。副会长叫我来，他在湖滨的荒洲上等你！……"

"他怎么不来呢？"

"他不来！"

"天哪！……"梅春姐的牙齿磕了起来。她的身子一阵烧，一阵冷！提起了陈德隆，她的眼睛就发黑，她就看见那磨得放亮的梭镖和那通红的眼睛！……

熄了灯光。她一步高一步低地跟他走着。突然地，她站住了：

"假如老黄瓜他到这里来抓我们呢？……"

"不会的，老黄瓜给他的妈妈关起来了。"木头壳安她的心说。

湖水起着细细的波涛，溶浴的模湖的月光里。并且水岸好像已经退下了许多，将一条小船横浅在泥泞的倾坡上。

木头壳将梅春姐拉上船艘，自己用膝骨将船头推下了，便跳将上来，撑篙子，横切过那细细的波涛，向荒洲驶去。

梅春姐正正地凝注着那荒洲。小船也慢慢地离近了。当她看见了站在那割断了的芦草根中的黄底阴影的时候，她便陡然地用了一种憎恨的，象欲报复着他给予她的侮辱一般的目光，向他牢牢地盯过一下！她的眼泪就开始将她的视线朦胧起来。羞耻，悔恨和欢欣，将她的全身燃烧着。

黄走近岸边来拉起她了。木头壳就停着在小船中等他们。他们走着，走着，……不作声。脚踏着芦苇的根子，吱吱地响。

突然地，在一个比较平铺一点的芦苇根中，他们站住了。他说："冷吗？……梅春姐！怎么办啦？你的打算……"

"打算？……"梅春姐的声音就象要变成了眼泪般的，她紧紧地拉着他的手。"我简直不能出门！他们把我那一向都很清白的名誉，象用牛屎、糠头灰糊壁一般的，糊得一塌湖涂了。他们还要去告诉我的丈夫！……"

黄拉着她坐下来了，他昂头望着那片冷冰冰的夜天。在地上，发散着一种腐芦苇，和湿润的泥泞底气味。

"并且，你……"她说，"你也不肯替我想一个办法的，你三天都不来了！……"

黄长长地叹着，手里摸着一根芦草根子，声音气起来："这地方太不开通了！他妈的！太黑暗了，简直什么都做不开。"

"怎么办呢？做不开？……"她沮丧地，悲哀地几乎哭起来了。

"会长太弱，什么都推在我一个人的身上，村中人又不开通！……梅春姐，我想走！……"

"走？你到哪里去呢？……"梅春姐战着，硬着她的喉咙："我要被他的梭镖刺死啦！我……"

"不，我想和你一同走！"

"一同走？到哪里去呢？我的天哪！……"

"到镇上的区中去！我和总会里人说了的。"

"镇上？"

"是的！我想，明天就走。那里也有你们的会，你也可以去入会的。"

梅春姐不做声，她用手扪着脸，她的头低低地垂着。

"怎么，又哭吗？"他把手中的芦草根子抛了。

半晌，她深深地叹着，将头仰向那上方的夜天：

"总之，唉！我是被你害了！……我初见你时，你那双鬼眼睛……你看：就象那星一般地照到我的心里。现在，唉！……我假如不同你走……总之，随你吧！横直我的命交了你的！……"

黄紧紧地抱过她的头来，他轻轻地抚摸着。他说："那么，你明天就早一些来罗！下午我在庙中等你，你只要带两身换洗的衣服。"

梅春姐还不及回他的话，在后方，木头壳叫了："你们还不走啦？冷哩！……"

"好，你就明天早些来吧！"他重复地说。

月亮已经拥入到一片云墨中了。在天空，只有几颗巨大的寒星，水晶般地频频地闪烁。

三

老黄瓜一夜不曾合眼睛，他恨恨地咬着牙齿。手上被麻子婶咬掉一块皮的地方还包扎着。房门锁了，后门锁了，连窗门都加了一个反闩。母亲还是足足地骂了他一更天才睡着。

他睁着小眼睛望着黑暗，他的脑筋里想起了一切挖苦人，侮辱人，激怒人的话；他是想用这些话到街上去激动那癫子陈灯笼的。并且他还想好了如何避免陈灯笼疑心他吃醋，如何才能够使陈灯笼看出他的那真正的同情心和帮忙心来。

天还只有一丝丝亮，他就爬起来了。偷儿般地将房门扳了一下，扳不开！小窗门牢牢地反闩着。他用了全身的吃奶子的力，将窗栏杆敲折一块，反手将窗门撬开，爬出去。

初冬的早晨的寒气，象一根坚硬而波动的铁丝般的，钻着他的身子，他的全身起着一层鸡皮疙瘩。他用脏污的袖子揩了一揩干枯的眼屎，拔着腿子向街上飞奔！

十多里路，他连停都不停地一口气跑到了。

不是醋劲，是真正的同情心和帮忙心！

陈德隆的样子很难看，是吃不住营中的苦呢？还是挂记着家中的妻子呢？当老黄瓜费了很大的工夫问到他的营前的时候，他就那么闷闷地非常不安。他肩着一根梭镖，和另一个背洋枪的人站在营门口。

老黄瓜老远地打着嗯哨，招呼着陈灯笼，他不敢贸然地冲到营门去。

"你吗，老黄瓜？"陈德隆吃惊地睁着他的螃蟹眼，和那背洋枪的说了一些什么话，就飞一般跑来了。他头上的一顶蓝帽子几乎压到了眉毛。"上街来做什么呢？"

"不做什么，专门来看看你的！"老黄瓜态度悠闲地说。

"看看我？"

"是的！"

"唉！老黄瓜！……"陈德隆阴郁起来。"妈的！真吃苦，没有酒，没有烟！还天天操练！……我总想销了差回家来！……"

"回家来？……"老黄瓜微微地笑着，"我看你还是在这里的好些呢！有吃，有穿！……"

"吃，妈的，糙米饭！穿？罗，就是这样的粗布！"

"好！"老黄瓜更进一步地笑着，微微地露出点儿意思来。

"衣裳很好，不过帽子的颜色还深了点儿！"

"怎么？"

"没有怎么！"他阴险地，照着他的预定的计划又进一层地挖苦着，"顶好还再绿一点儿！"

陈德隆的眼睛突然地瞪得通红了，就好像两枝火箭般地直射着老黄瓜。他的声音急着，颤着："我的老婆偷人吗？……"

"没有！……"老黄瓜不紧不松地，他想把那牛一般的陈灯笼再深深地激怒一下，"她只和会中副会长黄有一点儿小小的往来，那不能算她的过错……"

"真的么？"

"假的！——"

忽然间，老黄瓜觉得他的一切计划都已经逐步通行了，便立时庄重了他的脸膛，满是同情心地说：

"我看你还是快些回家吧！哼！……那狗人的木头壳给他们拉皮条。那鬼眼睛的副会长，还兴高采烈地在村中穿来穿去！……是我实在替你不平了，才和他们打起来的！罗，你看：这只手！……我今天一早上就爬了起来！……"

陈德隆的脸青一阵，白一阵，他呆呆地望着那高处，……那不可及的云片和火一般的太阳光。随即他又低下来了。他把梭镖使力地插在坚硬的地上，约半尺来深。他将它摇着，摇着！……一会儿又抽出来，一会儿又重新插起了，就好像要试试那梭镖能插人插得多深的一般。他的牙齿象在嚼着一把什么大砂子，喳喳地响着！一会儿他又向地上疯狂地吐起唾沫来，一会儿他又笑着！……

老黄瓜觉得陈德隆已经是怎样地怒得不可开交了，并且庆幸自家的心思已经完全达到。

连那个老远地背着洋枪的人，都不知道陈德隆在玩些什么鬼！

突然地，陈德隆象一匹熊般地向老黄瓜冲去！猛不提防地在他的颊上批一下！——

"去罢！老子明白，妈的，你也不是好家伙！……"

老黄瓜满怀的冤枉。他是很知道陈灯笼有一把蛮力的，他不敢再吃眼前亏地飞奔着。一面恨恨地朝陈灯笼抛来两句遮羞的，报复般的话："不信吗？我操你的妈妈！狗咬吕洞宾，不识好人心！你这鬼癫子总有一天会晓得你祖宗的好意的！"

午饭的号声吹了，陈德隆打定了主意，提着梭镖，匆匆地走着。在营门口，已经又有了新来替代他们的岗位的人。

四

梅春姐满怀着恐怖与悲伤。是舍不得离开家中呢？还是惧怕着什么灾祸的来临呢？当木头壳跑来通知她三点钟就要起行的时候，她简直慌得手忙脚乱了。

"天啦！我怎么的好呢？怎么好呢？天啦！……"

她伸手到破箱子里去摸，霉陈腐旧的衣裳统统摸出来了。她在床前头翻了一阵，床后头又翻了一阵，她实在不知她应该翻些什么东西。

"天啦！我怎么好呢？……"

满床的旧衣服，满地的旧衣服。木头壳又跑来催她了：三点钟过了好些分钟。

她胡乱地包成一个小包袱。她跑到牛栏去瞧了一瞧那条饿瘦的牛，又跑到鸡笼去将鸡招呼一下，厨房、菜园、家用品和农具——满腔的酸泪与惜别的悲哀！

衣包重，脚步重，头低低地垂着！……在门口，突然而来地——丈夫的一双圆睁的螃蟹形的眼睛放着红光！一个冒着热气的癞痢头！一副膨胀的面庞和冷冰冰的凶狞的微笑！……

梅春姐的全身发着抖。一股难堪的，因他的奔跑而生的汗臭和灰泥臭，直扑到她的鼻孔中来。衣包被震落在地下！

丈夫装得非常和蔼的靠近她的身边，他弯腰拾起她的包袱。

"回娘家吗？我特别跑回来送你的行的！……来啦！先烧点儿东西我吃了，我们再去吧！……"

就象一头老鹰抓一只小鸡般的，梅春姐在他粗黑的手中战栗着——轻轻地被抓到了房中。他坐在一张小凳子上面，失神地玩弄着一件由地上捡上来的霉污的衣服，吩咐着梅春姐给他烧点吃的东西。

外边非常阴暗。是黄昏的到来呢？是要下雨呢？还是梅春姐眼睛放花呢？……她偷偷地看着陈德隆喝着她烧给他的米汤饭，就好像在云里雾里的一般。她看着全屋子，全厨房，都团团地旋转着！她不能支持地战栗了好几阵！

木头壳第三次催她时，只看到陈德隆的半边脑袋就飞逃了。

他站起身来，揩了一揩嘴边的残液，走近到她的畏缩的，象一头小羊遇见狼般的战栗的身子。

"现在，"他说，"'贤德的妇人'！告诉我吧！你的娘家的人都死尽了，你为什么又突然想起要回娘家的呢？……"

梅春姐用手防护着头，紧紧地缩着她的身子。她不作声，不作声！……突然地——她是怎样地看见陈德隆举起一只熊掌般的人手，猛然地向她击去！她的头，象一只沉重的铁锤般地碰在门上。她的眼睛发着黑，身子象螺丝钉似地旋了一个圈圈，倒在地上！

　　整个的世界山一般地压着她！耳边的雷声轰轰地响着！

　　陈德隆又继续在她的胸前加搔了几下！

　　她躺着，躺着！……五分钟，十分钟。不，也许还久长一点。她终于苏醒了来。她的身子象置放在烈火中燃烧般发痛疼着！她的脑袋，象炸裂般地昏沉起来！一块湿湿的膏糊般的流汁，渐渐地凝固着她那青肿了的头颅。

　　仿佛，她还能听得清楚：堂屋中满是嘈杂的人声。丈夫是怎样地在和会中人家吵骂着，又怎样地和人家打了起来，她不能看。她的身子，不知道被什么人抬起来，放置在一块冰凉的木板上。随后又轻轻地摇摆着，走着！……一直到荒原中好远好远了，丈夫的那疯狂得发哑的，不断和人家的争闹，还可以清清晰晰地传到那伤坏的梅春姐的耳中。

　　"……我要到区中去告你们的！……我要到总会中去告你们的！你们将她抬走！……我操你们的八百代！……"

五

　　区中的正会长，是一个十分壮健而和蔼的人。他有两只炯炯放光的眼，和一双高高的颧骨。他说起话来，声音响亮。一副非常亲切的笑容，挂在他的那宽厚的嘴唇上。

　　"你到底怎样呢？"他说，一面用手拍拍那愤慨得象疯牛一般了的陈德隆。"现在，关于你老婆的事情，我们是不能管的，你要找回她，我就带你到她们的会中去！

　　……"

　　"去，妈的！"陈德隆叫道，"我是什么都不怕的，我非和她们拚拚不可!"

"你不会赢的!"正会长又真心地劝道,"你的理少!……"

"她们的理在哪里呢?我不怕她们!"

"好,走吧!"

镇上,陈德隆是常常到的。但今天,他似乎觉得生疏起来了。他看看那些街旁的房屋,他看着那些来来往往的人群,都似乎与平常不同了,都似乎已经摇晃起来了,都似乎在对他作一种难堪的,不可容忍的深深的嘲讽。

"嘿嘿!你这乌龟!"

"嘿嘿!你连老婆管不了的,假装刚强的,愚笨的家伙!"

陈德隆的心火一阵阵地冒上来,头上直流着细细的汗珠子。他觉得他走的不是冬季的,冷冰冰的街道,而是六月的,布满了火一般的太阳光的荒原!他热,热!……

他是什么事情都不曾落过人家的下风的。在村中,他是唯一有名的刚强的男子。而目前,他半世的威风,眼瞪瞪地就要丧在这一回事情的里面了。他紧紧地捏着他那毛蟹爪般的拳头,他的心中频频的冲击着。

"我非和她们拚拚不可!我不怕她们的!我寻着她,刺死她!寻着他,挖出他的那双漂亮的眼睛!我看她们将我怎么办?……"

正会长在一个庙门前头停住着。他又露了一露他那非常亲切的笑容。

"现在,你站在这里!"他说,"我看她们里面有没有主持的人来?"

陈德隆牢牢地盯着庙门,盯着那挂着的长长的木板。那木板上面的字,他都能认识,他将它念了无数遍。

一个老妈妈跑出来，将他带到一个从前供菩萨的殿堂里。

正会长和一个青年的，卷发的，漂亮的女人坐在那里。另一群也是短发的，剪成各种各式的头样的妇人，在她们的两边围观着。

"你叫陈德隆吗？"那漂亮的女人问。她的头发卷得象一丛小勾藤似的。

"是！"陈德隆应着。他的心火不能按耐地燃烧了好几次。他瞪着那通红的眼珠子，死死地盯着她们。

"告诉我，陈德隆！"那漂亮女人板起了她的粉红的面孔，又问，"现在，你跑来做什么呢？"

"不做什么，我要我的老婆的。"

"你要你的老婆？……你懂得我们这里规章吗？"

"不懂得！……她偷了人，丢了我的脸，我是要将她领回教训的。"

"好！幸亏你还不懂得。你要懂得了时，你还会将她活埋掉呢！你把她打的头浮眼肿了，你还来……"

"她是我的老婆啦！"陈德隆截断了她的话头叫着。

"别提她是你的老婆吧！"那女人气冲冲地站起来了，"告诉你！你的老婆爱上了旁的人了，这是她自己说的。我们这里的规章是这样：女人爱谁就同谁住。并且还不能打她，骂她，折磨她！……前晚的事情，我们饶了你，是因为你不懂得。现在，你去吧！她已经不是你的老婆了。她是我们这里的人了。她在我们这里养伤，养好了我们自己教她回去。"

"真的吗？"

"真的！"

"我要是将她杀了呢？"

"你敢？我们抓到了剥你的皮！"

"好！"

陈德隆一言不发，回转身子就走。他的脚步沉重地踏着台阶，他的牙齿喳喳响着，他的眼睛里放着那可怕的红光！

在后面，妇人们都哈哈大笑起来了！正会长老远老远地追着他，叫他的名字："陈德隆——陈德隆——"

他不回头，也不响，脚步更加使力地走着。过了街口，过了桥头，他的耳朵什么声音都听不见。

在堤前，他坐下了。

他定神地看着天，看着地，看着那土地庙旁边的一截枯腐了的白杨树的身干……

突然地，他走过去，使力的一拳——把白杨身干打穿一个大洞！

六

老黄瓜很扫兴。副会长走了，梅春姐走了，而陈灯笼又不肯将他当知心人看待。他去找陈灯笼几次，陈灯笼都不在家。就连那野婆娘们的家中都不去了。

"妈的！真倒运！"

今天，他听说陈灯笼回来了，并且在找人卖牛，卖鸡，卖家中的用品和农具；他特地跑来看他的。

陈灯笼满脸笑容地在打衣包。他说："来，朋友！晚间到我家来喝酒吧！我要出门啦！……"

"出门？"

"嗳。"

"还有谁来呢？"

"不，就是我们两个人，喝杯米酒。"

"好的！好的！"老黄瓜走了几步，心里想道："不错，妈的！还是好朋友，还是知心人！不请旁人，单请我！……"

夜间——

陈灯笼把小桌子架在堂屋中间，点着小油灯，一缸酒，五大碗热烘烘的鸡肉。

老黄瓜奇怪起来："陈灯笼，你为什么弄这多的鸡肉呢？"

"卖不脱，自己杀了它。来，我们喝酒吧！"陈灯笼斟给他一大杯酒。

"你到哪里去呢？"

"做生意去！……不多谈它，喝酒吧！"

老黄瓜的心里更加奇怪起来。他看看陈灯笼好像并不是在喝酒，而是在喝一大碗一大碗的冷茶。吃鸡，好像连骨子都不愿意吐般地横吞着。他的光头上的青筋凸着！他的眼睛里放着血红血红的红光！……

"嗳！这又是一回怎样的事情呢？嗳！……"老黄瓜一边嚼着鸡肉一边想。

只在一刻刻工夫中，一缸酒已经只剩了一点儿边边了。

老黄瓜的视线模模糊糊起来。他是很不会喝酒的人，他给陈灯笼三杯五杯地，便灌得熏熏大醉了。

然而，一件心事，那就象一股不能抑制的蒸气般的，跟着米酒的冲力面翻腾上来了。

"陈灯笼！"

"怎么？"

"她，……她们呢？……"他更加模模糊糊起来。小灯光变成无数团火花飞动着。

"谁呀？"

"梅——梅春姐……和黄？——"

"管她呢，老黄瓜！"陈灯笼似乎在笑着，"男子汉，大丈夫，老婆只能当洗脚水，泼了一盆又来一盆！随她们吧，老黄瓜！……"

"对的，对……的！……"老黄瓜的身子渐渐地倒下来了。"陈——灯——笼！……你的蛮……蛮……对！……"

陈德隆站起身来。

"怎么，老黄瓜？……"他走来将他的身子踢了一脚，就象踢着一团烂棉花般的，老黄瓜滚到门弯中去了。

陈德笼用了一种迅速的，矫猿般的动作，将桌子轻轻搬开，将那磨得发亮的梭镖，从床头取出。将梭镖头拔下，用纸张包好，插在胸襟内。又将梭镖棍子当扁担，挑起了衣包来，开开门，向荒原中走去！……

银霜散布着夜的荒原。象那哭丧似的，哀叫的虫声，几乎完全绝踪了。月亮圆滑地从云围溜过，星星环绕在那泛滥的天河旁边，频频地眨眼。

陈德隆踏着大步地向镇上奔来。寒气掀起了他的酒意，使他更加倔强而凶猛了。一种沉重的杀机涌上他的心头。他的牙齿切得喳喳地响了！好像那黄的星一般的眼睛，好像那老婆的变节的身子与剪发的头颅，就停在他的前面般的，放出来一团团烈火，将他的灵魂燃烧着！

完全沉没在夜的风寒中的街镇，展向他的前面了。他在那桥头前停了一停，均匀了一回心头的喘息，酒意朦胧地，就开始进到街中了。他找寻她们的方向。

一道矮矮的垣墙，把一个狭巷中的低低的平屋包围了。陈德隆在那里停着。为了避免偶然的夜路人的碰见，他躲在墙角弯中，取出梭镖头来插上，将衣包就塞在那弯弯里。然后便跃身翻过矮墙来，在月明的光辉下轻轻地向着那第三个窗门爬去！……

"不会错的！"他抑制着他的朦胧的酒意，坚持他自己。他用梭镖头将窗子撬开，向里边爬着！……是他过于性急呢？还是黑暗中看不分明呢？当他使力的将梭镖向白色的床前一刺！就听得到：喳——喳——

"哎呀！"

一声粗暴的喊叫，将他的梭镖头，震落到窗门里了！随后，他便只身如飞一般地跳出垣墙，偷偷地听着！

显然地，里面嘈杂的人声，完全不是！他气的提着衣包飞跑着！他的酒意，完全清醒过来了。

"唉，妈的！我怎么弄错的呢？我费了三天工夫才打听出她们来啦……唉！我到哪里去呢？……她妈的，妈的！……唉！……"

第四章

一

梅春姐非常幸福地又回到村中来了：她是奉了命令同黄一道回的。当她在镇上听到那癞子陈德隆，因要杀他们却错杀了旁人而逃跑的时候，她就想要回来的。因为她的伤还不曾全好，才迟了几日。

她非常高兴，她从镇上的漂亮的女会长那里，学到了很多东西。她没有再住从前的那所旧房子了。她是和黄同住在大庙旁边的另一个新房子里的。她不曾再回来看过她的老家，她也不再悬念她家中的用品，鸡、牛和农具！……

她不再怕人们的谣言了，她也不再躲在家中不敢出来了。她似乎完全变成了另外一个人。她整天都在村子里奔波着：她学着，说着一些时髦的，开通的话语，她学着，讲着一些新奇的，好听的故事。

姑娘们，妇人们，都开始欢喜她，同她亲近了。老头子，老太婆们，都开始嫉妒她，卑鄙她，同她疏远了。

当她一遇见了人时，她就说：她也要在村子里组织一个什么女人们的会了，那会完全是和男人们的会一样的。因为女人在这个时候通统应当自立起来，和男人们共同作事的原故。女人是不能一世都依靠男人们的，而且，男人们也不能够无理地欺侮女人，打女人和折磨女人——就象陈灯笼过去折磨她的那样——因为女人和男人们一样地都是人啦！……并且女人们从今以后，通统要"自由"起来：出嫁、改嫁都要由自己作主，男人是决不能在这方面来压制和强迫女人们的！……女人们还偷着，留着没有剪掉头发的，限时通统要剪掉！……村子里不准任何人再折磨"细媳妇"！[①] 而且尤其是不准"包细脚"和逼着死掉了丈夫的女人们做寡妇！……

这些话，梅春姐通统能说得非常的时髦、漂亮和有力量。因此那班从前都赞誉过她的老头子和老太婆们，就格外地觉得希奇，嫉妒，卑视而且渐渐地痛恨起梅春姐来了。

---

① 细媳妇：即童养媳。——作者原注。

这真是一件希奇的，鬼气的事情啦！……

老太婆们都气着说："这样的规矩啊呵！——鬼哪！鬼哪！……贞节的妇人怕缠魂鬼哪！……"

老头子们都呕着说："这样的规矩！——我早就说过的哪！女人没有了头发要变的，世界要变的哪！……"

可是，那些年轻的姑娘和妇人们却恰恰相反，她们大半都象疯了似的，全都相信了梅春姐的话，心里乐起来了，活动起来了！只等梅春姐一到村子里的某一个人家，她们就成群结队地将她包围着。她们都愿意加入和赞成梅春姐的这一个会，并且还希望梅春姐把这一个会早些日子成立起来！……

这真是一件气人的，呕人的事情啊！……世界还到底要变成一个怎样的东西呢？……很多老头子——象四公公他们，和老太婆——象黄瓜妈她们，都几乎要气得发叫起来了。

然而，梅春姐在村子里一天比一天更高兴地活动着。并且夜间，当她疲倦地从外面奔回家来的时候，她的黄也同时回来了。她便象一头温柔的，春天的小鸟儿般的，沉醉在被黄煽起来的炽热的情火里；无忧愁，无恐惧地饮着她自己青春的幸福！他们能互相亲爱，提携；互相规勉，嘉慰！……

黄还时常教她读一些书，写一点字；叫她做一些新鲜的，有意思的玩意。她也更加地爱护他，甚至于连一根毫毛都怕他伤坏。

白天，他们又各自分头地，在村子里做各人的事！

她常常地想：这才是真正的生活呢。

当她的女人会开过第一次筹备会的一天的早上，忽然的，她对黄说："黄，我……"

"怎样啦？"

"我想是……有……有了什么……"她羞惭地将头儿低下。

"嗳哈！……不开通！不开通！"黄笑着说，并且急急地扶起她的头来："是陈灯笼的吗？……"

"不，你的！"她把他的眼睛指着。"是你这双鬼眼睛的！星眼睛的！……"

黄扣着他的眼睛笑起来："随他吧！我的好，他的也好，都是一样的。只要有人能生养就得啦！我们的大事情还要紧得很哩！姐！……"

梅春姐还是不依地，矫羞地，狠狠地将他的眼睛盯着。

"唉，你的这双鬼眼睛！真撩人啊！……"

二

那个最欢喜搽脸红的，平常总是同情而又嫉妒梅春姐的放荡的妇人柳大娘，也开始变得和梅春姐一样了。她也学着说起开通的，时髦的话来了，学着讲起新奇的，好听的故事来了。那是因为梅春姐所邀集的女人们自己的会，在三月八日那天正式成立时，柳大娘也当选了会中干事的原故。

她奉了会长梅春姐的命令和指示，也开始日夜不停地在村子里奔波起来了。她的话虽然说不到梅春姐那么漂亮，有力，可是，如果按照梅春姐和一些其他的会中人的吩咐，一句一句地说出去，也是很能打动一些闺女和妇人们的心的。因此那班守旧的老头子和老太婆们见了她，就比见了梅春姐还痛恨得利害。

"呸！……那是怎样的东西呢？……完全，……下流货呀！……鬼婆子，你还要学她吗？……"

"现在，无论谁啦！——如果再叫那个脸上涂得象猴子屁股的骚货进门，我一定要打断她的腿！……"

可是，柳大娘不比梅春姐，她却丝毫没有畏惧，仍然是高兴地，大胆地搽着脸红，在村子里的许多人家穿进穿出。她要是遇见了那些特别顽固和守旧的老头子、老太婆们，她就格外地觉得起劲了，因为她很能够抓到和指出他们的丑恶和错处来，给他们一个无情的回骂或威吓的原故。

"你们还装什么假正经呢？公公，伯，叔，婶婶！……你们的闺女和寡妇，不也是一样地在家里偷人吗？……你们为什么不把她们明白地嫁掉呢？……你们还偷着留着头发在头上有什么用处呢？……你们都应该晓得——现时不象从前了呀！……一切——女人和男人家都应当'平等'，'自由'。……你们都以为大家通统是聋子和瞎子吗？……你们一天到晚守在家里逼寡妇！折磨'细媳妇'！……强着给小女儿'包细脚'！……这都是罪过的和犯法的事情呀！……你们通统都不懂得吗？……你们都想戴高帽子'游乡'，吃官司和坐班房了吗？……哼！……我并不是梅春姐会长啦！你们还有心暗中来笑我，骂我哩！……"

这真是太气人的、呕人的事情啊！……但是谁还能大胆地当面回骂一句不赞成或反对的话呢？因为这世界完全变了样子了呀！你假如要骂——那你就要算作反动或不动的人了，并且立刻就有坐班房和"游乡"的危险的。因此，每当梅春姐，柳大娘，或者一些其他的女会中人来村子里宣传的时候，顽固的人家，就只好一面将闺女和"细媳妇"们收藏起来，一面仍然狠狠地在肚子里用小舌头骂着，怀疑着："妈的！怎样呢？世界到底要变成一个怎样的东西呢？"

"妇人真的能和男人家'平等'吗？……能当权吗？……不依

规矩能和男人一起睡觉吗？……"

"寡妇能再嫁吗？……女儿能分家产吗？……"

"剪掉头发了，不'包细脚'，还象一个女人吗？……"

"嗯！他妈的！……盘古开天以来，就没有听见过这样的规矩！……这都是她们那些下贱的东西自己造出来的啦！……"

"操她们的妈妈！一个老法宝——不让她们进屋！"

"她们会自己塌下来的！放心吧！……"

可是，无论他们这些顽固的人是怎样在怀疑、暗骂和反对，女人们的会在村子里底势力，是一天一天地扩大起来了。她们不但没有"自己塌下来"，而且反将那些被收藏的闺女和"细媳妇"们，通统弄出来加入了她们的会。

这真是太气人的、呕人的事情啊！老头子和老太婆们的心血都差不多要气出来、呕出来了！——他们或她们还能对这样的事情生什么办法呢？假如真的是鬼人到女人们的心里了，谁还敢去阻拦她们呢？……当柳大娘和其他的女会中人。一次比一次得意地在村子里摇来摆去的时候，他们简直连胆都要气破了啊！

"妈的！……通统捺死她们吧！——只要她们自己塌下来！……"

可是，什么时候才能"塌下来"呢？——他们却不知道。

三

因为会中有很多的事情不能够解决，梅春姐往往在太阳还没有压山以前，就站在那大庙旁边的新屋子门口，等候着她的黄回家来吃晚饭。

她近来是现得更加清瘦了，女会中的繁琐的事务，就象一副不能卸脱的沉重的担子似的，压着她那细弱的腰肢，使她丝毫都不能偷空一下。她的那扁桃形的，含情的眼眶上，已经印上着一层黑黑的圈子了。她的姿态好像完全变成另一个人了。她的肚皮微微地高出着，并且有一种不知名的，难当的气息，时时刻刻在袭击和翻动着她那不能安静的内心。

黄也和她一样，为了繁重事务，几乎将身子都弄坏了。他的脸瘦了。皮肤晒黄了，眼睛便更加现得象一对大的，荒凉的星一般地，发着稀微而且困倦的光亮。他也完全没有两三个月前那样漂亮了。因为他不但白天要和红鼻子老会长解决一切会中的事务，而且夜间还要为梅春姐做义务教师和指导者。

今天，梅春姐也和往常一样，老早就站在那里等着她的黄回来。

太阳刚刚一落下去，她就在那晚霞的辉映里，遥远地看到了黄的那拖长着的瘦弱的影子，并且急忙地迎上去。

"怎样呢？黄啦！……今天？……"她温和地问道。

"今天好！"黄笑着说。"不但又有很多人来加入了会，而且还有人争执到'土地'的问题上来了！……但是，姐啦！今天你们的呢？……"

"我们也好！……黄！"她说。"不过，关于解放'细媳妇'和再嫁寡妇们的事，今天又闹过一些乱子！……因为一班老年人都……"

黄却没有等着细听她的报告，就一同挽着手走进屋子里了。他们在一盏细细的灯光前吃过晚饭，因为事情上急，便又匆忙地讨论起问题来。

梅春姐小心地，就象小学生背课文那样的，将日中怎么发生乱子的经过，通统背诵出来了：——是谁不愿将"细媳妇"交出来，是准曾阻挡寡妇们入会，是谁来会中哭诉着，纠缠着，又是谁要来会中讲交情，求面子……这些问题她通统不能解决。她用了一种孩子们般的无办法和渴望着救助似的神气，凝注着黄的面貌，希望他能迅速地给答复下来。

黄笑着，并且勉慰地问她了："姐啦！你的意思呢？"

"我以为，……现在，……黄啦！"她混，"我们也应给老年人一些情面，这些老人家过去对我都蛮好的。……因为，我们不要来得太急！……譬如人家带了七八年的'细媳妇'，一下子就将她们的夺去，也实在太伤心了！……我说，……寡妇也是一样啦！说不定是她们自己真心不愿嫁呢？……"

黄不让她再说下去，便扪着他的眼睛，禁不住哈哈大笑起来了。

"怎样呢？黄啦！你为什么笑呢？"她自觉地羞惭地说。

"你为什么还是这样一副软弱的心肠呢？我的心爱的姐！……你以为一切的事情通统这样的简单吗？"

"那么，你以为怎样呢？黄啦！"她追问道。

"我以为你还来得太慢了呀！姐！……你们女人会的事情样样都落在人家的后面呢！……你以为做这样的事情还能讲情面吗？还嫌做得太急吗？……这是替大家谋幸福的事情呀！我的心爱的姐！……譬如我们过去如果不强着替她们剪头发，她们会自己剪吗？……不强着替她们放脚，她们会不'包细脚'吗？……不强着压制一班男人家，他们会不打老婆，不骂老婆和不折磨'细媳妇'吗？……我的姐！一切的事情通统都是这样的呀！……又譬如你——姐！你如果不急急地反抗和脱离陈灯笼，我们又怎能有今日呢？……"

"假如她们那些人要再来求情和争闹呢？"梅春姐仍然虚心地犹豫着！

"那还有什么为难的呢？我的心爱的姐！——不睬她们或赶出他

们，就得啦！……"

黄停顿了一下，用了一种温和的，试探的视线，在追求和催逼着她的回话，并且捉着她的每一个细密的表情和举动。

外面的田野中的青蛙，已经普遍地，咯咯地嚣叫起来了。这不是那凄凉的秋虫的悲咽声，这是一种快乐的，欢狂的歌唱。一阵夜的静穆和春天的野花底香气，渐渐地侵袭到这住屋的周围来了。

梅春姐偏着头，微微地凝着她那扁桃形的眼睛，想了半天。突然地，她象得了什么人的暗示而觉悟过来了似的，一下子倒到黄的怀抱里，娇羞地，认错似地说道：

"对，黄啦！你的对！——我太不行了！是吗？……从明天起，我要下决心地依照你的说法去做——将那些事情通统解决下来，并且报到区会中去！……不要再给她们留情面了，是吗？……我得将'细媳妇'和寡妇通统叫到我们的会中来，听她们自家的情愿！……是吗，黄啦？……"

黄将头低下来，轻轻地吻着了她的湿润的嘴唇，开心地叫道："是啦！我的心爱的姐，你怎么这些时才想清的呢？……"

外面的青蛙，似乎也都听到了他们这和谐的，亲爱的说话一样，便更加鼓叫得有劲起来了！……

四

倒不只是因为女人的会的原故，村子里又起了谣言了。而且谁都不知道这谣言是从什么地方来的。最初不过是三个，五个人秘密地闲谈，议论着。到后来，便象搅浑了的水浪似的，波及到全村子以及村子以外的任何个角落去了。

谣言的最主要的一些，当然还是离不了女人会的行动，尤其是梅春姐的和柳大娘的。一派人说：过了六月，便要实行"公妻"了。另一派人又说：不是的，要过七月；因为六月里女人得先举行一个"裸体游乡大会"，好让男人家去自由选择。一派人说：老头子们都危险，只要上了四十岁的年纪，通统要在六月一日以前杀掉，免得消耗口粮。又有一派人说：孩子们也是一样，不能够走路的也通统要杀掉，而且还有人从城里和镇上亲眼看到过铁店里在日夜不停地打刀，铸剑，准备杀人。这就使很多够资格的人都感到惶惶不安起来了。这到底是怎样一回事呢？……全村子里似乎只有老黄瓜一个人知道得非常详细——那特别是关于"公妻"和"裸体游乡"的事情。他就象一个通村的保甲似的，逢人遍告着。

"一定的呀！"他说，"我们大家都不要愁没老婆了。……哈哈！妈的！真好看啦！……七月一定'公妻'。……只要你们高兴，到女人会中自由去选择好了。她们在七月以前通统要'裸体游乡'一次的——那时候，你就可以拣你自己所喜爱的那个，带到家里来！……唔，是的呀！……'裸体游乡'！……哈哈！……你们通统不知道吗？……那才有味啦！……告诉你：……那就是——哈哈！……就是——就是——女会中的梅春姐，柳大娘和那些寡妇，'细媳妇'她们，……通统脱掉衣裳，……脱掉裤子，……在我们的村子里游来游去！……唔！……哈哈！……你真不信吗？……我要骗了你我是你的灰孙子啦！……屁股，奶奶，肚子，大腿和那个，——通统都露在外面哩！唔！看啦！哈哈！……哎哟！哎哟！——我的天哪！——我的妈哪！——哈哈！……"

老黄瓜说得高兴的时候，就象已经从女会中拣得了一个漂亮的老婆似的，手舞脚蹈起来了。他的小眼睛眯得只剩了一条细线，草香荷包震得一摆一摆。如果那时有人从旁边怂恿他几句，他是很可以脱掉裤子，亲自表演一下的。

梅春姐听到这一类的谣言，正是在一个事务纷忙的早上。她已经将很多繁重的离婚，结婚，"细媳妇"和寡妇的事情通统弄好了，准备到镇上的区会中去作报告，——柳大娘匆匆地走进来了。她用了一种吃惊的，生气般的神情，对梅春姐大声地叫嚷道：

"真的，……气死人啦！……梅春姐你还不知道吗？——老黄瓜在村子里将我们造谣造得一塌糊涂了！他说，他说，……我们通统，通统，……"

"啊！怎样呢？……他说？——"梅春姐尽量装得非常镇静地，接着问。

"什么'公妻'啦！……'裸体游乡'啦！……他就象已经亲眼看见过的一样！……那龟孙子！……"

梅春姐一一向柳大娘问明白之后，便郑重地将到镇上去的事情暂时搁下，带着这些谣言亲自去找其他的会中人去了。

可是，谁都不知道这谣言是从什么地方来的。当他们决定要将老黄瓜抓来问一问的时候，老黄瓜却早已闻风逃避得不知去向了。

夜晚，黄从镇上回来。梅春姐气得象一头受了委屈的小羊般的，倒在他的怀抱里，一五一十地告诉他村子里怎样发生谣言的经过，并且还沮丧地，忧伤地叹息道：

"黄，为什么世界上偏偏有这样一些不开通的人呢？他们为什么只专门造谣。诬害呢？……先我们还不认识的时候——谣言。认识过后——又是谣言。后来，我们正式回到村子里来作事情了，我想谣言这该不会再落到我们头上吧！……然而现在——却连我们自家的会，都要遭他们的谣言了！……黄，他们为什么偏偏这样混账呢？

……关于这些谣言，他们都从什么地方造出来的呢？……黄啦！你告诉我呀！黄啦！……"

黄轻轻地抚弄着她的短发，并没有即刻就答复她这问题。他的眉头深深地连锁着；他的那星星般的撩人的眼睛，在灯光下微微地带着一些不稳定的光彩；他的那清瘦的面容，似乎正在深思。疑虑着一桩什么未来的大祸事一样。

梅春姐深深地诧异起来了。

"黄啦！你为什么又不回我的话呢？"

黄皱皱眉头，笑了一下。他说："没有什么，姐！……不过，这些谣言都不是我们村子里自己造出来的！这是一条——毒计！"

"毒计？"梅春姐吃惊地坐起来了。

"是的。不是谣言，姐！而且听说省城里还有了大的变动哩！……昨天镇上开了一通宵的会，就专为这事情的。"

"啊！——那怎么办呢？黄，……假如省里一变动，我们现在的事情，不通统都要停下来吗？"

"那当然不能停的！"黄站起来兜着圈子，断然地说。"莫要说这还只是些谣言，消息，姐，即使是真的有什么大祸发生了，我们还能抛掉这里的事情逃脱吗？……姐，我们目前已经没有其他的路了呀！不是死——那就只有努力地朝前干下去呢！……"

梅春姐轻轻地战栗了一下！然而，却给一种数年折磨出来的苦难的意志，将她匡住了。

"那么，假如真的要变动起来，我们后天的排新戏还排不排呢？"

"当然排喽！——"

黄这样一说，梅春姐便觉得一切的事，都重新得了保护似的，勇气和意志都坚强不少了。

五

是因为肚子渐渐地大起来了的病态底变化呢？还是由于局势的不安而感到忧愁，疑惧呢？……在大家不顾一切而进行排戏的那晚上，梅春姐总觉得有些象亡魂失魄那样的，连行，坐，说话，都显得难安、恍惚起来了。

过时候，外面的谣言就象一片大大的乌云，浓雾似的，将天空和日月都几乎遮蔽着。这不是从前的那种关于梅春姐一个人的谣言了，这是关于整个的大局的啦！有人说：不但是省城里有了变动，而且县城里也开来了新的反对的兵了，镇上也现出惶惶不安的景象来了。有钱的，先前被赶出村子的人现在通统要溜回来了。他们全准备着，要和村子里各会中的人算账。并且要拿各种各样的，可怕的手段，来报复各会中的人。关于女人们，他们尤其说得恶毒：入过会的，抓来——杀！不曾入会而剪掉了头发的，现在通统要送到五台山或南岳山去给和尚！……

然而，他们却还象并不知道的那样，仍然在关帝爷庙中排他们的戏。那戏是黄亲自编作出来的。为的是要表演一个很有田地的人，剥削长工和欺压穷困女人的罪恶。因为主角配角的人都要得非常多而且复杂的原故，除红鼻子老会长，梅春姐，柳大娘，木头壳和黄自己之外，还派人到村中去强邀了麻子婶以及很多个年轻的媳妇和小伙计们来，准备大规模地练习一次。

黄自己扮那个有钱的，作恶的角色，戴着一撮小胡子和两片墨晶眼镜，穿一件太不相称的大袖子的袍子。红鼻子老会长仍然扮他那最熟习的长工的角色。梅春姐扮有钱人的大太太，柳大娘扮姨太太，木头壳扮听差的小孩子。此外，麻子婶以下，便通统扮穷困妇人和那受剥削受得太多，而商量共同起来反抗的种田汉。

外面的天色已经变得乌黑无光了。一阵初夏的清凉而阴郁的空气，掠入庙堂来，扑到高高的戏台上，将一排巨大的灯光都几乎扇灭了。这时候，在野外，很少能再听到快乐的，高叫的蛙声，而代替了一种新虫的悲哀的低诉。夜的一切，似乎都沉入到了一种深沉的，恐怖的，不能解脱的陷坑里，而静待着某一桩预料了的祸事的到来那样。

角色通统分配、化装之后，便开始了第一幕的台词的口授，因为几乎是全部的演员都不识字而无法读剧本的原故。可是，黄还没有说完他那第一幕的第一句，从外面——从那黑暗的，不知方向的一角，——突然地发出着一个裂帛似的枪声来了！

大家一怔！接着——又是第二声，第三声！……

与其说这是一个突然的变动，倒不如说，就是那一件约定的祸事的到来。当时每个人都迸出了一种惊悸的，仓皇的和绝望的脸色，并且开始大乱和大闹起来了！……女人们哭着！——孩子们哭着！……年轻力壮的人们都急忙地冲出到庙门的外面，开始向黑暗中飞逃了！……

这真是一件惊人的，可怕的事情啊！……

黄急忙地用了一种迅速的，猫儿扑鼠般的手法，将那排巨大的灯光通统扑灭了。梅春姐惊心地，惶悚地，紧紧地靠着他的身子，并且不能抑制地，悲伤地战栗着！

红鼻子老会长和柳大娘都摸着，跌着，从黑暗中逃跑了。木头壳背着他的妈妈麻子婶，由竹篱笆的狗洞中钻出去。……

黄急忙地，下死力地将梅春姐拖着，拖着，从一道窄门中溜了出去，——这时候，大庙里已经没有一个人留着了。他喘息地一边抹掉了他的那撮假的小胡子和墨晶眼镜，一边将那件大袖子的不相称的袍子，脱下来撕得粉碎了！……

"我的天哪！天哪！……我们到哪里去呢？"梅春姐嘶声地，战栗地摸着她的大肚子呜咽着！

"不要响！……姐！……轻声些！……"黄尽量地抑制了她的悲诉。

他们背着枪声的方向，轻轻地，匍匐地，爬过一条田塍，爬过了一个高高的丘冢，一条茅丛的小路和一段短桥！……

当他们快要爬到那湖滨的时候，……突然地，给一个东西一绊！——梅春姐和黄便连身子都给绊倒下来了！

三四只粗大的黑手，连忙捉着，抓住着他们的胸襟！——当他们明白了这是怎样的一回事情之后，便一齐震得，疼痛得昏迷过去了！……

夜的黑暗的天空中，正开始飘飞着一阵细细的雨滴！……

第五章

一

巴巴头，万万岁；

瓢鸡头，用枪毙！

六月的太阳火一般地燃烧着。三个老头子：四公公，李六伯伯，关胡子，坐在湖滨的一棵老枫树底下吃烟，乘凉；并且谈论着这半年来的一切新奇、动乱的时事。

四公公，那个白胡髭的最老的老头子，满面忧烦，焦虑地，向那健壮的关胡子麻麻烦烦地问着，关胡子就告诉他那么一个歌儿。

"你上街回啦！总还有旁的消息吧？……"

"没有。"关胡子又说，一面用手摸着他的胡髭。"不过，那姓黄的和陈灯笼的嫂子，听说会在近天中……"

"近天中？……唉！可怜的小伙子！天收人啊！那个女人还怀了小孩哩！……"四公公的头颅低低地垂着，就象一只被打伤了的鹅般的，他的声音酸哽起来了。"总之，我们早就说了的：女人没有头发要变的，世界要变的哪！……"

李六伯伯揉揉他的烂眼处，一副涂满了灰尘的瘦弱的面庞上，被汗珠子画成了好几道细细的沟纹。他想开口说一句什么，但又被四公公的怨声拦阻着。

四公公是更加忧愁了，他不单是痛惜黄和梅春姐，他对于这样的世界，实在是非常担心的。七十多年来的变化，他已经瞧的不少了：前清时州官府尹的威势，反正时的大炮与洋枪，南兵和北兵打，北兵和南兵拚，他都曾见过。可是经过象目前这般新奇的变化，他却还是有生以来的头一遭。

一阵沸热的南风，将地上的灰尘高扬了。大家将头背向湖中，一片荒洲的青翠的芦苇，如波涛般地摇晃着。

四公公到底沉不住心中的悲哀了，他回头来望着那油绿的田园，几乎哭着，说："你看啦！黄巢造反杀人八百万，都没听说有这般冷静！一个年轻些的人都瞧不见他们了！……"

"将来还有冷静的时候呢。"关胡子又老是那么夸大的，象蛮懂得般的神气，摸着他的胡髭。"将来会有有饭无人吃，有衣无人穿的日子来的啊！……"

李六伯伯将他的烂眼睛睁开了："我晓得！要等真命天子出来了，世界才得清平。民国只有十八年零六个月，后年下半年就会太平的，就有真命天子来的！……"

"妖孽还多哩！"关胡子说。

"是呀，今年就是扫清妖孽的年辰呀！……"李六伯伯的心中更象有把握般的。"明年就好了。后年，就更加清平！……"

"后年？唉！……"四公公叹着，"我的骨头一定要变成鼓槌子了。想不到活七十多年还要遭一回这样的殃啊！……唉！……"

世路艰难了——又有谁能走过呢？

人心不古了——又有谁能挽回呢？

象梅春姐和黄他们那样的人，也许原有些是自己招惹来的吧，但，其他的呢？老头子们和年轻的人们呢？……

一只白色的狗，拖着长长的舌头，喘息着从老远奔来，在李六伯伯的跟前停住着。它的舌头还没有舐到李六伯伯的烂眼睛上，就被他兜头一拳——击得"汪！"的一声飞逃了。

二

一切的事都象梦一般的。

在一个阴暗的潮腐的小黑屋子里，梅春姐摸着她的那大大的肚皮独自个儿斜斜地躺了一个多月。一股极难堪的霉腐的臭气，时时刻刻袭击着她那昏痛的头颅。一种孕妇的恶心的呕吐，与胎儿的冲击，使她的全身都不能够支持地，连呼吸都现得艰难起来了。

室外是一条狭窄的走廊，高高的围墙遮蔽了天空和日月——乌黑地，阴森森地，象永远埋在坟墓中般的。只有一阵通通的脚步声和刺刀鞘的劈拍声来回地响着。一个胖得象母猪般的翻天鼻子的，凶残的看守妇，一日三通地来临视着梅春姐的饮食与起居。在走廊的两旁的前方，是十余间猪栏般的男囚室。

与其说是惧怕着自家在这一次大变动中的恶运，倒不如说是挂虑黄与那胎儿的生命的为真。梅春姐整日地沉陷到一种深重的恐怖中了。大半年来的宝贵的，新鲜的生活的痕迹，就象那忍痛拔除的牙齿还留下着一个不可磨灭的牙根般的，深深地留在梅春姐的心里了。是一幅很分明的着色的伤心的图画呢！她是怎样地在那一夜被捉到这阴森的屋子里来的，她又是怎样地在走廊前和黄分别，黄的枯焦的颜色和坚强的慰语，其他的同来人的遭遇！……

这般的，尤其是一到了清晨——当号声高鸣的时候，当兵丁们往来奔驰的时候，当那母猪般的看守妇拿皮鞭子来抽她的时候，这伤心的图画，就会更加明显地开展在梅春姐的面前；连头连尾，半点都不曾遗忘掉。她的全身痉挛着！因此而更加证实了她的恶运，是怎样不能避免地就要临头了。她暗中不能支持她自家地，微微地抖战着，呜咽着！……

"唉！……也许，清晨吧！……夜间吧！……唉！我的天哪！……"

然而，归根结蒂，自家的恶运，到底还不是使梅春姐惊悸的主要原因。她的这大半年来不能遗忘的新的生活，她的那开始感到有了生命的，还不知道性别的可爱的胎儿，她的黄，他的星一般撩人的眼睛！……

"唉！唉！……我的天哪！……"

翻天鼻子的看守妇走来了，她用一根粗长的木棍，将梅春姐从梦幻中挑醒来。梅春姐就抱着她的大大的肚皮，蹒跚地移到窗门上。一种极难看的凶残的脸相，一种汗臭和一种霉酸的气味，深沉地胁迫与刺痛着梅春姐的身心！

在往常，在这一个多月中，在无论怎样的恐怖与沉痛的心情之下，当看守妇走来在她的身上发泄了那凶残的，无名的责骂之后，梅春姐总还要小心陪笑地鼓着胆子问过一回关于男囚室的消息与黄的安全。虽然她明知道看守妇不会告诉她，或者是欺蒙了她，但她仍然不能不问。并且她在问前，还常常一定要战栗了好几回，一定等到了那也许是假的，也许是欺蒙她的安全的回答之后，她才敢自欺自慰地安睡着。

这样的，已经一个多月下来了！……

但，今天，还是怎么的呢？还是看守妇的脸色过于凶残呢？还是自家的心中过于惊悸呢？……当看守妇和她纠缠了许多时辰，又发泄了许多无名的气愤而离开她的时候，梅春姐是始终不曾，也不敢开口问过黄来。一直等到看守妇快要走过走廊了的时候，她才突然地，象一把刀子刺在喉咙中必须拔出来般的，嘶叫着："妈妈，……来呀！……"

看守妇满是气愤地掉过那笨重的身躯，大踏步地回到窗前来了。她双手插在腰间，牙齿咬着那臃肿的嘴唇，向梅春姐盯着："什么？……"

鼓着胆子，战栗地，嗫嚅地问道："那，黄，……黄？……"

"还有黑呢！你妈的！……"看守妇冷冰冰地用鼻子哼着，唾了一口走开了！

梅春姐在窗前又站了许多时辰，她的眼睛频频地发着黑。一种燃烧般的，焦心的悬念，一种恐怖与绝望的悲哀！

"天哪！怎么的呢？……还有没有人呢？……"

一阵通通的脚步声和劈拍的刺刀鞘声音响近来了。一个兵，一个脏污的，汗淋淋的荷枪的汉子，向她贪婪地凝望着。

梅春姐又鼓起她的胆子来，又战栗地，嘘嘘地向这脏污的兵问道："老总！……"

他走过来，他的眼睛牢牢射着梅春姐的脸。

"请问你！……那边，……男囚室，……一个黄，黄，……"

脏污的兵用袖子将脸膛的汗珠抹去，他更进一步地靠到她的窗前。

"你是她的什么人啦？……"

梅春姐有点儿口吃起来了："是……同来的！……"

"他吗？……"那脏污的兵说，"他，他们……"

梅春姐战栗了一下！她目不转睛地盯着那脏污的兵的嘴唇，她惊心地等待着他的这句话的收尾。一种悬念的火焰，焦灼地燃烧起来！她想，他该会说："他们好好地躺在那里吧！……"但他却正正他的帽子的边沿，说道："他们在今天早晨——"

"早晨？——"

突然地，一道流电，一声巨雷！一个心的爆裂——象山一般的一块黑色的石头，沉重地压到梅春姐的头上！她的身子漂浮地摇摆着！象从天空中坠落到了一个深渊似的，她的头颅撞在窗前的铁栅上了。她就象跌筋头似的横身倒了下来！……

胎儿迅速而频繁地冲动着！腹部的割裂般的疼痛，使她不能够矜耐地全房翻滚了！

没有思想！没有灵魂！……整个的世界完全毁灭在泪珠和汗水，呻吟与惨泣之中！……

看守妇怒气冲天地开开门来，当她瞧到那秽水来临的分娩的征候的时候，她就大声地讪骂着：

"你妈的！你妈的！……生养了，你还不当心啦……"

梅春姐死死地挨着墙边，牙齿咬着那污泥的地板，嘴唇流血！胎儿的冲击，就象要挖出她的心肝来般的，把她痛的，滚的，渐渐地失掉了知觉，完全沉入昏昏迷迷中了。

看守妇弯腰等待着：拾取了一个血糊的细小的婴儿；一面大声地嚷着，骂着！呼叫着那个脏污的，荷枪的汉子：

"他妈的！……跌下来的！……还不足月呢！……还是一个男孩子啦！……请把你的刺刀借我，断脐带！……"

三

在外面过了大半年漂流生活的陈德隆，突然地回到村子里来了。他是打听了四围都有了变动才敢回的。

在他的自己的屋子门前，呈现出一种异常的荒凉与冷落，完全变了样子了。他站在那里很久很久而不敢进门，就象一个囚徒被释放回来般的，他完全为一种牛性的，无家的，孤独的悲哀驰遣着！

村子里瞧不见一个行人了。一块阴沉的闷热的天，一阵火一般的南风的吹荡。几头野狗，在自家的荒芜的田地里奔驰，嘶吠！……

究竟还是老朋友老黄瓜，是他的小眼睛的锐利呢？还是听到旁人说的陈德隆回家了呢？他第一个不顾性命地奔来欢迎了陈德隆。他也是因那次造了谣言，被赶掉之后，最近才回村子里来的。他的身上还是一样地脏，一样地佩一个草香荷包，一样地用破衫的袖子揩额角间的汗珠和眼屎。……

陈德隆迎上这一个大半年来不曾见面的好朋友。

"回来啦！陈灯笼！……"他说，满脸欢欣地，"一定发了大财了？……"

陈德隆笑了一笑，他那被外面的风霜所磨折的憔悴的面容上，起了好几道糊满了灰尘的皱纹。他象一个真正的朋友般的，拍着老黄瓜的肩头，迟迟地说：

"回来了！……"一股非常难堪的热臭——汗水和灰尘臭——互相地冲袭起来，"他们呢？……村中的人呢？……"

老黄瓜痴呆了一会儿，拖着陈灯笼走进那荒凉的屋子里，在一条满是灰尘的门限前坐着。他一边用袖子揩去了汗珠子，说：

"他们吗？……唉！会中的人，失的失了，走的走了！……那个黄已经早在街上干掉了！……你的嫂子跟着也……不，听说她还在的，还生了一个男孩呢！……啊！啊！我应该恭禧你做爸爸啦！……"

陈灯笼冷冷地笑着。他从破衣包里摸出了一枝贱价的纸烟来，擦根火柴吸了。他从容地踏死了一个飞来的蚱蜢；并且解开着小衫的胸襟，风凉风凉地听着老黄瓜的诉说。

遥远地，三个老头子，象两枝枯萎的桑树枝护着一条坚强的榆树一样，关胡子在中间，四公公和李六伯伯象挟着他似地向陈德隆的家中走来了。

四公公到底不行了，用了拐杖，他轻轻地敲打着陈德隆的台阶。

"回来了，德隆？……半年多些在哪里啦？……"

陈德隆招呼着这三位老人在门限前坐着，简短地告诉了一点大半年来不甚得意的行踪之后，话头便立即转到梅春姐和黄的身上来了。

交谈过一会儿，四公公又慢慢地将他的拐杖合拍地敲打起来了。他带着教训似的声音，一字一板地说：

"……总之！这事情，这是德隆你自家的不好。当初她是怎样地对待你来！……她是全村中都晓得的，有名的好女子。而你？德隆！你将她磨折！你……现在，我们就抛开那些不谈。总之，梅春的变卦和受苦完全是你德隆逼出来的！对吗？……你不那样逼她，她能有今日吗？……是的，你一定要怪我做公公的太说直话，但李家六伯伯和关公公在呢。他们不姓陈，他们该不会说假话吧！……唉！唉！……现在，她还关在街上的，她还替你生了个男孩子——这孩子是你的啦，德隆！……她和姓黄的一共只有八个月，这孩子当然是你的！……唔！就算那不是你的吧，有道是'人死不记仇'啦，'一日夫妻百日恩'！……德隆，这时你不去救救她，你还能算一个人吗？……当然喽，我们并不说梅春没有错，但是，最初错的还是你呀！德隆！……公公活了七十多年了，是的，好本事，好脚色的人看的不少，就从没有看见一个见死不救的，那样狠心的好脚色呢！……"

陈德隆的头低低地垂着。他在这三个老头子面前好像小孩子似的，牛性的，凶猛的性情完全萎靡了。也许是受了半年多来外间的，风霜的折磨吧，也许是受了过度的，孤单的悲哀和刺激吧，他的心思终于和缓了下来。当他听完了四公公很费力的长长的教训的时候，当他看到了大家——连老黄瓜——都沉入在一种重层的静默的悲哀之中的时候，他才觉得他对于梅春姐是还怀着一种不可分离充满了嫌忌的爱，爱着她的。虽然他过去对她非常错过，而她又用一种错过来报复了他！……总之，这一切的，他们中间的不幸的事故。何况，黄已经死了，而她又替他——也许是黄吧！但他暂时无暇去推究这些——生了孩子了，又正正地在等待人家的援救！……

他沉默着！深深地沉默着！他尽量在他自家的内心里去搜求他那时对于梅春姐的过去错过的后果和前因！……

四公公又敲起他的拐杖来了。李六伯伯在他的烂眼睛上挥掉了那讨厌的苍蝇。关胡子老象蛮懂得般的，摸着他的胡子。老黄瓜满是同情地悲叹着。

"怎么啦？……还不曾想清吗？"四公公的拐杖几乎敲到了陈德隆的光头上来地问他。

"我想，四公公！……救她，我能有什么法子呢？……"陈德隆完全象小孩子似的。

"我们就是为这个而来的啦！"关胡子说，抹去了胡子上挂着的一个汗珠。"没有办法我们还来找你吗？……我们商量好了，只怕你不回来！……现在，镇上新来的老爷听说很好，他手下有一个专门办这些事情的人！……总之，我们商量好了，你不回来我们也要办的！……我们邀了全村的老年人具一个保结，想把你的田作主押一点儿钱，用你这作丈夫的名字，去和老爷的手下人办交涉，就求他到街上去……总之，这事情是很可以办得成功的。旁的村中也有人办过来了！……"

陈德隆在心中重新地估计了很久很久，重新地又把自家和梅春姐的不可分离的关系深思了一会儿：一种阴郁，一种嫌忌的爱与酸性的悲哀！……在三个老头子和老黄瓜的不住的围攻之下，在自己的不能解除的矛盾之中，他终于凄然地叹道："一切都照你们三位老人家的好了，只要能救她的性命。钱，田，我都是不在乎的！……就算我半年来做了一场丢人的恶梦吧！……"

三个老头子都赞扬了他几句，走了——两枝枯萎了的桑树枝和一条坚强的榆树。随后，老黄瓜也走了。不过，老黄瓜他是只走了十几步远就停住的。他的脑筋里还正想念着一桩其他的心事呢：

"他妈的！真好！把梅春姐保出来时，也许……哼！他妈的，老子还有点儿希望呢！……"

四

天气更加炎热得炽腾起来。还保持了性命被由街上解到镇上来的梅春姐，整天地淹没在眼泪与沉重的怨苦之中。先天不足的弱小的婴儿，就象一只红皮小老鼠般的，在她的胸前蠕动着。她讨来了一块破布衫将他兜包了。用了一种从来不曾有过的，母亲的天性的爱抚，一种直有等于无的淡微的乳汁将他营养着。为了割肉般地疼痛着黄的死亡，而流枯了眼泪的，深陷着的扁桃眼珠子，就象一对荒凉的枯井般地微眰着。在她的金黄的脸上，泛起了一小块产后失调的，贫血的，病态的红潮。

镇上似乎比较街上宽待了她些，把她押在一个有床铺也有方桌子的房门里。一种破灭的悲哀和恐怖，仍旧牢而有力地缚住了她的那战栗的灵魂。代替了黄而使她不能不惶惧与痛惜着自家的身驱的，完全是婴儿的生命。她不能抛掉这刚刚出世的苦命的小东西——她的心头肉——而不管；假如她的那不能避免的恶运真真来临了的时候，她是打算了和这婴儿一道去死亡的。叉死他！或者将他偷偷地勒毙！……她很不愿意这弱小的灵魂孤零零地留在世界上，去领受那些凶恶的人们的践踏！虽然她明知道这许是一桩深重的罪孽，一种伤心的，残酷的想头！……

一连三天，她都沉陷在这种破灭的悲哀的想头里，因为，他们那些人也许要将她拉到她自己的村子里去做她的——她想。经常来监视她，送她的食物的，却完全换一些粗人男子。在第四天的一个清晨，突然跑进一个中年的，穿长衫的人，将她从房子里叫出去。

梅春姐战栗地拥抱着她的婴儿，在经过一种过度的恐怖的烈火燃烧之后，她突然地，象万念俱消般地反而刚强起来，蹒跚地向中厅跟去！

一个留仁丹胡须的人等在那里。旁边还侍立着两个跟随，替他扇风。他嬉笑地撮他的胡髭，说："今天，……你可不要怕！……"

梅春姐战栗了一下！她用了一种由绝望的悲哀而燃烧出来的怒火，盯着那捻着胡髭。

"你的家中来人来保你了！……现在，你就可以跟他们出去！……"

"出去？……"这又是一回怎样的事情呢？梅春姐象梦一般地朦胧起来。她仍然痴呆着！……突然地，那个人却又改变了他的笑容，作古正经地，大声地，教训她般地怒道：

"去罢——以后当心些！……别再偷坏的人做野老公了。这回要不是你们全村的老人都具结……"之后，他又是嬉嬉地笑将起来。

梅春姐完全变成糊里糊涂的了。她被那个中年的，穿长衫的人送到了头门。

"家中来人？……这又是谁呢？谁呢？……"

陈德隆的光头和一双螃蟹眼睛，突然地涌到门口来了！——他正正地拦在梅春姐的前头。

"啊哎！——"梅春姐突然地叫着！象比那恶运临头还要惊惧地，这突如其来的变化，完全震慑了她的残破的灵魂，她的手中的婴儿几乎要震掉下来了。

没有等到来得及明白这变化的原因的一刹那，就由两个人将她扶上一顶小轿，昏昏沉沉地抬着走了。好远好远她才回复她那仍然象梦一般的知觉。一阵羞惭，一阵战栗，一阵痛楚与悲酸，……将她的血一般的干枯的眼泪狂涌起来了。

是什么时候来到家里的呢？她完全模模糊糊了。她只是昏沉地看到了满屋子全是人。只听到丈夫同四公公和老年人们说了些什么活，又出去将他们通统送走了，她才比较地清醒了一些。

丈夫走进门来，脚步声音沉重地踏着！在房中，他停住了。

丈夫瞧她一眼——她也畏怯地瞧丈夫一眼！丈夫不作声——她不作声！在丈夫的脸上，显着一种憔悴的容颜——一种酸性的，悲哀的沉默！在她的脸，还剩下（就象剩在一片枯黄了的，秋天的落叶上似的）一块可怜的残红——一种羞渐与悲痛的汗流的战栗！……

互相地站着，沉静了好久好久，好久好久。

终于，为了母性的爱——为了婴儿，梅春姐忍痛流泪地抱着那小人儿走近他的身边了。她说着——她的话，就好像是那婴儿钻在她的喉咙里说出来的一样，带着一种极其凄楚的悲声的呜咽："德隆哥！……现在，我的错，……通统，……请你打我吧！……请你看在孩子的面上——请你……"

她没有工夫揩她的眼泪，让它一滴赶一滴地流落在熟睡的婴儿的小手上，又由婴儿的小手落在尘埃。陈德隆低头重步地走近她的身边：一种男人的汗水臭和热臭透到她的肺腑。他走到床边躺下了。他那秃头阴暗无光的斜枕着。他那无可发泄的牛性的悲哀，把他闷的，胁迫的几乎发狂起来！

"你说吧！会长老爷！……"突然地，他又从床上翻身起来了。"大半年来你把我侮辱得成了什么样子了呢？……我的颜面？……我在外面千辛万苦地飘流！……回来，又求三拜四，卖田卖地的花钱把你弄出来！……我完全丧尽了我平日的声名了！……"

梅春姐摇拍着怀中苏醒而悲哭的婴儿，她的头千斤石头般地垂下着。她的眼泪已经不是一滴两滴地滴了，而是一大把一大把地涌出来。

突然地，象一个什么灵机触发陈德隆似的，他象一匹狼般地冲向梅春姐！他从她的怀中夺过那啼哭的婴儿来，沙声地叫着："老子看！老子看！他妈的！是不是小砍头鬼！是不是小砍头鬼？……"

梅春姐拖着他的手，跟着他转了一个旋圈，发着一种病猿般的嘶声的哀叫："德隆哥！……你修修好吧！他是你——的！……你——的啦！……"

陈德隆终于没有看清，就向床上一掷，自己跑到房门边坐下了。在刚刚弥月的婴儿的身上，是很难看出象谁的模样和血脉来的。

梅春姐将婴儿抱起来死死地维护着。陈德隆更加阴郁而焦烦了。在他那无方发泄的，酸性的，气闷的心怀里，只牢牢地盘桓着一种难堪而不能按捺的愤愤的想头："我怎么办呢？……他妈的！我倒了霉了！……我半世的颜面完全丧在这一回事情里了！……他妈的！妈的，妈的，妈的！——"

五

无论梅春姐怎样地哀求，巴结，丈夫对于她总是生疏的，嫌忌的。最初，他在四公公和许多老人的监视和邻居的解劝之下，似乎还并不见得怎样地给梅春姐以难堪。但后来，过的久长一点了，便又开始他那原是很凶残的无情的磨折。

梅春姐的生活，就重行坠入了那不可拔的，乌黑的魔渊中。为了孩子，为了黄所遗留给她的这唯一的血脉，她是不能不忍痛地吃苦啊！……

当夜间，当丈夫仍旧同从前一样地醉酒回家的时候，梅春姐的灾难便又临头了。他好像觉得变节了的妻是应该给她以磨折，应该给她以教训，才能够挽回自己的颜面般的。他深深地懊恼着，并且还常常地为此而自苦！……

他用那毛蟹般的铁指，拧着梅春姐的全身——当她驱过了蚊虫，放好了婴儿陪他就寝的时候。他噬咬着她的奶头！他缚住她的腿！他追问她和黄间的一切无耻的，污秽的琐事！……梅春姐总是哀求地呜咽着，一面护着那睡熟的婴儿。陈德隆拧的牛性发了，便象搓烂棉花似的，将她的身子继续地大搓而特搓起来。梅春姐战栗地缩成一团，汗水与泪珠溶成一片！

"你告诉我不？……"

"告什么？……"梅春姐喘地，悲声地叫着。

"你怎么和那鬼眼睛的砍头鬼搭上的？……"

"我不知道！……"

"我杀死你！"

"杀死我吧！……修修好吧！……顶好是连我们母子一刀！"

陈德隆将她磨折得利害的时候，心里就比较地舒服一些。接着，又有意捉弄她的，把她的婴儿倒提起来！他说：这是小砍头鬼——就因为他始终不能确信那婴儿真否是他的的原故——他要将他抛掷到湖里去见龙王爷！……一直等梅春姐哭着向他几乎叩头陪礼了，他才放下。

他睡着的时候，已经是夜深的很了。梅春姐常常通夜不能闭一闭眼睛。她听到丈夫的鼾声，她的怒火便狂烧着，只因了爱护这唯一的婴儿的生命，她才不能，或者是不敢做出旁的举动来的。她只能在这样黑夜的痛苦的哀怨之中，来回忆她和黄的伤心的爱史与大半年中的崭新的生活；来展开她的那幅梦一般，着色的，凄凉的图画。尤其是关于木头壳他们的消息，老会长和柳大娘们的流亡……她很少能看到一个从前在过会中的熟识的人了，因为她不愿出门也不敢和人家交谈的原故。她就这样象埋在坟墓中般地埋在家里，忍痛地领受丈夫的践踏！

黑夜就象要毁灭她的全身般的，向她张开着巨大的魔口，重层地威胁着。蚊虫在帐子的四面包围着，唱着愁苦的哀歌，使她不能爬起来，或者是稍为舒一舒心中的怒愤。她不敢再凝望那夜的天空和那些欲粉碎她的灵魂的星光的闪烁。她不敢再看一看那大庙，那同黄践踏过的草丛的路途、园林、荒洲和湖中的悠悠的波浪！……她一看到那些——倒不如说感到那些——她的心就要爆裂般的疼痛着。

丈夫的螃蟹眼睛，总是时刻不能放松地盯着她的。即算是到了夜深，到了他已经熟睡着的时候，都好像还能感到他那凶酷的红光的火焰，使她惊惧而不能安宁。

她只能将血一般的泪珠，流在婴儿的身上，她只能靠在那纤嫩的，瘦弱得可怜的小脸儿上，去低诉她的心的创痛；去吸取一点安慰，一点什么也不能弥补的，微弱的婴儿奶香。在过去，在那还比较地缓和一点的乌暗的生活之中，她还可能望得到黄的援救，终于还幸福地过了半年多光阴。然而现在呢？黄呢？……就连木头壳们都不知道生死存亡了！而自己又不能够忍心地抛掉这婴儿去漂去！

一切的生活，都坠入了那一年前的，不可拔的乌黑的魔渊中。而且还比一年前更加要乌暗，更加要悲哀些了。

"天啦！……但愿他们都还键在呢！……但愿他们……唉！唉……"

过了好些时日。

是因为四公公他们老年人的责劝呢？还是因了丈夫陈德隆磨折得厌了而暂思休息呢？还是梅春姐的苦难转变了另一个方式的临头呢？……丈夫对她的打骂，便又慢慢地松驰起来。他除了经常喝酒以外，又开始他那本性难移的嫖赌和浮荡。田中横直这一季已经荒芜了，而且大半又都抵卖给了人家，他是很可以更加无挂碍地逍遥着。

"德隆哥！……家中没有米了呢！……"

"饿死他！"

"德隆哥！……天要凉了，孩子没有衣服呢！……"

"冻死他！"

"德隆哥！……你修修好吧！……"

常常地，当梅春姐想再要说几句的时候，丈夫已经连头都不回地跑到荒原中了。她无可奈何地只好自己来春谷，自己来拿破布衫给孩子改衣裳！……

一切的生活，都重行坠入了那一年前的，不可拔的，乌黑的魔渊中，而且还比一年前更要乌黑，更加要悲苦些了！

"天啦！……但愿他们都还健在呢！……但愿他们……"

第六章

一

"我要杀死你这小砍头鬼！我要杀死你这小砍头鬼！……"

父亲陈德隆拿着一把劈柴刀，大踏步地象赶一只鸡雏般地赶着他的六岁的大儿子香哥儿。两个四岁的，三岁的小的，也跟在他的后面唔呀唔呀地叫着！

他在一个门角弯里将香哥儿擒住了。

"妈呀！……救，救我呀！……"

"你叫！你叫——我割断你的喉咙！……"

梅春姐象一只野鹅般地从房中飞出去，蛇一般地绕着陈德隆的颈子。

"怎么，德隆哥？"

"我要杀死这小砍头鬼！他妈的！卖他卖不掉，留着来害老子！"

"杀吧！杀吧！……"梅春姐就在他的颈子上狠命地抓了一下！"顶好把那两个小的先杀了，然后再来杀他！再来杀我！……"

陈德隆将劈柴刀和香哥儿向门角弯里一摔，就开始和梅春姐大闹起来。

他的脸不是六年前的脸，声音也不是六年前的声音了；但他的性情却还是六年前一样。

他摸着他的颈皮，破嗓沙声地骂着：

"你抓呢！你这母猪狗！……我操你的祖宗！……你偷了人，你还养出这小砍头鬼来害我啦！……"

"你为什么不将小的两个先卖呢？不将小的两个先杀呢？……你这狠心的狼！……你没有本事养活——"

这种话深深地伤了陈德隆的那牛性的，倔强的心。他来不及等她说完，就跳起来给了她一个耳刮子！

"臭婊子！……谁没有本事？谁没有本事？……我操你祖宗三万代！"

梅春姐的左脸印了一个血红的手印，她险些儿哭起来了！孩子们也呜啦呜啦地叫着，陈德隆就象发疯般地来揍小孩子。

梅春姐死死地将他扭着，滚着！……一直到他气的发战起来——丈夫是从来不曾气得发战过的——冲到门限前坐下了，她才爬起着。她望着她丈夫的那种倔强的，而又毫无办法的干枯的脸色，也不觉地代他心酸了一回。但这心酸是很有限的，即时又被她的一种历年磨折出来的憎恨心排挤着。

是的，丈夫是变了很多了，单单除了他那倔强，凶猛的，牛性的内心以外。六年前，他还是很可以过活的，自耕自种的农人，而现在却是给人家帮零工的小雇佣了；六年前，他还是一个一夫一妻的逍遥汉，而现在却变成三个儿子——不，也许只有两个，因为从那个大的的一双眼睛上，他已经断定出来完全是小砍头鬼——的父亲了；六年前，他还是有名的嫖客，赌徒，和酗酒汉，而现在却变成了一个连一日三餐都得不到口的挨饿的人了！

梅春姐是很能够知道这些的。而且她还能从六年前的一段幸福的生活中，模糊地推想到了丈夫之其所以弄到这个样子的原因和他的目前的路道。但丈夫却不能听信这些，因为梅春姐已经在他的面前变成罪孽的人了，何况梅春姐所讲的还不能迎合他的心意呢。

一阵酷热的南风，燃烧般地扫过来。站在干旱的田野中的雇主家的人，已经又在叫他车水了。陈德隆气愤地站起身来，蹒跚地走着。在他的那黯淡的面容，和无光的螃蟹眼睛里，是很可以看出一种苦闷与倔强相混淆的矛盾来的。

梅春姐望着他走过好远好远了，她才憎恨而又悲哀地叹了一声，走进房中去。她将两个厌恶的小孩哄睡了，又将大的一个搀着，拿了米篮，无可奈何地走向村中的麻子婶家去借晚饭米。

麻子婶和梅春姐一样地都是不幸的人：她的大儿子木头壳已经六年不曾回家了，她的最小的两个儿女在前两三年过兵灾水旱时都卖了。……她稍为比较梅春姐好一点的就是他的二儿子，三儿子，四儿子都能得力了，所以她还能马虎地过着。

"我借给你三升米吧！……你的丈夫在人家去吃饭了，你们就可以吃两天，……唉！总之……"

梅春姐牵着香哥儿在那里坐了一刻工夫；一种不能按耐的恳切的悬心，使她问到了木头壳。

"他吗？……唉，唉！听说是在一个什么……唉，记不清了！总而言之是蛮远的地方！……"麻子婶的声音酸楚起来，流出了两点眼泪。这眼泪，就好像是两枝锐利的针刺般的，深深地刺着了梅春姐的衷心。想起黄来，想起六年前的幸福的生活，她几乎又哭出声来了！

"我要不是……麻子婶，唉！不是抛不下这小冤家，……我情愿同你家的木头壳一样呢！……我情愿永不回来！……我现在……唉！就只望那小冤家长大！……或者……"

香哥儿完全莫明其妙地怔着，瞪着他那小小的，吃惊的，星一般的眼睛，拖着他妈妈的手："你哭呢，妈妈！……回去哟，爹爹要打我啦！……"

梅春姐抚摸着他的瘦小的头颅，朦胧地盯着他的小眼睛。忽然地，他叫着："妈妈，我肚子痛！"

梅春姐提起米篮来，将他抱在怀中，告辞了麻子婶，连忙向家里飞奔着！

二

先天不足，而后天又失调的，用母亲的眼泪养成起来的大儿子香哥儿，在丈夫的重层厌恶之下，本来早就非常孱弱的，何况还染上了流行的痢疾呢。

他瘦弱的就象一个小纸人儿了，他的两腮毫无血色地深陷着，格外地显露出他的那一双星一般的小眼珠子，使人见了伤心。

他一拐一拐地从头门口撑壁移过来，爬到妈妈的身旁哭着："妈妈！爹爹他又打我哩！……他把'猪耳朵'① 弟弟吃，不把我吃！……他叫我去守车，……我要吃'猪耳朵'呢！……我不守车呢！……"

"好宝宝，好香哥！……'猪耳朵'吃不得呢，你痫痫啦！……"做妈妈的声音显然已经很酸哽了。"来，不要怕爹爹！不要去守车，……妈妈告诉你写字吧！……"

梅春姐忍心地哄着香哥儿。她把六年前从黄手里学来的几个可怜的字，在半块破旧的石板上画给他看。她幻想着这孩子还能读书，写字，……甚至于同他那死去的爹爹一样。但香哥儿怎么也不肯依她的，他只尽量地把"猪耳朵"的滋味说得那样好吃，又把爹爹的面相说得那样凶残。

"好呢，香哥儿……看妈妈的字吧！……妈妈等等买'猪耳朵'你吃啦！……"

---

① "猪耳朵"：一种小孩吃的东西，用面粉做了由油炸出来的，形象猪的耳朵。——作者原注。

"不，我就要吃，妈妈！"

这要求是深深地为难了母亲的，她失神地朝头门打望着：真正地，丈夫携着那两个使她厌恶的小孩儿走来了，他们的小嘴里还啃着"猪耳朵"。

是旧有的酸心发酵要将香哥儿磨死呢？还是他自家的穷困不能解除而迁怒于香哥儿呢？陈德隆撒了两个小孩的手，又大踏步地冲到梅春姐母子们的面前："去！小砍头鬼！……同老子守车去！……"

香哥儿死死地把脖子钻进妈妈的怀中。

"哎呀！——妈妈救我啦！……"。

忽然地，那块破旧石板上写的两个歪歪斜斜的"黄"字，映到陈德隆的眼中了，那就同两把烈火燃烧了他的心般的，他猛的一脚将石板从小凳子上踢下来，跌成粉碎了！

"好啊！你妈的！还告诉他学那砍头鬼来害我呢！……"他叫着，他张手向她母子扑来！

梅春姐正待要和他争闹时，他已经从她的怀中夺过香哥儿了。他冲出头门，向火热的荒原中飞跑着！

香哥儿叫！……梅春姐叫！……两个小的孩子也在头门口哇哇地哭起来了！

陈德隆将他抓着提过了半里路，就将他猛的一摔——跌落在干枯的稻田中，梅春姐不顾性命地奔来将他抱着。

夜晚，香哥儿便浑身火热，昏昏沉沉地不能爬起来了。梅春姐急的满屋子乱窜！她连忙将小的两个放睡了，就跑出去寻丈夫和医生。

丈夫正趁着夜间的风凉在那里替雇主们车水，他愤愤地不和梅春姐答话。医生却要跑到镇上去才能请得来的。在早年，还有四公公、李六伯伯和关胡子们会一点儿不十分精明的乡下人的医道；然而，现在呢，这些老人们都已经在过荒年时先后死了，村子里就连会写两三味药方的人都找不出。

梅春姐心慌意乱地走回来，在小油灯下望着那可怜的小脑袋，望着那微睁而少光的星星般的小眼睛。她尽量地忍住自己的酸泪，而不让它流出来。

好久好久了，香哥儿忽然吃力地盯着他的妈妈，低声地哼叫着："我痛哩！……妈妈，你在哪里啦？……爹爹又打我呢！……"

"妈妈在这里！……宝宝，妈妈在这里呢！爹爹不打你呢！……"

"他打我啦！……他不打弟弟！……妈妈，他为什么单单打我呢？……"

妈妈的眼泪已经很难再忍了。一阵刺心的疼痛、悲愤与辛酸，使她不能自制地失声地说出她的哀情了。

"宝宝，香哥！我的肉啊！……他不是你的爹爹呢！……"

香哥儿的眼睛渐渐地痴呆了起来，额角间冒着两滴冰凉的汗珠子。一忽儿，他的全身又火热着。

"我，我的……爹爹呢？……"

妈妈哑着嗓音靠到他的身边。

"宝宝是没有爹爹的！……宝宝的爹爹——"

香哥儿的身子突然震动一下，他没有来得及等妈妈说出他爹爹的去处来，就又合上他的眼睛了。他仍然哼着，但那声音却几乎同蚊子一般地逐渐低微起来。

"妈呀！……我……要……呢，……我……的……爹……爹……啦！——"

妈妈的头，伏到了他那一冷一热的额角上，她大声地，吃惊地呼叫着。

"宝宝！……怎么啦？……香哥！……"

两个小的却惊醒了，哇哇地叫着，梅春姐急忙将他们送到另一张空置的稻草床上，让他们自家高声地号哭着。

香哥儿的身子终于慢慢地由热而温，由温而冷，而变成了冰凉。他的一双星一般的小眼珠子由牢牢地闭着而又微睁着；但他却是永远地微睁着，而不再闭将下来了。

象从一个万丈深长的山涧上掉下来，象有无数枝烧红了的钢针在她的心中穿钻着，梅春姐骤然失掉她的意识和灵魂了。她不知道哭，也不知道悲伤地，呆立在那儿好久好久。那两个小的哭声几乎震翻了半边天地。

丈夫车水回来了。他老远地在黑暗中大呼着："你死了吗？你妈的！……你让小孩子们哭死呢！……"

她不做声，也不移动，仍然痴呆了般地站着。她什么都听不见，什么都看不见，一直到丈夫冲到她的面前时。

陈德隆的脸色突然惊悸起来！因为他望见了那小灯斜照着的床铺上的情形。一阵良心的谴责———一阵罪孽的自觉的不安和悔恨，使他惶悚起来。然而，他却仍然象倔强而冷酷，仍然故意地狠心地冷笑了一声："死就死吧！狗东西……顶好通统死掉了，她妈的大家干净！"

梅春姐忽然由那过度的悲痛的昏沉中苏醒了来。当她感到了自己的一页心肝已经被人摘去了的时候，当她看清了眼前的事物和丈夫的那仍然毫无感触的面容的时候，她便象一个僵硬了的死人般地倒向床铺去，双手抱着那冰凉了的小尸身打滚！

"天啦！……我的心肝啦！……我的肉啦！……我的苦命的儿啦！……你死都不闭眼睛啦！……"

三

一切的幻想，希望，计划，与六年来扶养孩儿长大的重沉的苦心，只在一刹那间全都摧毁了——变成了一堆湖滨的坟上的泥土上。

梅春姐整整地哭了三日，不烧饭，不洗衣，不听邻人们的劝慰，也不管丈夫的凶残和孩子们的哭闹。到了第四天，她的眼泪也就非常地干枯了，她的声音也就非常地嘶哑了！

她渐渐地由悲哀而沉默，由沉默而又想起了她的那六年前的模糊而似乎又是非常清晰的路途来！她慢慢地静思了好久好久！……

夜间，她等丈夫又去和人家车水的时候，用了一种很大的决心的努力，打好了一个小小的衣包；偷偷地让两个由憎恨丈夫而连及到他们的身上来的小孩睡过之后，便轻轻地走出了家门。

她没有留恋，没有悲哀，而且还没有目的地走着。

夜，仍是六年前的，七年前的夜；荒原，仍旧是六年前的，七年前的荒原！……只不过是村中少了些年轻人和老年人的生活；只不过是梅春姐变换了一回六年前，七年前的心情。

"我往哪里去呢？……"在湖滨，她突然地停住了一下。她把头微微地仰向上方。

北斗星拖着一条长长的尾巴，那两颗最大最大的上面长着一些睫毛。一个微红的，丰润的，带笑的面容，在那上方浮动！……在它的下面，还闪烁着两颗小的，也长着一些睫毛的星光，一个小的带笑的面容浮动……并且还似乎在说：

“妈妈！你去罢！你放心吧！……我已经找到我的爹爹啦！……走吧！你向那东方走吧！……那里明天就有太阳啦！……”

梅春姐痛心地流着两行干枯的眼泪！她是在那里站了，望了好久好久，才又走开的。

在旷野，那老黄瓜——那永远也讨不到女人的欢心的独身汉的歌声，又飘扬起来钻进梅春姐的耳中了。但那完全丧失了他六年前，七年前的音调，听来就好像已经变成了一种饥饿与孤独的交织的哀号。

> 十七八岁的娇姐呀～～没人瞅啦～～
> 跪到情哥面前～～磕响头！……
> …………
> …………

1935 年 3 月，初稿。
1936 年 8 月，增补，修正。

丰 收

一

时间是快要到清明节了。天，下着雨，阴沉沉的没有一点晴和的征兆。

云普叔坐在"曹氏家祠"的大门口，还穿着过冬天的那件破旧棉袍；身子微微颤动，象是耐不住这袭人的寒气。他抬头望了一望天，嘴边不知道念了几句什么话，又低了下去。胡须上倒悬着一线一线的，迎风飘动，刚刚用手抹去，随即又流出了几线来。

"难道再要和去年一样吗？我的天哪！"

他低声地说了这么一句，便回头反望着坐在戏台下的妻子，很迟疑地说着："秋儿的娘呀！'惊蛰一过，棉裤脱落！'现在快清明了，还脱不下袍儿。这，莫非是又要和去年一样吗？"

云普婶没有回答，在忙着给怀中的四喜儿喂奶。

天气也真太使人着急了，立春后一连下了三十多天雨没有停住过，人们都感受着深沉的恐怖。往常都是这样：春分奇冷，一定又是一个大水年岁。

"天啦！要又是一样，……"

云普叔又掉头望着天，将手中的一根旱烟管，不住地在石阶级上磕动。

"该不会吧！"

云普婶歇了半天工夫，随便地说着，脸还是朝着怀中的孩子。

"怎么不会呢？春分过了，还有这样的寒！庚午年，甲子年。丙寅年的春天，不都是有这样冷吗？况且，今年的天老爷是要大收人的！"

云普叔反对妻子的那种随便的答复，好像今年的命运，已经早在这儿卜定了一般。关帝爷爷的灵签上曾明白地说过了：今年的人，一定是要死去六七成的！

烙印地云普叔脑筋中的许多痛苦的印象，凑成了那些恐怖的因子。他记得：甲子年他吃过野菜拌山芋，一天只能捞到一顿。乙丑年刚刚好一点，丙寅年又喊吃树根。庚午辛未年他还年少，好像并不十分痛苦。只有去年，我的天呀！云普叔简直是不能作想啊！

去年，云普叔一家有八口人吃茶饭，今年就只剩了六个：除了云普婶外，大儿子立秋二十岁，这是云普叔的左右手！二儿子少普十四岁，也已经开始在田里和云普叔帮忙。女儿英英十岁，她能跟着妈妈打斗笠。最小的一个便是四喜儿，还在吃奶。云普爷爷和一个六岁的虎儿，是去年八月吃观音粉①吃死的。

这样一个热闹的家庭中，吃呆饭的人一个也没有，谁不说云普叔会发财呢？是的，云普叔原是应该发财的人，就因为运气太不好了，连年的兵灾水旱，才把他压得抬不起头来。不然，他也不会那

---

① 观音粉：一种白色的细泥土。——作者原注。

么示弱于人哩!

去年,这可怕的去年啦!云普叔自己也如同过着梦境一样。为了连年的兵灾水旱,他不得不拼命地加种了何八爷七亩田,希图有个转运。自己家里有人手,多种一亩田,就多一亩田的好处;除纳去何八爷的租谷以外,多少总还有几粒好捞的。能吃一两年饱饭。还怕弄不发财吗?主意打定后,云普叔就卖掉了自己仅有的一所屋子,来租何八爷的田种。

二月里,云普叔全家搬进到这祠堂里来了,替祖宗打扫灵牌,春秋二祭还有一串钱的赏格。自家的屋子,也是由何八爷承受的。七亩田的租谷仍照旧规,三七开,云普叔能有三成好到手,便算很不错的。

起先,真使云普叔欢喜。虽然和儿子费了很多力气,然而禾苗很好,雨水也极凋和,只要照拂得法,收获下来,便什么都不成问题了。

看看他,禾苗都发了根,涨了苞,很快地便标线①了,再刮二。三日老南风,就可以看到黄金色的谷子摆在眼前。云普叔真是喜欢啊!这不是他日夜辛劳的代价吗?

他几乎欢喜得发跳起来,就在他将要发跳的第二天哩,天老爷忽然翻了脸。蛋大的雨点由西南方直向这垄上扑来,只有半天工夫,池塘里的水都起膨涨。云普叔立刻就感受着有些不安似的,恐怕这好好的稻花,都要被雨点打落。而影响到收成的不丰。午后,雨渐渐地停住了,云普叔的心中,象放落一副千斤担子般的轻快。

半晚上,天上忽然黑得伸手看不见自家的拳头,四面的锣声,

---

① 标线:即稻的穗子从禾苞中长出来。——作者原注。

象雷一般地轰着，人声一片一片地喧嚷奔驰，风刮得呼呼地叫吼。云普叔知道又是外面发生了什么意外的事变，急急忙忙地叫起了立秋儿，由黑暗中向着锣声的响处飞跑。

路上，云普叔遇到了小二疤子，知道西水和南水一齐暴涨了三丈多，曹家垄四围的堤口，都危险得厉害，锣声是喊动大家去挡堤的。

云普叔吃了一惊，黑夜里陡涨几丈水，是四五十年来少见的怪事。他慌了张，锣声越响越厉害，他的脚步也越加乱了。天黑路滑，跌倒了又爬起来。最后是立秋扶住他跑的，还不到三步，就听到一声天崩地裂的震响，云普叔的脚象弹棉花絮一般战动起来。很快地，如万马奔驰般的浪涛向他们扑来了。立秋急急地背起云普叔返身就逃。刚才回奔到自己的头门口，水已经流到了阶下。

新渡口的堤溃开了三十几丈宽一个角，曹家垄满垸子的黄金都化成了水。

于是云普叔发了疯。半年辛辛苦苦的希望，一家生命的泉源，都在这一刹那间被水冲毁得干干净净了。他终天的狂呼着："天哪！我粒粒的黄金都化成了水！"

现在，云普叔又见到了这样希奇的征兆，他怎么不心急呢？去年五月到现在，他还没有吃饱过一顿干饭。六月初水就退了，垄上的饥民想联合出门去讨米，刚刚走到宁乡就被认作了乱党赶出境来，以后就半步大门都不许出。县城里据说领了三万洋钱的赈款，乡下没有看见发下一颗米花儿。何八爷从省里贩了七十担大豆子回垄济急，云普叔只借到五半，价钱是六块三，月息四分五。一家有八口人，后来连青草都吃光了，实在不能再挨下去，才跪在何八爷面前加借了三斗豆子。八月里华家堤掘出了观音粉，垄上的人都争先恐后地跑去挖来吃，云普叔带着立秋挖了两三担回来，吃不到两天，云普爷爷升天了，临走还带去了一个六岁的虎儿。

后来，垄上的饥民都走到死亡线上了，才由何八爷代替饥民向县太爷担保不会变乱党，再三地求了几张护照，分途逃出境来。云普叔一家被送到一个热闹的城里，过了四个月的饥民生活，年底才回家来。这都是去年啦！苦，又有谁能知道呢？

这时候，垄上的人都靠着临时编些斗笠过活。下雨，一天每人能编十只斗笠，就可以捞到两顿稀饭钱。云普叔和立秋剖篾；少普、云普婶和英英日夜不停地赶着编。编呀，尽量地编呀！不编有什么办法呢？只要是有命挨到秋收。

春雨一连下了三十多天了，天气又寒冷得这么厉害，满垄上的人，都怀着一种同样恐怖的心境。

"天啦！今年难道又要和去年一样吗？……"

二

天毕竟是晴和了，人们从蛰伏了三十多天的阴郁底屋子里爬出来。菜青色的脸膛，都挂上了欣欢的微笑。孩子们一伴一伴地跑来跑去，赤着脚在太阳底下踏着软泥儿耍着。

水全是那样满满的，无论池塘里、田中或是湖上。遍地都长满了嫩草，没有晒干的雨点挂在草叶上，象一颗一颗的小银珠。杨柳发芽了，在久雨初晴的春色中，这垄上，是一切都有了欣欣开展的气象。

人们立时开始喧嚷着，活跃着。展眼望去，田畦上时常有赤脚来往的人群，徘徊观望；三个五个一伙的，指指池塘又查查决口，谈这谈那，都准备着，计划着，应该如何动手做他们在这个时节里的功夫。

斗笠的销路突然地阻塞了，为了到处都天晴。男子们白天不能在家里剖篾，妇人和孩子的工作，也无形中松散下来，生活的紧箍咒，随即把这整个的农村牢牢地套住。努力地下田去工作吧，工作时原不能不吃饭啊！

整日祈祷着天晴的云普叔，他的目的总算是达到了。然而微笑是很吝啬地只在他的脸上轻轻地拂了一下，便随着紧蹙的眉尖消逝了。棉袍还是不能脱下，太阳晒在他的身上，只有那么一点儿辣辣的难熬，他没有放在心上。他只是担心着，怎样地才能够渡过这紧急的难关——饱饱地捞两餐白米饭吃了，补一补精神，好到田中去。

斗笠的销路没有了，眼前的稀饭就起了巨大的恐慌，于是云普叔更加焦急。他知道他的命苦，生下来就没有过过一时舒服的生涯。今年五十岁了，苦头总算吃过不少，好的日子却还没有看见过。算八字的先生都说：他的老晚景很好；然而那是五十五岁以后的事情，他总不能十分相信。两个儿子又都不懂事，处在这样大劫数的年头，要独立支持这么一家六口，那是如何困难的事情啊！

"总得想个办法啦！"

云普叔从来没有自馁过，每每到了这样的难关，他就把这句话不住地在自己的脑际里打磨旋，有时竟能想到一些很好的办法。今天，他知道这个难关更紧了，于是又把这句话儿运用到脑里去旋转。

"何八爷，李三爷，陈老爷……"

他一步一步地在戏台下踱来踱去，这些人的影子，一个个地浮上他的脑中。然而那都是一些极难看的面孔，每一个都会使他感受到异样的不安和恐惧。他只好摇头叹气地把这些人统统丢开，将念头转向另一方面去。猛然地，他却想到了一个例外的人："立秋，他现在就跑到玉五叔家中去看看好吗？"

"去做什么呢，爹？"

立秋坐在门槛边剖篾，漫无意识地反问他。

"明天的日脚很好啦！人家都准备下田了，我们也应当跟着动手。头一天做功夫，总得饱饱吃一餐，兆头来能好一些，做起功夫来也比较起劲。家里现在已经没有了米，所以……"

"我看玉五叔也不见得有办法吧！"

"那末，你去看看也不要紧的娄！"

"这又何必空跑一趟呢？我看他们的情形，也并不见得比我们要好！"

"你总欢喜和老子对来！你能知道他们和我们一样吗？我是叫你去一趟呀！"

"这是实在的事实啊！爹，他们恐怕比我们还要困难哩！"

"废话！"

近来云普叔常常会觉得自己的儿子变差了，什么事情都欢喜和他抬杠。为了家中的一些琐事，不知道发生过多少次龃龉。儿子总是那样懒懒地不肯做事，有时候简直是个忤逆的，不孝的东西！

玉五叔的家中并不见得会和自己一般地没有办法。因为除了玉五婶以外，玉五叔的家中没有第三个要吃闲饭的人。去年全垄上的灾民都出去逃难了，玉五叔就没有同去，独自不动地支持了一家两口的生存。而且，也从来没有看见他向人家借贷过。大前天在渡口上曹炳生生肉铺门前，还看见了他提着一只篮子，买了一点酒肉，摇头晃脑地过身。他怎么会没有办法呢？

于是云普叔知道了，这一定又是儿子发了懒筋，不肯听信自己的吩咐，不由的心头冒出火来："你到底去不去呢？狗养的东西，你总喜欢和老子对来!"

"去也是没有办法啦!"

"老子要你去就去,不许你说这些废话,狗入的!"

立秋抬起头来,将篾刀轻轻放下,年轻人的一颗心里蕴藏着深沉的隐痛。他不忍多看父亲焦急的面容,回转身子来就走。

"你说:我爹爹叫我来的,多少请玉五叔帮忙一点,过了这一个难关之后,随即就替五叔送还来。"

"唔!……"

月亮刚从树桠里钻出了半边面孔来,一霎儿又被乌云吞没。没有一颗星,四周黑得象一块漆板。

"玉五叔怎样回答你的呢?"

"他没有说多的话。他只说:请你致意你的爹爹,真是对不住得很,昨天我们还是吃的老南瓜。今天,娄!就只有这一点点儿稀饭了!"

"你没有说过我不久就还他吗?"

"说过了的,他还把他的米桶给我看了。空空的!"

"那么,他的女人哩?"

"没有说话,笑着。"

"妈妈的!"云普叔在小桌子上用力地击了一拳。随即愤喷地说道:"大前天我还看见了他买肉吃,妈妈的!今天就说没有米了,鬼才相信他!"

大家都没有声息。云普婶也围了拢来,孩子们都竖着耳朵,听爹爹和哥哥说话,偌大的一所祠堂中,连一颗豆大的灯光都没有。黑暗把大家的心绪,胁迫得一阵一阵地往下沉落……

"那么明天下田又怎么办呢?"

云普婶也非常耽心地问。

"妈妈的,只有大家都饿死! 这杂种出外跑了这么大半天,连一颗米花儿都弄不到。"

"叫我又怎么办呢,爹?"

"死! 狗入的东西!"

云普叔狠狠的骂了这句之后,心中立刻就后悔起来:"死!"啊,认真地要儿子死了又有什么办法呢? 心中只感到一阵阵酸楚,扑扑地不觉吊下两颗老泪!

"妈妈的!"

他顺手摸着了旱烟管儿,返身朝外就走。

"到哪儿去呢,老头子?"

"妈妈的! 不出去明天吃土!"

大家用了沉痛的眼光,注视着云普叔的背影,渐渐被黑暗吞蚀。孩子们渐次地和睡魔接吻了,在后房中象猪狗一般地横七竖八地倒着。堂屋中只剩了云普婶和立秋,在严厉的恐怖中,张大那失去了神光的眼睛,期待着云普叔的好消息回来。心上的弦,已经重重地扣紧了。

深夜,云普叔带着哭丧的脸色跑回来,从背上卸下来一个小小的包袱:"妈妈的,这是三块六角钱的蚕豆!"

六条视线,一齐投射在这小小的包袱上,发出了几许饥饿的光芒! 云普叔的眶儿里,还饱藏着一包满满的眼泪。

三

在田角的决口边，立秋举着无力的锄头，懒洋洋的挥动。田中过多的水，随着锄头的起落，渐渐地由决口溢入池塘。他浑身都觉得酥软，手腕也那样没有力量，往常的勇气，现在不知跑到哪里去了。

一切都渺茫哟！他怅望着原野。他觉得：现在已经不全是要下死力做功夫的时候了；谁也没有方法能够保证这种工作，会有良好的效果。历年的天灾人祸，把这颗年轻人的心房刺痛得深深的。眼前的一切，太使他感到渺茫了，而他又没有方法能把自己的生活改造，或是跳出这个不幸的圈围。

他拖着锄头，迈步移过于第三条决口，过去的事件，象潮水般地涌上他的心头。每一锄头的落地，都象是打在自家的心上。父亲老了，弟妹还是那么年轻。这四五年来，家中的末路，已经成为了如何也不可避免的事实。而出路还是那样的迷茫。他不知道要用什么方法，才可以开拓出这条迷茫的出路。

无意识地，他又想起不久以前上屋癞大哥对他鬼鬼祟祟说的那些话来，现在如果细细地把它回味，真有一些说不出来的道理：在这个年头，不靠自己，还有什么人好靠呢？什么人都是穷人的对头，自己不起来干一下子，一辈子也别想出头。而且癞大哥还肯定地说过：不久的世界，一定是我们穷人的！

这样，又使立秋回想到四年前农民会当权的盛况：

"要是再有那样的世界来哟！"

他微笑了。突然地有一条人影从他的身边掠过，使他吃了一惊！回头来看，正是他所系念的上屋癞老大。

"喂！大哥，到哪里去呢？"

"呵！立秋，你们今天也下了田吗？"

"是的。大哥！来，我们谈淡。"

立秋将锄头停住。

"你爹爹呢？"

"在那边挑草皮子，还有少普。"

"你们这几天怎样过门的呀？"

"还不是苦，今天家里已经没有人编斗笠，我们三个都下田了，昨晚，爹爹跑到何八那里求借了一斗豆子回来，才算是把今天下田的一餐弄饱了，要不然……"

"还好还好！何八的豆子还肯借给你们！"

"谁愿意去借他的东西！妈妈的，我爹爹不知道说了多少好话！磕了头！又加了价！……唉！大哥，你们呢？"

"一样地不能过门啊！"

沉静了一刹那。癫大哥又恢复了他那种经常微笑的面容，向立秋点头了一下："晚上我们再谈吧，立秋！"

"好的。"

癫大哥匆匆走后，立秋的锄头，仍旧不住地在田边挥动，一条决口又一条决口。太阳高高地悬在当空，象是告诉着人们已经到了正午。大半年来不曾听见过的歌声，又悠扬地交响着。人们都拖着疲倦的身子回来，很少的屋顶上，能有缕缕的炊烟冒出。

云普叔浑身都发痛了，虽然昨天只挑了二三十担草皮子。肩和两腿的骨髓中间，象着了无数的针刺，几乎终夜都不能安眠。天亮爬起来，走路还是一阵阵地酸软。然而，他还是镇静着，尽量地在装着没事的样子，生怕儿子们看见了气馁！

"到底老了啊！"他暗自地伤心着。

立秋从里面捧出两碗仅有的豆子来摆在桌子上，香气把云普叔的口水都馋得欲流出来。三个人平均分配，一个只吃了上半碗，味道却比平常的特别好吃。半碗，究竟不知道塞在肚皮里的哪一个角角儿。

勉强跑到田中去挣扎了一会儿，浑身就象驮着千斤闸一般地不能动弹。连一柄锄头，一张痢，都提不起来了，眼睛时时欲发昏，世界也象要天旋地围了一样。兜了三个圈子，终于被肚子驱逐回来。

"这样子下去，怎么得了呢？"

孩子和大人都集在一块，大大小小的眼睛里通通冒出血红的火焰来。互相地怅望了一会儿，都觉得没有什么好说的话。

"天哪！……"

云普叔咬紧牙关，鼓起了最后的勇气来，又向何八爷的庄上走去。路上，他想定了这一次见了八爷应当怎样地向他开口，一步一步地打算得妥贴了，然后走进那座庄门。

"你到底有什么事情呢，云普？"

八爷坐在太师椅上问。

"我，我，我……"

"什么？……"

"我想再向八爷……"

"豆子吗？那不能再借给你了！垄上这么多人口，我单养你一家！"

"我可以加利还八爷！"

"谁希罕你的利，人家就没有利吗？那不能行呀！"

"八爷！你老人家总得救救我，我们一家大小已经……"

"去，去！我哪里管得了你这许多！去吧！"

"八爷，救救我！……"

云普叔急的哭出声来了。八爷的长工跑出来，把他推到大门外。

"号丧！你这老鬼！"

长工恶狠狠地骂了一句，随即把大门掩上了。

云普叔一步挨一步地走回来，自怨自艾地嘟哝着：为什么不遵照预先想定的那些话，一句一句地说出来，以致把事情弄得没有一点结果。目前的难关，还有什么方法能够渡过呢？

走到四方塘的口上，他突然地站住了脚，望了一望这油绿色的池塘。要不是丢不下这大大小小的一群，他真想就是这么跳下去，了却他这条残余的生命！

云普婶和孩子们倚立在祠堂的门口，盼望着云普叔的好消息。饥饿燃烧着每个人的内心，象一片狂阔的火焰。眼量红得发了昏，巴巴地，还望不见带着喜信回来的云普叔。

天哪！假如这个时候有一位能够给他们吃一顿饭饭的仙人！

镜清秃子带了一个满面胡须的人走进屋来，云普叔的心中，就象有千万把利刀在那儿穿钻。手脚不住地发抖，眼泪一串一串地滚下来。让进了堂屋，随便地拿了一条板凳给他们坐下，自己另外一边站着。云普婶还躲在里面没有起来，眼睛早已哭得红肿了。孩子们，小的两个都躺着不能爬起来，脸上黄瘦得同枯萎了的菜叶一样。

立秋靠着门边，少普站在哥哥的后面，眼睛都湿润润的。他们失神地望了一望这满面胡须的人，随即又把头转向另一方面去。

沉寂了一会儿，那胡子象耐不住似地："镜清，那孩子现在在哪里呢？"

"还在里面啊！十岁，名叫英英姐。"秃子点点头，象叫他不要性急。

云普婶从里面蹀出来，脚有一千斤重，手中拿着一身补好了的小衣裤，战栗得失掉了主持。一眼看见秃子，刚刚喊出一声"镜清伯！……"便哇的一声，迸出了两行如雨的眼泪来，再说不出一句话了。云普叔用袖子偷偷地扪着脸。立秋和少普也垂头呜咽地饮泣着！

秃子慌张了，急急地瞧了那胡子一眼，回头对云普婶安慰似地说："嫂嫂！你何必要这样伤心呢？英英同这位夏老爷去了，还不比在家里好吗！吃的穿的，说不定还能落得一个好主子，享福一生。桂生家的菊儿，林道三家的桃秀，不都是好好地去了吗？并且，夏老爷……"

"伯伯！我，我现在是不能卖了她的！去年我们讨米到湖北，那样吃苦都没有肯卖。今年我更加不能卖了，她，我的英儿，我的肉！呜！……"

"哦！"

夏胡子盯了秃子一眼。

"云普！怎么？变了卦吗？昨晚还说得好好的。……"秃子急急地追问云普叔。话还没有说完，云普婶连哭带骂地向云普叔扑来了：

"老鬼！都是你不好，养不活儿女，做什么鸡巴人！没有饭吃了来设法卖我的女儿！你自己不死！老鬼，来！大家拚死了落得一个干净，想卖我女儿万万不能！"

"妈妈的！你昨晚不也说过了吗？又不是我一个人作主的。秃子，你看她泼不泼！"云普叔连忙退了几步，脸上满糊着眼泪。

"走吧！镜清。"

夏胡子不耐烦似地起身说。秃子连忙把他拦住了：

"等一等吧，过一会儿她就会想清的。来！云普，我和你到外面去说几句话。"

秃子把云普叔拉走了。云普婶还是呜呜地哭闹着。立秋走上来扶住了她，坐在一条短凳子上。他知道，这场悲剧构成的原因并不简单，一家人足足的有三天没有吃东西了。斗笠没有人要，田中的耕种又不能荒芜。所以昨晚镜清秃子来游说的时候，他并没有表示如何激烈的反对。虽然他伤心妹子，不愿意妹子卖给人家，可是，除此以外，再没有方法能够解救目前的危急。他在沉痛的矛盾心理中，憧憬一终夜，他不忍多看一眼那快要被卖掉的妹子，天还没有亮，他就爬起来。现在，母亲既然这样地伤心，他还有什么心肝敢说要把妹子卖掉呢？

"妈妈，算了吧！让他们走好了。"

云普婶没有回答。秃子和云普叔也从头门口走进来，大家又沉默了一会儿。

"嫂嫂！到底怎么办呢？"秃子说。

"镜清伯伯呀！我的英英去了她还能回来吗？"

"可以的，假如主子近的话。并且，你们还可以常常去看她！"

"远呢？"

"不会的哟！嫂嫂。"

"那是这老鬼不好，他不早死！……"

英英抱着四喜儿从里面跑出来了，很惊疑地接触了这个奇异的环境！随手将四喜儿交给了妈妈，瞪着一双圆溜溜的眼睛四围张望。

大家又是一阵心痛，除了镜清秃子和夏胡子以外。

"就是她吗？"夏胡子被秃子拌了一下，望着英英说。

几番谈判的结果，夏胡子一岁只肯出两块钱。英英是十岁，二十块。另外双方各给秃子一块钱的介绍费。

"啊啊！这是一个什么世界哟！"

十九块雪白的光洋，落到云普叔的手上，他惊骇得同一只木头鸡一样。用袖子尽力地把眼泪擦干，仔细地将洋钱看了一会儿。

"天啊！这洋钱就是我的宝宝英英吗？"

云普婶把挂好了的一套衣裤给英英换上，告诉她是到夏伯伯家中去吃几天饭就转来，然而英英的眼泪究竟没有方法止住。

"妈妈，我明天就可以回来吗？我不要一个人吃饱饭啊！"

大家都目不转睛地噙着泪水对英英注视着。再多看一两眼吧，这是最后的相见啊！

秃子把英英带走，云普婶真的发了疯，几回都想追上去。远远地还听到英英回头叫了两声："妈妈呀！我不要一个人吃饱饭！"

"我明天就要转来的呀！"

"……"

生活暂时地维持下来了，十九块钱，只能买到两担多一点谷，五个人，可够六七十天的吃用。新的出路，还是欲靠父子们自己努力地开拓出来。

清明跑种期只差三天了，垄上都没有一家人家有种谷，何八爷特为这件事亲自到县库里去找太爷去商量。不及时下种，秋季便没有收成。

大家都伫望着何八爷的好消息，不过这是不会失望的，因为年年都借到了。县太爷自己也明白："官出于民，民出于土！"种子不设法，一年到了头大家都捞不着好处的。所以何八爷一说就很快地答应下来了。发一千担种谷给曹家垄，由何八爷总管。

"妈妈的，种谷十一块钱一担，还要四分利，这完全是何八这狗杂种的盘剥！"

每个人都是这样地愤骂，每个都在何八爷庄上挑出谷子来。

生活和工作，加紧地向这农村中捶击起来。人们都在拚命地挣扎，因为他们已将一切的希望，完全寄托在这伟大的秋收。

四

插好田，刚刚扯好二头草，天老爷又要和穷人们作对。一连十多天不见一点麻麻雨，太阳悬在空中，象一团烈火一样。田里没有水了，仅仅只泥土有些湿润的。

卖了女儿，借了种谷，好容易才把田插好，云普叔这时候已经忙碌得透不过气来，肥料还没有着落，天又不肯下雨了，实在急人！假如真的要闹天干的话，还得及早准备一下哩！

他吩咐立秋到戏台上把车叶子取下，修修好。再过三天没有雨，不车水是不可能的事啊！

人们心中都祈祷着：天老爷啊，请你老人家可怜我们降一点儿雨沫吧！

一天，两天，天老爷的心肠也真硬！人们的祈祷，他竟假装没有听见，仍旧是万里无云。火样的太阳，将宇宙的存在都逗引得发了暴躁。什么东西，在这个时候，也都现出了由干热而枯萎的象征。田中的泥土干涸了，很多的已经绽破了不可弥缝的裂痕，张开着，象一条一条的野兽的口，喷出来阵阵的热气。

实在没有方法再挨延了，张家坨、新渡口都有了水车的响声，禾苗垂头丧气地在向人们哀告它的苦况。很多的叶子已经卷了筒。

去年大水留下来的苦头还没有吃了，今年谁还肯眼巴巴地望着它干死呢！就拚了性命也是要挣扎一下子的啊！

吃了早饭，云普叔亲自肩着长车，立秋抗了车架，少普提着几串车叶子，默默地向四方塘走来。太阳晒在背上，只感到一阵热热的刺痛，连地上的泥土，都烫得发了烧。

"妈妈的！怎么这样热。"

四面都是水车声音，池塘里的水，尽量在用人工转运到田中去。云普叔的车子也安置好了。三个人一齐踏上，车轮转动着，水都由车箱子里爬出来，争先恐后地向田中飞跑

汗从每一个人的头顶一直流到脚跟。太阳看看移到了当顶，火一般地燎烧着大地。人们的口里，时常有缕缕的青烟冒出。脚下也渐渐地沉重了，水车踏板就象一块千斤重的岩石，拚性命都踏不下来。一阵阵的酸痛，由脚筋传布到全身，到脑顶。又象是有人拿一把小刀子在那里割肉挖筋一般的难过。尤其是少普，在他那还没有发育得完全的身体中，更加感受着异样的苦痛。云普叔又何尝不是一样呢？衰老的几根脚骨头，本来踏上三五步就有些挨不起了的，然而，他不能气馁呀！老天爷叫他吃苦，死也得去！儿子们的勇气，完全欲靠他自己鼓起来。况且，今天还是头一次上紧，他怎么好自己首先叫苦呢？无论如何受罪，都得忍受下来哟！

"用劲呀，少普！……"

他常常是这样地提醒着小的儿子，自己却咬紧牙关地用力踏下去。真是痛的忍不住了，才将那含蓄着很久了的眼泪流出来，和着汗珠儿一同滴下。

好容易云普婶的午饭送来了，父子们都从车上爬下来。

"天啊！你为什么偏偏要和我们穷人作对呢？"

云普叔抚摸着自己的腿子。少普哭丧脸地望着她的母亲："妈妈，我的这两条腿子已经没有用了呢！"

"不要紧的哟！现在多吃一点饭，下午早些回来，憩息一会，就会好的。"

少普也没有再作声，顺手拿起一只碗来盛饭吃。

连日的辛劳，云普叔和少普都弄得同跛脚人一样了。天还一样的狠心！一天功夫车下来的水，仅仅只够维持到一天禾苗的生命。立秋算是最能得力的人了，他没有感到过父亲和弟弟那般的苦痛。然而，他总是懒懒地不肯十分努力做功夫，好像车水种田，并不是他现在应做的事情一样。常常不在家，有什么事情要到处去寻找。因此使云普叔加倍地恼恨着："这是一个懒精！忤逆不孝的杂种！"

月亮从树尖上涌出来，在黑暗的世界中散布了一片银灰色的光亮。夜晚并没有白天那般炎热，田野中时常有微风吹动。外面很少有纳凉的闲人，除了妇人和几个孩子。

人们都趁着这个风清月白的夜晚来加紧他们的工作。四面水车的声音，杂和着动人的歌曲，很清晰的可以送入到人们的耳鼓中来。夏夜是太适宜于农人们的工作了，没有白昼的嚣张、炎热、喧扰……

云普叔又因为寻不着立秋，暴躁得象一条发了狂的蛮牛一样。吃晚饭时曾好好地嘱咐他过，今夜天气很好，一定要做做夜工，才许再跑到外面去。谁知一转眼就不看见人，真把云普叔的肚皮都气破了。近来常有一些人跑来对云普叔说：立秋这个孩子变坏了，不知道他天天跑出去，和癞老大他们这班人弄做一起干些什么勾当。个个都劝他严厉地管束一下，以免弄出大事。云普叔听了，几回硬恨不得把牙门都咬碎下来。现在，他越想越暴躁，从上村叫到下村，连立秋的影子都没有看到。他回头吩咐少普先到水车上去等着他，假如寻不到的话，光老小两个也是要车儿线水上田的。于是他重新地把牙根咬紧，准备去和这不孝的东西拚一拚老性命。

又兜了三四个大圈子还没有寻到，只好气愤愤地走回来。远远地，忽然听到自己的水车声音响了，急忙赶上去，车上坐的不正是立秋和少普吗？他愤恨得说不出一句话来，半晌，才下死劲地骂道："你这狗入的杂种！这会子到哪里收尸去了？"

"噎！我不是好好地坐在这里车水吗？"立秋很庄严地回答着。

"妈妈的！"

云普叔用力地盯了他一眼，随即自己也爬上来，踏上了轮子。

月亮由树尖升到了树顶，渐渐地向西方斜落！田野中也慢慢地慢慢地沉静了下来。

东方已经浮上了鱼肚色的白云，几颗疏散的星儿，还在天空中挤眉弄眼地闪动。雄鸡啼过两次了，云普叔从黑暗里爬起来，望望还没有天亮，悠长地舒了一口冷气。日夜的辛劳，真使他有些感到支持不住了。周身的筋骨，常常在梦中隐隐地作痛。但他无论如何也不肯懈怠一刻工夫，或说几句关于疲劳痛痒的话。因为他怕给儿子们一个不好的印象。

生活鞭策着他劳动，他是毫不能怨尤的哟！现在他算是已经把握到一线新的希望了：他还可以希望秋天，秋天到了，便能实现他所梦想的世界！

现在，他不能不很早就爬起来啦。这还是夏天，隔秋天，隔那梦想的世界还远着哩！

孩子们正睡得同猪猡一样。年轻人在梦中总是那么甜蜜哟！他真是羡慕着。为了秋收，为了那个梦想的世界，虽然天还没有十分发亮，他不得不忍心地将儿子们统统叫起来："起来哟，立秋！"

"……"

"少普，少普！起来哟！"

"什么事情呀？爹！天还没有亮哩！"少普被叫醒了。

"天早已亮了，我们车水去！"

"刚刚才睡下，连身子都没有翻过来，就天亮了吗？唔！……"

"立秋！立秋！"

"……"

"起来呀！……"

"唔！"

"喂！起来呀！狗入的东西！"

最后云普叔是用手去拖着每一儿子的耳朵，才把他们拉起来的。

"见鬼了，四面全是黑漆漆的！"

立秋揉揉眼睛，才知道是天还没有光，心中老大不高兴。

"狗杂种！叫了半天才把你叫起来，你还不服气吧！妈妈的！"

"起来！起来！不知道黑夜里爬起来做些什么事？拚死了这条性命，也不过是替人家当个奴隶！"

"你这懒精！谁作人家的奴隶？"

"不是吗？打禾下来，看你能够落到手几粒捞什子？"

"鬼话！妈妈的，难道会有一批强盗来抢去你的吗？你这个咬烂鸡巴横嚼的杂种！你近来专在外曲抛尸，家中的什么事情都不要管！只晓得发懒筋，你变了！狗东西！人家都说你专和癞老大他们在一起鬼混！你一定变做了什么××党！……"

云普叔气急了，恨不得立刻把儿子抓来咬他几口出气。声音愈骂愈大了。云普婶也被他惊醒来：

"半夜三更闹什么呀，老头子？儿子一天辛苦到晚，也应该让他们睡一睡！你看，外边还没有天亮哩！"

"都是你这老猪婆不好，养下这些淘气杂种来！"

"老鬼！你骂谁啊？"

"骂你这偏护懒精的猪婆子！"

"好！老鬼，你发了疯！你恶他们，你把他们一个一个都拿去杀掉好了，何必要这样地来把他们慢慢地磨死呢？要不然，把他们统统都卖掉，免得刺痛了你的眼睛。半夜里，天南地北的吵死？"

云普叔暴躁得发了疯，他觉得老婆近来更加无理地偏护着孩子，丝毫不顾及到家中的生计："你这猪婆疯了！你要吃饭吗？你！……"

"好！我是疯了！老鬼，你要吃饭，你可以卖女儿！现在你又可以卖儿子。你还我的英英来！老鬼，我的命也不要了！……啊啊啊！……"

"好泼的家伙，你妈妈的！……"

"老王八！老贼！你自己没有能力就不要养儿女，养大了来给他们作孽。女的好卖了，男的也要逼死他们，将来只剩了你这老王八！我的英英！老贼，你找回来！啊啊啊！……"

她连哭带骂地向着云普叔扑来，想起了英英，她恨不得把云普叔一口吞掉。

"妈妈的！英英，英英，又不是单为了我一个！"

云普叔连忙躲开她，想起英英来，眼泪也不由自主地掉下了。

"还我的英英，你这老鬼！啊啊！……"

"……"

"啊啊啊！……"

"……"

东方发白了。儿子木鸡一般地站着。听见爹爹蚂蚂提及了妹子，也陪着流下了几阵酸痛的眼泪来。

天色又是一样的晴和。立秋偷偷地扯了少普一下，提起锄耙就走。云普叔也带着懊恼伤痛的面容，一步一拖地跟出了大门。

"啊啊啊！……"

晨风在田野中掠过，油绿色的禾苗，掀起了层层的浪涛，人们都感到一阵清晨特有的凉意。

"今天车哪一方呢？"

"妈妈的，到华家堤去！"

五

"立秋！你的心不诚，不要你抬！"

"云普叔顶万民伞，小二疤子打锣！"

"吹唢呐的没有，王老大你的唢呐呢？"

"妈妈的！好像是哪一个人的事一样，大家都不肯出力，还差三个轿夫。"

"我来一个。高鼻子大爹！"

"我也来！"

"我也来一个！"

"好了，就是你们三个吧！大家都洗一个脸。小二疤子，着实洗干净些，菩萨见怪！"

"打锣！把唢呐吹起来！"

"打锣呀！小二疤子听见没有？婊子的儿子！"

"当！当！当！……"

"呜咧啦！……"

几十个人蜂涌着关帝爷爷，向田野中飞跑去了。

二十多天没有看见一点云影子，池塘里，河里的水都干透了，田中尽是几寸宽的裂口，禾叶大半已经卷了筒。这样再过三四天，便什么都完了。

关帝爷爷是三天前接来的。杀了一条牛，焚了斤半檀香，还是没有一点雨意。禾苗倒烊倒得更加多了。

所以，大家都觉得菩萨不肯发雨下来，一定是有什么原故。几个主祭的首事集合起来商量了很久，求了无数枝签，叩了千百个头，卦还是不能打顺。

"那么今年不完了吗？"

"高鼻子大爹，不要急！我们且把菩萨抬到外面去跑一路，看他老人家见了这个样子心中忍也不忍？"

"好的！也许菩萨还没有看见田中的情况吧！大前年天干，也是请菩萨到外面去兜了一个圈子才下雨的。云普，你去叫几个小伙子来！还有锣鼓唢呐！"

"啊！"

很快地，便把临时的队伍邀齐了。高鼻子大爹在前面领队，第二排是旗锣鼓伞，菩萨的绿呢大轿跟在后头。

从新渡口华家堤，一直弯到红庙，兜了四五个圈子回来，太阳仍旧是同烈火一样，烫得浑身发烧。地上简直热得不能落脚。四面八方都是火，人们是在火中颠扑！

雨一点还没有求下来，菩萨反被磨子湾抬去了。处处都忙着抬菩萨求雨哩！

"天老爷呀！一年大水一年干，究竟欲把我们怎么办呢？"

风色陡然变了，由东北方吹来呼呼地响着。没有星光也没有月亮，很多的人都站在屋外看天色。

"那方扯闪子哩！"

"东扯西合，有雨不落。"

"那是北方呀！"

"好了！南扯火门开，北扯有雨来！今夜该有点雨下吧，天哪……"

"总要求天老爷开恩啦！"

"这不是，我们又都没有做过恶人，天老爷难道真的要将我们饿死？"

"不见得吧！"

大家喧嚷一会儿之后，屋顶上已有了滴沥的声音，人们只感到一阵凉意。每一滴雨声，都象是打落在开放的心花上。

"这真是天老爷的恩典啦！"

横在人们心中的一块巨石，现在全被雨点溶化了。随即，便是暴风雨的降临！

雷跟在闪电的后面发脾气。

大雨只下了一日夜，田中的水又饱满起来。禾苗都得了救，卷了筒子的禾叶边开展了，象少女们解开着胸怀一样地迎风摆动。长，很迅速地在长，这正是禾苗飞长的时候啊！每个人都默祷着：再过二十来天不出乱子，就可以看到粒粒的黄金，那才算是到了手的东西哩。

雨只有西南方上下得特别久，那边的天是乌黑的。恐怖象大江的波浪，前头一个刚刚低落下去，后面的一个又涌上来。西南方上的雨太下大了，又要耽心水患。种田人真是一刻儿也不能安宁啊！

西水渐渐地向下流膨涨，然而很慢。提局只派了一些人在堤岸上梭巡。光是西水没有南水助势，大家都可不必把它放在心上。让它去高涨吧！

一天，两天，水总是涨着。渐渐地差不多已经平了堤面了，云普叔也跟着大家着起急来："怎么！光是西水也有这么大吗？"

人们都同样的嚷着："哎哟！大家还是来防备一下吧！千万不要又和去年一样呀！"

去年的苦痛告诉他们，水灾是要及早防务的哟！锣声又响了，一批一批的人都抗着锄头被絮，向堤边跑去！

"哪一个家里有男人不出去来上堤的，他妈妈的拖出来打死！"云普叔忙得满头是汗地说，"连堂客们都不许躲着，妈妈的，今年要再和去年一样，一个也别想活！……"

"大家都挡堤去呀！"

"当！当！当！……"

夜晚上，火把灯笼象长蛇一样地摆在堤上，白天里沿岸都是骚动的人群。团防局里的老爷们，骑着马，带着一群副爷往来的巡视着，他们负有维持治安的重大责任，尤恐这一群人中间，潜伏着有闹事的暴徒份子，这是不能不提防的。

"妈妈的，作威作福的贱狗，吃了我们的粮没有事做，日夜打主意来害我们！一个个都安得……"

"我恨不得咬下这些狗入的几块肉！总有一天老子……"

多数被团防加害过的人，让他们走过之后，都咬牙切齿地暗骂着。很远了，立秋还跟在他们的后面装鬼脸儿。

水仍旧是往上涨，有些已经漂过了堤面。黄黄的水，是曾劫夺过人们的生命的，大家都对它怀着巨大的恐怖。眼睛里都有一把无名的烈火，向这洪水掷投。

"只要南水不再下来就好了！"

人们互相地安慰着。锄头铲耙，还是不住地加工。

水停住了！

突然地，有些地方在倒流，当有人把几处倒流的地方指出来的时候。人群中间，立刻开始了庞大的骚动。

"哪里倒流？"

"兰溪小河口吗？"

"该死！一个也活不成！"

"天啦！你老人家真正要把我们活活地弄死吗？……"

"关帝爷爷呀！今年要再和去年一样……"

南水涨了，西水受着南水的胁迫，立即开始了强烈的反攻，双方冲突的结果，是不断的向上膨涨！

锣声响得紧！人们心中还没有弥缝的创口，又重新地被这痛心的锣锤儿敲得四分五裂，连孩子妇人都跑到堤边去用手捧着一合一合的泥土向堤上堆。老年人和云普叔一道的，多数已经跪下来了："天哪！救苦救难的观世音菩萨呀！今年的大水实在再来不得了啊。"

"盖天古佛！你老人家保过了这场水灾，准还你十本大戏！……"

"天收人啦！"

"……"

经过了两日夜拚命的挣扎，每个人的眼睛里都暴出了红筋。身体象弹熟了的软棉花一样，随处倒落。西水毕竟是过渡了汹涌的时期，经不起南水的一阵反攻，便一泻千里地崩溃下去了！于是南水趁势地顺流下来，一些儿没有阻碍。

水退了！

千万颗悬挂在半空中的心，随着洪水的退落而放下。每个人都张开了口，吐出了一股恶气。提起锄头被絮，拖着软棉花似的身子，各别地踏上了归途。脸上，都挂上着一丝胜利的微笑。

"喂！癞大哥，夜里到我这里来谈天啊！"

立秋在十字路上分岔时对癞老大说。

六

生活和工作，双管齐下地夹攻着这整个的农村。当禾苞标出线来时，差不多每个农民都在拚着他们的性命。过了这严重的一二十天，他们便全能得救！

家中虽然没有一粒米了，然而云普叔的脸上却浮上着满面的笑容。他放心了，经过了这两次巨大的风波，收成已经有了九成把握。禾苗肥大，标线结实，是十多年来所罕见的好，穗子都有那样长了。眼前的世界，所开展在云普叔面前的尽是欢喜，尽是巨大的希望。

然而云普叔并没有作过大的幻想，他抓住了目前的现势来推测二十天以后的情形那是真的。他举目望着这一片油绿色的原野，看看那肥大的禾苗，一线一线愉要变成黄金色的穗子，几回都疑是自己的眼睛发昏，自己在做梦。然而穗子禾苗，一件件都是正确地摆在他的面前，他真的欢喜得快要发疯了啊！

"哈哈！今年的世界，真会有这样的好吗？"

过去的疲劳，将开始在这儿作一个总结了：从下种起，一直到现在，云普叔真的没有偷闲过一刻工夫。插田后便闹天干，刚刚下雨又吓大水，一颗心象七上八下的吊桶一般地不能安定。身子疲劳得象一条死蛇，肚皮里没有充过一次饱。以前的挨饿现在不要说，单是英英卖去以后，家中还是吃稀饭的。每次上田，连腿子都提不起，人瘦得象一堆枯骨。一直到现在，经过这许多许多的恐怖和饥饿，云普叔才看见这几线长长的穗子，他怎么不欢喜呢？这才是算得到了手的东西呀，还得仔细地将它盘算一下哩！

开始一定要饱饱地吃它几顿。孩子们实在饿得太可怜了，应当多弄点菜，都给他们吃几餐饱饭，养养精神。然后，卖几担出去，做几件衣服穿穿，孩子们穿得那样不象一个人形。过一个热热闹闹的中秋节。把债统统还清楚。剩下来的留着过年，还要预备过明年的荒月，接新……

立秋少普都要定亲，立秋简直是处处都表示需要堂客了。就是明年下半年吧，给他们每个都收一房亲事，后年就可养孙子，做爷爷了……

一切都有办法，只少了一个英英，这真使云普叔心痛。早知今年的收成有这样好，就是杀了他也不肯将英英卖掉啊！云普叔是最疼英英的人，他这许多儿女中只有英英最好，最能孝顺他。现在，可爱的英英是被他自己卖掉了啦！卖给那个满脸胡须的夏老头子了，是用一只小划子装走的。装到什么地方去了呢？云普叔至今还没有打听到。

英英是太可怜了啊！可怜的英英从此便永远没有了下落。年岁越好，越有饭吃，云普叔越加伤心。英英难道就没有坐在家中吃一顿饱饭的福命吗？假如现在英英还能站在云普叔面前的活。他真的想抱住这可怜的孩子号啕大哭一阵！天呵！然而可怜的英英是找不回来了，永远地找不回来了！留在云普叔心中的，只有那条可怜的瘦小的影子，永远不可治疗的创痛！

还有什么呢？除此以外，云普叔的心中只是快乐的，欢喜的，一切都有了办法。他再三地嘱咐儿子，不许谁再提及那可怜的英英，不许再刺痛他的心坎！

家里没有米了，云普叔丝毫也没有着急，因为他已经有了办法，再过十多天就能够饱饱地吃几餐。有了实在的东西给人家看了，差了几粒吃饭谷还怕没有人发借吗？

何八爷家中的谷子，现在是拚命地欲找人发借，只怕你不开口，十担八担，他可以派人送到你的家中来。价钱也没有那样昂贵了，每担只要六块钱。

李三爹的家里也有谷子发借。每担六元，并无利息，而且都是上好的东西。

垄上的人都要吃饭，都要渡过这十几天难关，可是谁也不愿意去向八爷或三爹借谷子。实在吃得心痛，现在借来一担，过不了十多天，要还他们三担。

还是硬着肚皮来挨过这十几天吧！

"这就是他们这班狗杂种的手段啦！他们妈妈的完全盘剥我们过生活。大家要饿死的时候，向他们叩头也借不着一粒谷子，等到田中的东西有把握了，这才拚命地找人发借。只有十多天，借一担要还他们三担。这班狗杂种不死，天也真正没有眼睛。……"

高鼻子大爹，你不是也借过他的谷子吗？哼！天才没有眼睛哩！越是这种人越会发财享福！"

"是的呀！天是不会去责罚他们的，要责罚他们这班杂种，还得依靠我们自己来！"

"怎样靠自己呢？立秋，你这话里倒有些玩艺儿，说出来大家听听看！"

"什么玩艺儿不玩艺儿，我的道理就在这里：自己收的谷子自己吃，不要纳给他们这些狗杂种的什么捞什子租，借了也不要给他们还去！那时候，他还有什么道理来向我们要呢？"

"小孩子话！田是他家的呀！"二癞子装着教训他的神气。

"他家的？他为什么有田不自己种呢？他的田是哪里来的？还不是大家替他做出来的吗？二癞子你真蠢啊！你以为这些田真是他的吗？"

"那么，是哪个的呢？"

"你的，我的！谁种了就是谁的！"

"哈哈！立秋！你这完全是十五六年时农民会上的那种说法。你这孩子，哈哈！"

"高鼻子大爹，笑什么？农民会你说不好吗？"

"好，杀你的头！你怕不怕？"

"怕什么啊！只要大家肯齐心，你没有看见江西吗？"

"齐心！你这话是很有道理的，不过，哈哈！……"

高鼻子大爹，还有二癞子、壳壳头、王老六大家和立秋瞎说一阵之后，都相信了立秋的话儿不错。民国十六年的农民会的确是好的；就可惜没有弄得长久，而且还有许多人吃了亏。假如要是再来一个的话，一定硬把它弄得久长一些啊！

"好！立秋，还有团防局里的枪炮呢？"

"咄！到了那个时候，我们就不好把他妈妈的缴下来吗？"

儿子整天地不在家里，一切都要云普叔自己去理会。家中没有米了，不得不跑到李三爹那里去借了一担谷子来。

"你家里五六个人吃茶饭，一担谷就够了吗？多挑两担去！"

"多谢三爹！"

云普叔到底只借了一担。他知道，多吃一担，过不了十来天就要还三担多。没有油盐吃，曹炳生店里也可以赊账了。肉店里的田麻拐，时常装着满面笑容地来慰问他：

"云普哥，你要吃肉吗？"

"不要啊，吃肉还早哩。"

"不要紧的，你只管拿去好了！"

云普叔从此便觉得自己已经在渐渐地伟大，无论什么人遇见了他，都要对他点头微笑地打个招呼。家中也渐渐地有些生气了。就只恨自己的儿子不争气，什么事都要自己操心。妈妈的，老太爷就真的没有福命做吗？"

穗子一天一天地黄起来，云普叔脸上的笑容也一天一天地加厚着。他真是忙碌啊！补晒箪，修内车，请这个来打禾，邀那个来扎草，一天到晚，他都是忙得笑迷迷的。今年的世界确比往年要好上三倍，一担田，至少可以收三十四五担谷。这真是穷苦人走好运的年头啊！

去年遭水灾，就因为是堤修得不好，今年首先最要紧的是修堤。再加厚它一尺土吧，那就什么大水都可以不必担心事了。这是种田人应尽的义务呀！堤局里的委员早已来催促过。

"曹云普，你今年要出八块五角八分的堤费啦！"

"这是应该的，一石多点谷！打禾后我亲自送到局里来！劳了委员先生的驾。应该的，应该的！……"

云普叔满面笑容地回答着。堤不修好，免不了第二年又要遭水灾。

保甲先生也衔了团防局长的使命，来和云普叔打招呼了："云普叔，你今年缴八块四角钱的团防捐税啦！局里已经来了公事。"

"怎么有这样多呢？甲老爷！"

"两年一道收的！去年你缴没有缴过？"

“啊！我慢慢地给你送来。”

“还有救国捐五元七角二，剩共捐三元零七。”

“这！又是什么名目呢？甲，甲老爷！”

“咄！你这老头子真是老糊涂了！东洋鬼子打到北京来了，你还在鼓里困。这钱是拿去买枪炮来救国打共匪的呀！”

“啊呀！……晓得，晓得了！我，我，我送来。”

云普叔并不着急，光是这几块钱，他真不放在心上。他有巨大的收获，再过四五天的世界尽是黄金，他还有什么要着急的呢。

七

儿子不听自己的指挥，是云普叔终身的恨事。越是功夫紧的当口，立秋总不在家，云普叔暴躁得满屋乱跑。他始终不知道儿子在外面干些什么勾当。大清早跑出去，夜晚三更还不回来。四方都有桶响了，自家的谷子早已黄熟得滚滚的，再不打下来，就会一粒粒地自行掉落。

“这个狗养的，整天地在外面收尸！他也不管家中是在什么当口上了。妈妈的！”

他一面恨恨地骂着，一面走到大堤上去想兜一张桶①。无论如何，今天的日脚好，不响桶是非常可惜的事情。本来，立秋在家，父子三个人还可勉强地支持一张跛脚桶②，立秋不回来就只好跑到大堤上去叫外帮打禾客。

---

① 桶：即打禾桶，四方的，很大。四个人支持一张桶，两人割稻，两人打稻。"兜一张桶"，就是说叫四个打稻的人来。——作者原注。

② 跛脚桶：即不够四个人，象跛脚的意思。——作者原注。

打禾客大半是由湘乡那方面来的，每年的秋初总有一批这样的人来：挑着简单的两件行李，四个一伴四个一伴地向这滨湖的几县穿来穿去，专门替人客打禾割稻子，工钱并不十分大，但是要吃一点儿较好的东西。

云普叔很快地叫了一张桶。四个彪形大汉，肩着憔悴的行囊跟着他回来了。响桶时太阳已经出了两丈多高，云普叔叫少普守在田中和打禾客作伴，自己到处去寻找立秋。

天晚了，两斗田已经打完，平白地花了四串打禾工钱。立秋还是没有寻到，云普叔更焦急得无可如何了。收成是出于意外的丰富，两斗田竟能打到十二担多毛谷子。除了恼恨儿子不争气以外，自己的心中倒是非常快活的。

叫一张外帮桶真是太划不来的事情啊！工钱在外，一大碗一大碗的白米饭，都给这些打禾客吃进肚里去了，真使云普叔看得眼红。想起过去饥饿的情形来，恨不得把立秋抓来活活地摔死。明天万万不能再叫打禾客了，自己动手，和少普两个人，一天至少能打几升斗把田。

夜深了，云普叔还是不能入梦。仿佛听到了立秋在耳边头和人家说话，张开睛眼一看，心中立刻冒出火来：

"你这杂种！你，你也要回来呀！妈妈的，家中的事情你一点都不管，剩下我这个老鬼来一个人拼命！妈妈的，我的命也不想要了！今朝不是鱼死就是网破！老子一定要看看你这杂种的本事！……"

云普叔顺手拿着一条木棍，向立秋不顾性命地扑来。四串工钱和那些白米饭的恶气，现在统统要在这儿发作了。

"云普叔叔，请你老人家不要错怪了他，这一次真是我们请他占帮忙一件事情去了！"

"什么鸡巴事？你，你，你是谁？……癞大哥你难道不知道吗？"我家中的工夫这样忙！他妈妈的，他要去收尸！"云普叔气急了，手中的木棍儿不住地战动。

"不错呀！云普伯伯。这回他的确是替我们有事情去了啊！……"又一个说。

"好！你们这班人都帮着他来害我。鸡肚里不晓得鸭肚里的事！你们都知道我的家境吗？你们？……"

"是的，伯伯！他现在已经回来了，明天就可以帮助你老人家下田！"

"下田！做死了也捞不到自己一顿饱饭，什么都是给那些杂种得现成。你看，我们做个要死，能够落得一粒捞什子到手吗？我老早就打好了算盘！"立秋愤愤地说。

"谁来抢去了你的，猪杂种？"

"要抢的人才多呢！这几粒捞什子终究会不够分配的！再做十年八年也别想落得一颗！"

"猪入的！你这懒精偏有这许多辩说，你不做事情天上落下来给你吃！你和老子对嘴！"

云普叔重新地把木棍提起，恨不得一棍子下来，将这不孝的东西打杀！

"好了，立秋，不许你再多说！老伯伯，你老人家也休息一会儿！本来，现在的世界也变了，作田的人真是一辈子也别想抬起头来。一年忙到头，收拾下来，一担一担送给人家去！捐呀！债呀！饷呀！……哪里分得自己不有捞呢？而且市面的谷价这几天真是一落千丈，我们不想个法子是不可能的啊！所以我们……"

"妈妈的！老子一辈子没有想过什么鸡巴法子，只知道要做，不做就没有吃的……"

"是呀！……立秋你好好地服侍你的爹爹，我们再见！"

三四个后生子走后，立秋随即和衣睡下。云普叔的心中，象卡着一块硬崩崩的石子。

从立秋回来的第二天起，谷子一担一担地由田中挑回来，壮壮的，黄黄的，真象金子。

这垅上，没有一个人不欢喜的。今年的收成比往年至少要好上三倍。几次惊恐，日夜疲劳，空着肚皮挣扎出来的代价，能有这样丰满，谁个不喜笑颜开呢？

人们见着面都互相点头微笑着，都会说天老爷有眼睛，毕竟不能让穷人一个个都饿死。他们互相谈到过去的苦况：水，旱，忙碌和惊恐，以及饿肚皮的难堪！……现在他们全都好了啦。

市面也渐渐地热闹了，物价只在两三天工夫中，高涨到一倍以上。相反地，谷米的价格倒一天一天地低落下来。

六块！四块！三块！一直低落到只有一元五角的市价了，还是最上等的迟谷。

"当真跌得这样快吗？"

欢欣、庆幸的气氛，于是随着谷价的低落而渐渐地消沉下来了。谷价跌下一元，每个人的心中都要紧一把。更加以百物的昂贵，丰收简直比常年还要来得窘困些了。费了千辛万苦挣扎出来的血汗似的谷子，谁愿那样不值钱地将它卖掉呢？

云普叔初听到这样的风声，并没有十分惊愕，他的眼睛已经看黄黄的谷子看昏了。他就不相信这样好好的救命之宝会卖不起钱。当立秋告诉他谷价疯狂地暴跌的时候，他还瞪着两只昏黄的眼睛怒骂道：

"就是你们这班狗牛养的东西在大惊小怪地造谣！谷跌价有什么

希奇呢？没有出大价钱的人，自己不好留着吃？妈妈的，让他们都饿死好了！"

然而，寻着儿子发气是发气，谷价低，还是没有法子制止。一块二角钱一担迟谷的声浪，渐渐地传播了这广大的农村。

"一块二角，婊子的儿子才肯卖！"

无论谷价低落到一钱不值，云普叔仍旧是要督促儿子们工作的。打禾谷晒草，晒谷，上风车，进仓，在火烈的太阳底下，终日不停地劳动着。由水泱泱地杂着泥巴乱草的毛谷，一变而为干净黄壮的好谷子了。他自己认真地决定着：这样可爱的救命宝，宁愿留在家中吃它三五年，决不肯烂便宜地将它卖去。这原是自己大半年来的血汗呀！

秋收后的田野，像大战过后的废垒残墟一样，凌乱的没有一点次序、、整个的农村，算是暂时地安定了。安定在那儿等着，等着，等着某一个巨大的浪潮来毁灭它！

八

为着几次坚决的反对办"打租饭"，大儿子立秋又赌气地跑出了家门。云普叔除了怄气之外，仍旧是恭恭敬敬地安排着。无论如何，他可以相信在这一次"打租"的筵席上，多少总可以博得爷们一点同情的怜悯心。他老了，年老的人，在爷们的眼睛里，至少总还可以讨得一些便宜吧！

一只鸡，一只鸭子，两碗肥肥的猪肉，把云普叔馋得拖出一线一线的唾沫来。进内换了一身补得规规矩矩了的衣裤，又吩咐少普将大堂扫得清清爽爽了，太阳还没有当空。

早晨云普叔到过何八爷家里，又到过李三爹庄上；诚恳地说明了他的敬意之后，八爷三爹都答应来吃他们一餐饭。堤局里的陈局长也在内，何八爷准许了替云普叔邀满一桌人。

桌上的杯筷已经摆好了，爷们还没有到。云普叔又恭恭敬敬地站在大门口观望了一回，远远地似乎有两行黑影向这方移动了。连忙跑进来，吩咐少普和四喜儿暂时躲到后面去，不要站在外面碍了爷们的眼。四条长凳子，重新地将它们揩了一阵，自己觉得没有什么不干净的地方了，才安心地站在门边侍候爷们的驾到。

一路总共七个人，除了三爹八爷和陈局长以外，各人还带了一位算租谷的先生。其他的两位不认识，一个有兜颏胡须的象菩萨，一位漂漂亮亮的后生子。

"云普！你费了力呀！"满面花白胡子，眼睛象老鼠的三爹说。

"实在没有什么，不恭敬得很！只好请三爹，八爷，陈老爷原谅原凉！唉！老了，实在对不住各位爷们！"

云普叔战战兢兢地回答着，身子几乎缩成了一团。"老了"两个字说得特别的响。接着便是满脸的苦笑。

"我们叫你不要来这些客气，你偏要来，哈哈！"何八爷张开着没有血色的口，牙齿上堆满了大粪。

"八爷，你老人家……唉！这还说得上客气吗"不过是聊表佃户们一点孝心而已！一切还是要清八爷的海量包涵！"

"哈哈！"

陈局长也跟着说了几句勉励劝慰的话，少普才从后面把菜一碗一碗地捧出来。

"请呀！"

筷子羹匙，开始便像狼吞虎咽一样。云普叔和少普二人分立在左右两旁侍候，眼睛都注视着桌上的菜肴。当肥肥的一块肉被爷们吞嚼得津津有味时，他们的喉咙里象有无数只蚂蚁在那里爬进爬出。涎水从口角里流了出来，又强迫把它吞进去。最后少普简直馋得流出来眼泪了，要不是有云普叔在他旁边，他真想跑上去抢一块来吃吃。

　　像上战场一般地挨过了半点钟，爷们都吃饱了。少普忙着泡茶搬桌子，爷们都闲散地走动着。五分钟后，又重新地围坐拢来。

　　云普叔垂着头，靠着门框边站着，恭恭敬敬地听候爷们说话。

　　"云普，饭也吃过了，你有什么活，现在尽管向我们说呀！"

　　"三爹，八爷，陈老爷都在这里，难道你们爷们还不明白云普的困难吗？总得求求爷们……"

　　"今年的收成不差呀！"

　　"是的，八爷！"

　　"那么，你打算要说些什么呢？"

　　"我想，想求求爷们！……"

　　"啊！你说。"

　　"实在是云普去年的元气伤狠了，一时恢复不起来。满门大小天天要吃这些，云普又没有力量赚活钱，呆板地靠田中过日子。总得要求要求八爷，三爹……"

　　"你的打算呢？"

　　"总求八爷高抬贵手，在租谷项下，减低一两分。去年借的豆子和今年种谷项下，也要请八爷格外开恩！……三爹，你老人家也……"

　　"好了，你的意思我统统明白了，无非是要我们少收你几粒谷。可是云普，你也应当知道呀！去年，去年谁没有遭水灾呢？我们的元气说不定还要比你损伤得厉害些呢！我们的开销至少要比你大上三十倍，有谁来替我们赚进一个活钱呢？除了这几粒租谷以外！……至于去年我借给你的豆子，你就更不能说什么开恩不开恩。那是救过你们性命的东西啦！借给你吃已算是开过恩了，现在你还好意思说一句不还吗？……"

"不是不还八爷，我是想要求八爷在利钱上……"

"我知道呀！我怎能使你吃亏呢？借豆子的不止你一个人。你的能够少，别人的也能够少。这是万万做不到的事情啊！至于种谷，那更不是我的事情，我仅仅经了一下手，那是县库里的东西，我怎么能够做主呢？"

"是的，八爷说的也是真情！云普老了，这次只要求八爷三爹格外开一回恩，下年收成如果好，我决不拖欠！一切沾爷们的光！……"

云普叔的脸色十分地沮丧了，说话时的喉咙也硬酸酸的。无论如何，他要在这儿尽情地哀告。至少，一年的吃用是要求到的。

"不行！常年我还可以通融一点，今年半点也不能行！假使每个人都和你一样的麻烦，那还了得！而且我也没有那许多精神来应付他们。不过，你是太可怜了，八爷也决不会使你吃亏的。你今年除去还捐还债以外，实实在在还能落到手几多？你不妨报出来给我听听看！"

"这还打得过八爷的手板心吗？一共收下来一百五十担谷子，三爹也要，陈老爷也要，团防局也要，捐钱，粮饷，……"

"哪里只有这一点呢？"

"真的！我可以赌咒！……"

"那么，我来给你算算看！"

八爷一面说着，一面回头叫了那位穿蓝布长衫的算租先生："涤新！你把云普欠我的租和账算算看？"

"八爷，算好了！连租谷，种子，豆子钱，头利一共一百零三担五斗六升！云普的谷，每担作价一块三角六。"

"三爹你呢？"

"大约也不过三十担吧！"

"堤局约十来担光景！"陈局长说。

"那么，云普你也没有什么开销不来呀！为什么要这样噜苏呢？"

"哎呀！八爷！我一家老小不吃吗？还有团防费，粮饷，捐钱都在里面！八爷呀！总要你老人家开恩！……"

云普叔的眼泪跑出来了！在这种紧急关头中，他只有用最后的哀告来博取爷们的怜悯心。他终于跪下来了，向爷们像拜菩萨一样地叩了三四个响头。

"八爷三爹呀！你老人家总要救救我这老东西！……"

"唔！……好！云普，我答应你。可是，现在的租谷借款项下，一粒也不能拖欠。等你将来到了真正不能过门的时候，我再借给你一些吃谷是可以的！并且，明天你就要替我把谷子送来！多挨一天，我便多要一天的利息！四分五！四分五！……"

"八爷呀！"

第二天的清早，云普叔眼泪汪汪地叫起来了少普，把仓门打开。何八爷李三爹的长工都在外面等待着。这是爷们的恩典，怕云普叔一天送去不了这许多，特地打发自家的长工来帮忙挑运。

黄黄的，壮壮的谷子，一担一担地从仓孔中量出来，云普叔的心中，象有千万利刀在那里宰割。眼泪水一点一点地淌下，浑身阵阵地发颤，，英英满面泪容的影子、蚕豆子的滋味、火烈的太阳、狂阔的大水、观音粉、树皮、……都趁着这个机会，一齐涌上了云普叔的心头。

长工的谷子已经挑上肩了，回头叫着云普叔："走呀！"

云普叔用力地把谷子挑起来，象有一千斤重。汗如大雨一样地落着！举眼恨恨地对准何八爷的庄上望了一下，两腿才跨出头门。勉强地移过三五步，脚底下活象着了锐刺一般地疼痛。他想放下来停一停，然而头脑昏眩了，经不起一阵心房的惨痛，便横身倒了来了！

"天啦！"

他只猛叫了这么一句，谷子倾翻了一满地。

"少普！少普！你爹爹发痧！"

"爹爹！爹爹！爹爹呀！……"

"云普，云普！"

"妈妈来呀，爹爹不好了！"

云普婶也急急地从里面跑出来，把云普叔抬卧在戏台下的一块门板上，轻轻地在他的浑身上下捶动着：

"你有什么地方难过吗？"

"唔！……"

云普叔的眼睛闭上了。长工将一担一担的谷子从云普叔的身边挑过。脚板来往的声音。统统象踏在云普叔的心上。渐渐地，在他的门里冒出了鲜血来。

保甲正带着一位委员老爷和两个佩盒子炮的大兵闯进来了。后面还跟着五六个备有箩筐扁担的的工役。

"怎么！云普生病了吗？"

少普随即走来打了招呼："不是的，刚刚劳动了一下，发痧！"

"唔！……"

"云普！云普！"

"有什么事情呀，甲老爷？"少普代替说。

"收捐款的！剿共，救国，团防，你爹爹名下一共一十七元一角九分。算谷是一十四担三斗零三合,定价一元二角整!"

"唔!几时要呢?"

"马上就要量谷的!"

"啊!啊啊!……"

少普望着自己的爹爹,又望望大兵和保甲,他完全莫明其妙地发痴了!何李两家的长工,都自动地跳进了仓门那里量谷。保甲老爷也赶着钻了进去:"来呀!"

外面等着的一群工役统统跑进来了。都放下箩筐来准备装谷子。

"他们难道都是强盗吗?"

少普清醒过来了,心中涌上着异样的恼愤。他举着血红的眼睛,望了这一群人,心火一把一把地往上冒。他始终不明白,为什么自己辛辛苦苦种下来的谷子,都一担一担地送给人家挑走。这些人又都那样地不讲理性。他咬紧了牙齿,想跑上去把这些强盗抓几个来饱打一顿,要不是旁边两个佩盒子炮的向他盯了几眼。

"唔!……唔!……唔呀!……"

"爹爹!好了一点吗?……"

"唔!……"

只有半点钟工夫,工役长工们都走光了。保甲慢慢地从仓孔中爬出来,望着那位委员老爷说道:"完了,除去何李两家的租谷和堤费外,捐款还不够三担二斗多些。"

"那么,限他三天之内自己送到镇上去!你关照他一声。"

"少普!你等一会告诉你爹爹,还差三担二斗五升多捐款,限他三天内亲自送到局里去!不然,随即就会派兵来抓人。"保甲恶狠狠地传达着。

"唔!"

人们在少普蒙胧的视线中消失了。他转身向仓孔中一望：天哪！那里面只剩了几块薄薄的仓板子了。

他的眼睛发了昏，整个的世界都好像在团团地旋转！

"唔……哎哟！……"

"爹爹呀！……"

九

立秋回来了，时候是黑暗无光的午夜！

"真的有抢谷的强盗啊！"

云普叔又继连地发了几次昏。他紧紧地把握着立秋的手腕，颤动地说着："立秋！我们的谷子呢？今年，今年是一个少有的丰年呀！"

立秋的心房创痛了！半晌，才咬紧牙关地安慰了他的爹爹：

"不要紧的哟！爹爹。你老人家何必这样伤心呢？我不是早就对你老人家说过吗？迟早总有一天的，只要我们不再上当了。现在垄上还有大半没有纳租谷还捐的人，都准备好了不理他们。要不然，就是一次大的拚命！今晚，我还要到那边去呢！"

"啊！……"

模糊中云普叔象做了一场大梦。他隐约地了解儿子立秋不常在家的原因。十五六年前农民会的影子，突然地浮上了他的脑海里。勉强地展开着眼睛，苦笑地望了立秋一眼，很迟疑地说道：

"好，好，好啊！你去吧，愿天老爷保佑他们！"

1933 年 5 月 20 日脱稿于上海。

火

一

何八爷的脸色白得象烧过了的钱纸灰，八字眉毛紧紧地蹙着，嘴唇和脸色一样，闭得牢牢的，只看见一条线缝。

拖着鞋子，双手抱住一根水烟袋，在房中来回地踱着。烟袋里的水咕咚咕咚地响，青烟从鼻孔里钻出来，打了一个翻身，便轻轻地向空间飞散。

天黑得怕人，快要到仲秋了，连一颗星星都看不见。房间里只有烟榻上点着一盏小青油灯，黄豆子样大，一跳一跳的。户外四周都沉静了，偶然有一两声狗儿的吠叫，尖锐地钻进到人们的心坎里。

多么不耐烦哟！那外面的狗儿吠声，简直有些象不祥之兆。何八爷用脚狠命地在地上跺了几下，又抬头望望那躺在烟榻上的女人。

女人是听差高瓜子的老婆，叫做花大姐。朝着何八爷装了一个鬼脸儿，说道："怎么，困不困！爷，你老欢喜多想这些小事情做什么啊！反正，谁能够逃过你的手掌心呢？"

"混账！堂客们晓得什么东西！"

八爷信口地骂了这么一句，又来回兜过三五个圈子，然后走到烟榻旁边躺下。放了水烟袋，眼睛再向天花板出了一会儿神，脑子里好像塞住着一大把乱麻，怎么也想不出一个解脱的方法。花大姐顺手拾起一根烟枪来，替他做上一口火。

"爷，你总不相信我的话呀！不是吗？我可以担保，这一班人终究是没有办法的。青明炉罐放屁，决没有那样的事情来，你只管放心好了，何必定要急得如此整夜地不安呢！"一边说，一边将那根做好了烟的烟枪递过来。

八爷没有响，脸皮沉着。接过枪口来，顺手在花大姐的下身拧了一把。

"要死啊！爷，你这个鬼！"花大姐的腿子轻轻地一颤。

使劲地抽着，一口烟还没有吃完，何八爷的心思又火一样地燃烧起来了。他第三次翻身从烟榻上立起来，仍旧不安地在房子中兜着那焦灼的圈子。

他总觉得这件事情终究有些不妥当，恐怕要关系到自家两年来的计谋。这些东西闹的比去年还要凶狠了，真正了不得！然而事情大小，总要有个商量才行。于是他决心地要花大姐儿将王涤新叫起来问一问："他睡了呀！"花大姐懒洋洋地回答着。

"去！不要紧的，你只管把他叫起来好了！"

"唔，讨厌！你真是一个胆小如鼠的人，听不到三两句谣言，就吓成这个样子，真是哩！……"

"小妖精！"

何八爷骂她一句。

王涤新从梦中惊醒来，听到声音是花大姐，便连忙爬起来，一手将她搂着："想死人啊！大姐，你真有良心！"

"不要歪缠，爷叫你！赶快起来，他在房里等着哩！"

"叫我？半夜三更有什么事情？"

"大约是谈谈收租的事情吧！"

"唔！"

"哎哟！你要死啦！"

鬼混一会儿，他们便一同踏进了八爷的烟房，王涤新远远地站着，避开着花大姐儿。嘴巴先颤了几下，才半吞半吐地说："八爷，夜，夜里叫我起来，有什么事情吩咐呢？"

八爷的眉头一皱："你来，涤新！坐到这里来，我们详细地商量一件事。"

"八爷，你老人家只管说。例如有用得着我王涤新的地方，即使'赴汤蹈火'，也属'义不容辞'。男子汉，大丈夫，忘恩不报，那还算得人吗？"

"是的！我也很知道你的为人，所以才叫你来一同商议。就是因为——"八爷很郑重地停一停，才接着说："现在已经快到中秋节了，打租饭正式来请过的还不到几家，其余的大半连影响都没有。昨天青明炉罐来说：有一些人都准备不缴租了。涤新，这事情你总该有些知道呀！……"

"唔！"王涤新一愣："这风声？八爷！我老早就听到过了呀！佃户们的确有这种准备。连林道三，桂生，王老大都打成了他们一伙儿。先前，我本想不告诉八爷的，暗中去打听一个明白后再作计较。现在八爷既然知道了，也好；依我看来，还得及早准备一下子呢！"

"怎样准备呢？依你？"

王涤新的脑袋晃了几晃，象很有计划似的，凑近何八爷的耳根，叽哩咕噜说了一阵。于是八爷笑了："那么，就只有他们这几个人吗？"

"还有，不过这是两个最主脑的人：上屋癞老大和曹云普家的立秋。八爷！你不用着急，无论他们多少人，反正都逃不过我们的手心啊！"

"是呀！我也这么说过，爷总不相信。真是哩，那样胆小，怕这些蠢牛！……"

花大姐连忙插上一句，眼珠子从右边溜过来，向王涤新身上一落。随即，便转到八爷的身上去了。

"堂客们晓得什么东西？"

八爷下意识地骂了她一句。回头来又同王涤新商量一阵，心里好像已经有了七八分把握似的，方才深深地吐出一口恶气。

停了一停，他朝涤新说："那么，就是这样吧！涤新，你去睡，差不多要天亮了。明天，明天看你的！"

退出房门来，王涤新又掉头盯了花大姐一眼；花大姐也暗暗地朝他做了一个手势，然后赶上来，拍——的一声将房门关上。

二

这一夜特别清凉，月亮从黑云中挤出来，散布着一片银灰色。卧龙湖的水，清彻得同一面镜子一般；微风吹起一层细细的波浪，皱纹似地浮在湖面。

远远地，有三五起行人，继继续续地向湖边移动；不久，都在一棵大枫树下停住着。突然地，湖中飞快地摇出两只小船，对着枫树那儿直驶；湖水立刻波动着无数层圈浪，月光水银似地散乱一满湖。

悄悄地，停泊在枫树下面；人们一个一个踏上去，两只小船儿装满了。

"开呀，小二疤子！"

"还有吗？"

"没有了。只有壳壳头生毛病，没有去叫他。"

声音比蚊子还细。轻轻的一篙，小船儿掉头向湖中驶去了。穿过湖心，穿过蛇头嘴，一直靠到蜈蚣洲的脚下。

人家又悄悄地走上洲岸。迎面癞大哥走出来，向他们招招手："这儿来，这儿来！"

大伙儿穿过一条芦苇小路，转弯抹角地走到了一所空旷的平场。

四围沉静，每个人的心里都怀着一种异样的欢愉，十五六年时的农民会遗留给他们的深刻的影子，又一幕一幕地在每个人的脑际里放映出来。

于是，他们都现得非常熟习地开始了。

"好了，大家都请在这儿坐下吧！说说话是不要紧的，不过，不要太高声了。"癞大哥细心地关照着。

"到齐了吗，大哥？"

"大约是齐了的，只有壳壳头听说是生了病。现在让我来数数看：一位，两位，三位，……不错，是三十一个人！"

人数清楚了，又招呼着大家围坐拢来，成一个小圈子，说起话来比较容易听得明白。

"好了！大哥，我们现在要说话了吧。"

"唔！"

"那么，大哥，你先说，说出来哪个人不依你，老子用拳头揍他！妈妈的！……"李憨子是一个躁性子人。说着，把拳头高高地扬起。

"赞成！赞大哥的成！大哥先说，不许哪一个人不依允！"

"赞成！"这个十五六年时的口语，现在又在他们的嘴边里流行起来。

"大哥说，赞成！"

"赞成，赞成！"

"好了！……"癞大哥急急地爬起来向大家摇摇手，慢轻轻地说道："兄弟伯叔们！现在我们说话不是这样说的，请你们不要乱。我们今夜跑来，不是要听哪一个人的指教，也不是要听哪一个人的吩咐的，我们大家都要说几句公平话。只看谁说得对，我们就得赞成他；谁说得没有道理，我们就不赞成他，派他的不是，要他重新说过。所以，请你们不要硬以为我一个人说的是对的。憨子哥，你的话不对；并且我们不能打人，我们是要大家出主意，大家都说公平话，是吗？"

"嗯！打不得吗？打不得我就不打！李憨子是躁性子人，你们大家都知道的！大哥，我总相信你，我说得不对的，你只管打我骂我，憨子决不放半个屁！大哥，是吗？……"

"哈哈！憨子哥到底正直！"

大家来一阵欢笑声。憨子只好收拾自家的拳头，脸上红红的倒有些不好意思了。癞大哥便连忙把话儿拉开了：

"喂！不要笑了，正经话还多着哩！"

"好！大家都听！"

"各位想必都是明白的，我们今天深夜跑到这里来到底为的什么事？今年的收成比任何年都好，这辛辛苦苦饿着肚皮作出来的收成，我们应当怎样地用它来养活我们自家的性命？怎样不再同去年和今年上半年一样，终天饿得昏天黑地的，捞不到一餐饱饭？现在，这总算是到了手的东西，谷子在我们手里便能救我们自己的性命，给大家夺去了我们就得饿肚皮，同上半年，同去年一样。所以，我们无论如何不能将我们的谷子给人家夺去；我们不能将自己的性命根子送给人家。一定的，因为我们每一个人都还要活！还要活！……半个月来，市上的谷价只有一块二角钱一担了。这样一来，我可以保证：我们在坐的三十多个人中，无论哪一个，他把他今年收下来的谷子统统卖了，仍旧会还去年的欠账不清。单是种谷，何八发下来的是十一块，现在差不多一担要还他十担了。还有豆子钱，租谷，几十门捐款，团防，堤费……谁能够还得清呢？就算你肯把今年收下来的统统给他们挑去，还是免不了要坐牢监的。云普叔家里便是一个很明白的榜样，一百五六十担谷子全数给他们抢去，还不够三担三斗多些。一家五六口人的性命都完了，这该不是假的吧！立秋在那儿，你们尽可向他问。所以，我们今天应该确切地商量一下，看用个什么方法才能保住着我们的谷子，对付那班抢谷子的强人！为的我们都还要活！……"

"打！妈妈的，老子入他的娘！这些活强盗，非做他妈妈的一个干净不行。"李憨子实在忍不住了，又爬起来双脚乱跳乱舞地骂着。癞大哥连忙一把扯住他："憨子哥！你又来了！你打，这个时候，这个地方，你到底要打哪一个呢？坐下来吧，总有得给你打的！"

"唔！大哥，我实在，……唉！实在，……"

"哈哈！"

大家都笑着，憨子的话没有说出来，脸上又通红了。

"请大家不要笑了！"癞子哥正声地说，"每一个人都要说话：

我们应当怎样地安排着，对付这班抢谷子的强人？从左边说起，立秋，你先说！"

立秋从容地站起来："我没有别的话说，因为我也是一个做错了事的人。十天前我没有想出一个法子来阻止我的爹爹不请打租饭，以致弄得一仓谷子都给人家抢去，自己饿着肚皮，爹爹病着没有钱去医好，一家人都弄得不死不活的。不过，我可以告诉大家：如果有人还想能够在老板爷们手里讨得一点面子或便宜时，我真是劝他不起这念头的好！我爹爹就是一个很好的榜样。叩了千万个响头，哭丧似的，结果还是没有讨得半升谷子的便宜。利上加利，租上加租，统统给他们抢完还不够。所以，我敢说：如果还想能在这班狗入的面前哀告乞怜地讨得一点甜头，那真是一辈不能做到的梦啊……"

"大家听了吗？立秋说的：哀告乞怜地去求老板爷们，完场总是恰恰相反，就像这回云普叔一样。所以我们如今只能用蛮干的手法对付这班狗入的。立秋的话已经说完了，高鼻子大爹，你呢？"

"我吗？"半条性命了，在世的日子少，黄土里去的日子多。今年一共收到十九担多谷子，老夫妇吃刚够。妈妈的，他们要来抢时，老子就给他们拚了这条老命，死也不给这班忘八入的！"

"好？赞大爹的成！"

大家一声附和之后，癞大哥又顺次地指着道三叔。

"一样的，我的性命根子不能给他们抢去！昨天何八叫那个狗入的王涤新小子来吓我，限我在过节前后缴租，不然就要捉我到团防局里去！我答应了他：'要谷子没有，要性命我可以同你们去！'他没有办法，又对我软洋洋地说了一些好话。因为我的堂客听得不耐烦，便拖起一枝'牢刷板'来将他赶走了！"

"好哇！哈哈！用牢刷板打那忘八人的，再好没有了，三婶真聪明！"

继着，又轮到憨子哥的头上了。

"大哥！你不要笑我，我有拳头。要打，我李憨子总得走头前！嘿！怕事的不算人。我横竖是一个光蛋！

……"

"哈哈！到底还是憨子哥有劲！"

"……"

"……"

一个一个地说着。想到自己的生活，每一个的眼睛里都冒出火来，都恨不得立刻将这世界打它一个翻转，像十五六午时农民会所给他们的印象。三十多个人都说完了，继续便是商量如何对付的办法。因为张家坨、陈字岭、严坪寺，这些地方处处都已经商量好了的，并且还派人来问过：曹家垄是不是和他们一样地弄起来？所以今夜一定要决定好对付的方法，通知那些地方，以免临时找不到帮手。

又是一阵喧嚷。

谁都是一样的。决定着：除立秋家的已经没有了办法之外，无论哪一个人的捐款租谷都不许缴。谁缴去谁就自己讨死，要不然，就是安心替他们做狗去。例如他们再派那些活狗来收租时，就给他妈的一顿饱打，请团丁来吗？大家都不用怕，都不许躲在家里，大大小小，老幼男女都跑出来，站一个圈了请他们枪毙！或者跪下来一面向他们叩头，一面爬上去，离得近了，然后站起来一个冲锋，把他们的东西夺下来，做，做，做他妈妈的一个也不留！

最后，大家又互相地劝勉了一番：每一个人回去之后，都不许懈怠，分头到各方面去做事，尤其是要去告诉那些老年顽固的人。然后，和张家坨、严坪寺、陈字岭的人联合！反正，大家一齐……

月亮渐渐地偏西了，一阵欢喜，一阵愤慨，捉住了每一个人的心弦，紧紧地，紧紧地扣着！十五六年时的农民会，又好像已经开展在每一个人的面前似的。船儿摇动了，桨条打在水面上，发出微细的咿哑声。仍旧在那棵大枫树下，他们互相点头地分别着。

三

云普叔勉强地从床上挣扎下来，两脚弹棉花似地不住地向前打跪，左手扶着一条凳子移一步，右手连忙撑着墙壁。身子那样轻飘的，和一只风车架子一样。二三十年来没有得过大病，这一次总算是到阎罗殿上打了一次转身。他尽力地支撑到头门口：世界整个儿变了模样，自家也好像做了两世人。

"唉！这样一天不如一天，不晓得这世界要变成一个什么样子！"

他悠长地叹了一声气，靠着墙壁在阶级边坐下了。

眼睛失神地张望着，猛然地，他看了那只空洞的仓门，他想起自己金黄色的谷子来，内心中不觉又是一阵炸裂似的创痛。无可奈何地，他只好把牙齿咬紧，反过头来不看它，天，他望了一望，晦气色的，这个年头连天也没有良心了。再看看自家心爱的田野，心儿更加伤痛！狗入的，那何八爷的庄子，首先就跑进到他的眼睛中来。

云普叔的身体差不多又要倒将下来了，他硬想闭上眼睛不看这吃人的世界。可是，他不可能呀！他这一次的气太受足了，无论如何，他不能带着这一肚皮气到棺材里去。他还要活着，他还要留着这条老命儿在世界上多看几年：看你们这班抢谷子的强人还能够横行到什么时候？

他不再想恨立秋了。倒反只恨他自己早些不该不听立秋的话来，以致弄得仓里空空的，白辛苦一场给人家抢去，气出来这一场大病。儿子终究是自家的儿子，终究是回护自己的人；世界上决没有那样的蠢材，会将自家的十个手指儿向外边跪折！

相信了这一点，云普叔渐渐地变成了爱护立秋的人，他希望立秋早一些出去，早一些回来，多告诉他一些别人不请打租饭和不纳租谷的情况。

"是的，蠢就只蠢了我！叩了他妈妈的千万个头，结果仍旧是自己打开仓门，给他们抢个干干净净！"云普叔每一次听到儿子从外面回来，告诉他一些别人联合不纳租谷的情况时，他总是这样恨恨地自家向自家责骂着。

天又差不多要黑了，儿子立秋还不见回来，云普叔一步移一步地摸进到房里，靠着床边坐着。少普将夜饭搬过来，云普叔老远望他摇了一摇手，意思好像是要他等待立秋回来时一道吃。

的确的，自蜈蚣洲那一夜起，立秋他比任何人都兴奋些！几天工夫中，他又找到了不少的新人物。每天，忙得几乎连吃饭的工夫都没有，回家来常常是在半晚，或是刚刚天亮的时候。

今夜，他算是特别的回得早，后面还跟着有四五个人一群。跨进房门，一直跑到云普叔的床侧。

"你老人家今天怎样呢？该好了些吧！"

云普叔懂得，这是和颜悦色的癞大哥的声音。他连忙点头地苦笑了一笑，想爬起来和他们打个招呼，身子不觉得发抖的要倒。

"啊呀！……"

小二疤子吓了一跳，连忙赶上来双手将他扶住，轻轻地放下来说："你老人家不要起来，站不住的，还是好好地躺一躺吧！"

"唉！先前还移到了头门口，现在连站也站不起来了。这几根老骨头……唉！大哥，小二哥，只怕是……"

"不要紧的，老叔叔，慢慢地再休养几天就会好了，不要心焦，不要躁！"

"唉！大哥，谢谢你！你们现在呢？"

"还好！"

"租谷缴了没有？用什么方法对付那班强盗的？"

"我们有什么办法呢？叔叔！除非他们走来把我们一个个都杀死，不然，我们是不会缴租的。缴了马上就要饿死，不缴说不定还可以多活几日。性命抓在自己手里，不到死是不会放松的啊！"

"是的，除此以外，也实在再没有办法。蠢就只蠢了我一个人，唉！妈妈的，早晓得他们这班东西要吃人，我，我，……唉！……"云普叔说着说着，一串眼泪，又偷偷地溜到了腮边。

"老叔叔，你老人家也用不着再伤心了，过去了的事情都算了，只要我们以后不再上当！……"

"是的！不过，不过，唉！大哥，现在我们，我们一家人连吃的谷都没有了，明天，明天就……唉！他妈妈的！"

"不要紧啊！我们总可以互相帮忙的，你老人家只管放心好了！"

"唉！大哥，立秋这孩子，他完全要靠你指教指教他呀！"

云普叔的心里凄然的！然而，他总感觉得这一群年轻人都有无限的可爱。以前憎恨他们的心思，现在不知道怎样地一点儿也没有了。他只觉得他们都是有生气的人，全不象自家那般地没有出息。

大家闲谈了一会，癞大哥急急地催促立秋吃完了晚饭，因为事情已经做到了要紧关头。主要的还是王涤新和李茂生那两个狗东西挨了三四顿饱打，说不定马上就要弄出来重大的事变。请团丁，搬大兵，那就是地主爷们对付小佃家的最后手段。必然的，每一个人都可以料到。

"最要紧的还是联络陈字岭！……"癞大哥很郑重地说，"立秋，你今晚一定要跑到那边去，找找陈聘三，详细地要他告诉你他们的情形，假如事情闹大了的话，我们还可以有一条退路！"

"好，"立秋回答着。"严坪寺那儿你们准备派哪一个人去呢？恐怕他们现在已经被迫缴租了！今天中饭时，王三马糊对我说：团防局里的团丁统统开到那里去勒逼收租去了！假如那边的人心能给他们压下来，我们这儿就要受到不小的影响。所以我说：那边一定要很快地派一两个人去！"

"当然的，不过你到陈字岭去也很要紧，要不然。我们就没有退路。张家坨他们比我们弄得好，听说李大杰那老东西这两天还吓得不敢出头门，收租的话，简直淡都谈不到！"

"好了，就是这么办吧！大哥，你还要去关照桂生哥他们一声：夜里要当心一点，顶好不要在家里睡觉！李茂生那个狗东西最会掉花枪。还是小心一些的比较好！"

"是的，我记得！你快些动身，时候已经不早了！"

癞大哥催着，立秋刚刚立起身来，云普叔反身拖住了他的手，颤声地吩咐道："秋，秋儿！你，你一定要小心些啊！"

云普婶也跟着嘱咐了几句，立秋安慰似地回答了他们："我知道的哟！爹妈，你们二位老人家只管放心吧！"

夜色清凉，星星在天空闪动。他们一同踏出了"曹氏家祠"的大门。微风迎面吹来，每一个人的身心，都感到一种深秋特有的寒意。

田原沉静着，好像是在期待着某一个大变动的到来。

四

因为要等李三爹，何八爷老早就爬起来了，一个人在房中不耐焦灼地回旋着；心头一阵阵的愤慨，像烈火似地燃烧着他的全身。他做梦也没有想到，今年收租的事情会弄出这样多的枝枝节节出来。

自己手下的一些人真是太没有用了，平常都只会说大话，吹牛皮，等到事情到了要紧的关头，竟没有一点儿用处，甚至于连自己的身子也都保不牢。何八爷恼恨极了，在这些人身上越想越加使他心急！

突然地，花大姐打扮得妖精似地从里面跑出来，轻轻地从八爷的身边擦过，八爷顺口喝了一下："哪里去？大清早打扮得妖精似的！"

"不，不是的！老太太说：后面王涤新痛得很可怜，昨晚叫了一通夜，她老人家要我去看看，是不是他那条膀子真会断？叫得那样怪伤心的！……"

"妈妈的，嘿！让他去好了，这种东西！事情就坏在他一个人手里！"

花大姐瞟了他一眼，仍旧悄悄地跑了过去。何八爷的心中恨恨地又反复思量一番，这一次的事情弄得泼汤，完全是自己用错了人的原故。早晓得王涤新这东西这样草包似的无用，无论如何也不会把那些重大的责任交给他。现在还有什么办法呢？事情已经糟得如此一塌糊涂了！

恨着，他只想能够找出一个补救的办法来。迎面，李三爹跨进门来了，八爷连忙迎将上去："三爹，你早呀!"

三爹的眉头也是蹙着的，勉强地笑了一笑，"早？你已经等得很久了吧!"

"没有！没有！刚起来不一会儿！进来请坐，高瓜子点火，泡杯茶来!"

"不要客气！老八……"

李三爹很亲切地和八爷说着："你看，这件事情到底怎么办？你们这边的情形恐怕还没有我们那边的凶吧？算是我和竞三太爷两家吃亏吃的顶大，几个收租的人都被打得寸骨寸伤地躺着，抬回来，动都不能动弹了，茂生恐怕还有性命之虞！所以，你今天不派人来叫我，我也要寻来和你商量一下，是否还有补救的办法……"

"这个，除非是我们去请一两排团丁来，把为首的几个都给他抓起，或者还可以把他们弄散，这是我的意思!"

"是的，竞三太爷也是这么说。可是，老八，我看这也是不大十分妥当的事情，恐怕梁名登要和我抬杠子。上一次他派兵来收捐，我们都不是回绝了他，答应代替他收了送去吗？那时候他的团丁不只收了曹云普一家。现在我们连自己的租都收不来，都要去请他的团丁帮忙，这不是给他一个现成的话柄吗？"

"不会的哟，三爹！你总只看到这小微的一点，这有什么关系呢。事情到了危急的时期，他还有心思来和你抬这些无谓的杠子吗？收租不到，他自己不得了，捐款缴不上去，团丁们没有饷，他不派人来，他可能把这事情摆脱不管吗？世界上真是没有这样一个蠢东西。大家都是同船合命的人，没有我们就没有他自己，至少他梁名登不会有今日！……"

"是的，老八，你的话很对！不过你打算去请多少人来呢？听说镇上的团兵开到各乡下去收租去的很不少呀！"

"多了开销不下，少了不够分配，顶好是两排人！不过依我的配备是这样：首先抓那些主使抗租的人，然后把队伍分散，驻在每一个人的家里。譬如你那里，竞三太爷和我这里，都经常地驻札三五个，再将其余的一些人会同各家的长工司务，挨家挨户去硬收，这样三四天下来，就可以收回来一个大概，至多也少不了几升！"

"好的，我回去告诉竞三太爷。就请你先到镇上去！团丁的招呼，火食，我和竞三太爷来预备好。他妈的，不拿一点利害给这些蠢东西看，也真是无法五天！八爷，我们明天再见！"

"好的，我们明天再见！"

在团防局里，梁局长没有回话，眼睛侧面向何八爷瞟了一下，才重声地说道："你们那边怎么也弄到这个地步了呢？早些又不来！现在这儿的弟兄统统派到四乡去了，每一个垸子里今年都有这样的事情发生，因为只有你们那边没有来人，我总以为你们比旁的地方好，谁知道……"

"本来没有事情的！"八爷连忙分辩着，"因为这一回出了几个特别激烈的份子，到处煽动佃户们不缴租谷，所以才把事情弄大起来。才梁，只要你派一排人给我，将几个激烈份子抓来，包管能把他们压下去！"

"现在局子里仅仅只剩了八个弟兄，你叫我拿什么来派给你呢？除非到县里总局去拨人来，那我不能去丢这个面子。连几个乡下的农夫都压制不下来，还说得上铲除土共？八翁！你是明白人，这个现成的钉子，我不能代你们去碰呀！"

"错是不错的！不过，老梁，你总得替我想个办法！是不是还可以在旁的外乡洞回排把人来救救急，譬如十八垸、严坪寺这些地方？……"

"嘿！严坪寺昨夜一连起了三次火，十八垸今天早晨还补派了一班人去！据王排长的报告：农夫还想准备抢枪！……"

"那怎么得了呢？老梁，事情已经到了这个地步？"

何八爷哭丧似的。梁局长从容地喝了一口茶，眼睛仰望着天花板出神地想着。半晌，他才渐渐地把头低下来，朝着何八爷皱了一皱眉头，很轻声地说道："就是这样吧！我暂时交给你四个人，八翁，你先回去，把那几个主使的家伙先抓下来。假如事情闹大了，我立刻就调人来救你的急！"

"谢谢你！"

失望地，何八爷领着四个老枪似的团丁垂头丧气地跑回来，天色已经渐渐地乌黑起来了。

是四更时分，在云普叔的家里：立秋拖着疲倦的身子从外面归来，正和云普叔说不到三五句话，外面突然传来一阵激烈的打门声音！

自己的病差不多好全了，为着体恤儿子的疲劳起见，云普叔自告奋勇地跑去开门："谁？哪一个？……"

"我！"

听不出是谁的声音，云普叔连忙将一扇大门打开了！瞧着：冲进来一大群人！

为首的是何八爷家里当差的高瓜子，后面跟着三四个背盒子炮的团丁。

"什么事呀，小高瓜子？"

云普叔没有得到回话，他们一齐冲进了房中！

"就是他，他叫曹立秋！"

高瓜子伸手向立秋指着，四个团丁一齐跑上去抓住他，将盒子炮牢牢地对住他的胸口！

"什么事？你们说出来！抓我？我犯了谁的法？"

"嘿！你自己还假装不知道吗？妈妈的！"

团丁顺手就是一个耳光。随即拿手铐将立秋扣上：

"走！"

昏昏的云普叔清醒了！一眼看定高瓜子，不顾性命向他扑去！

"哎呀！你这活忘八呀！你带兵来抓我的秋儿！你赶快将他放下，妈妈的，老子入你的娘！……"

云普婶和少普都围拢来了，拚性命地和高瓜子扭成一团："活忘八呀！你抓我的儿子……"

"放手不？你们自己养出这种坏东西来！"

团丁回转来替高瓜子解开了，在云普叔身上狠狠地踢了两脚，一窝蜂似地拖着立秋向外面飞跑！

"老子入你的娘啊！何八你这狗杂种！你派高瓜子来……"

黑暗中，云普叔和少普不顾性命地追了上去！云普婶也拖着四喜儿跟在后面哭爷呼娘的，一直追到何八爷的庄上。

庄门闭得牢牢的。

五

太阳血红包的涌出来，高高地挂着。

曹家垄四围都骚动了，旷野中尽是人群，男的，女的，老的，小的，……喧嚷奔驰，一个个都愤慨的，眼睛里放出来千丈高的火焰!

"大家都出来,要命的,一概不许躲在家里!"

象疯狂了的大海,象爆发了的火山!

"去,一齐冲到何八的家中去!救立秋,要死大家一同死!"

"好呀!冲到何八的家中去!"

人们象潮水似地涌动着。

疼儿子,象割了自己心头的肉一般,云普叔老夫妇跑在最前面。自谷子被抢去一直到现在,云普叔才深刻地明白:世界整个儿都是吃人的!

"大哥呀!我这条老命不能要了!早晨,他的门关得崩紧的,我没有办法!现在,请你替我帮忙我把它冲开!我要冲进去同何八这狗人的去拚命!……"

"冲呀!"

四面团团地围上去,何八爷的庄子被围得水泄不通;千万颗人头攒动,喊声差不多震破了半边天!

庄门仍旧是闭住的,三个团丁从短墙角上鬼头鬼脑地探望着。人们一层层地逼近拢来,差不多要冲到庄门口了,突然地:拍!拍!拍!……

几颗子弹从墙角里飞来。

"哗!……"

象天崩地裂的一声。左边有三四个人倒在地上,血如涌泉似地流出来。人们立时都像疯狂了的猛虎一样:"哗!杀人呀!"

"生哥倒了!哗!李憨子你赶快领一批人从后门冲进去!"

"冲呀!"

拍!拍!拍!

"砰！"

"好哇！大门冲开了！冲进去！"

牵络索似地，人们都从大门口冲进来！墙角边的三个团丁惊得同木鸡一样，浑身发抖，驳壳枪都给扔在地上！

人们跑上去，三个都抓下来了！

"打死他们！"

"活的吃了他！"

"我的儿呀！赶快说出，你们还有一个呢？昨晚给你们捉来的那个人现在在哪里？说！……"

"我，我，……救命呀！我不知道他们……"

"入你的祖宗！"

"哎哟！"云普叔跑来狠命地咬了一个团丁一口。"你到底说不说！我的秋儿给你们关在哪里！"

"救救我的命啊！我说，老伯伯，老爷爷！你救救我！……"

"在哪里，在哪里？……"

"已，已，已经押到镇个去了，早，早晨！……"

"哎哟！老子入你的妈！不好了！"云普叔的眼泪雨一样地流下来，再跑上去，又狠命的一口。

那个老团丁的耳朵血淋淋地掉下来。

"哎哟！救……"

"哗！"

又是一阵震响。李憨子从后面冲出来，眼睛象猎狗似地四围搜索着。一眼看见了癞大哥，急急地问道："你，你们抓住了何八那乌龟吗？"

"没有！"

"糟糕！他逃走了。大家细心去寻！小二疤子，你到外面去巡哨！"

又凌乱了一会。

"喂！你们看，这是谁？"

大家立刻回转头来，高鼻子大爹一手提着一个男子，一手提着一个女人，笑嘻嘻地向大家一摔！

"呀！王涤新你这狗入的还没有死吗？"

林道三跑上来一脚，踢去五六尺远！

"唔，救……"

"这是一个妖精，妈妈的，干死她！"

"哈哈！"

"妈妈的，谁要干这臭婊子！拍！——"

一个大巴掌打在花大姐的脸上。

"哈哈！带到那边去！绑在那三个团丁一起！"

大家又是一阵搜索！一个老太婆跑出来，手战动地敲着木鱼，口中"阿弥陀佛！阿弥陀佛！"地念着。

"这要死的老东西！"

仅仅鄙夷地骂了一句，并没有人去理会她。

大家搜着，仍旧没有提到何八爷！失望的，没有一个人肯离开这个庄子。

"不要急，你们让我来问她！"高鼻子大爹笑嘻嘻地说。"告诉我，花大姐！你说出来我救你的性命：你家的爷躲在哪里？"

"老爹爹！只要你老人家救我，我肯说。不过，放了我，还要放了他！……"花大姐一手指着地下的王涤新说。

"好的！放你们做长久的夫妇！"

大家一阵闷笑，花大姐倒有些不好意思起来。忸怩地刚想开口说，不防突然地那个老太婆跑来将她扭住：

"你敢说！你这不要脸的白虎屄！你害了我一家，你偷了汉子，还要害你爷的性命！"

两个人扭着打转。花大姐的脸儿给抓出了几条血痕！

大家拉开了老太婆。花大姐向高鼻子大爹哭着说：

"老爹爹救我呀！呜！呜！……"

"你只管说。"

"他，他同高瓜子两个，都躲在那个大神柜里面！"

"好哇！"

一声震喊，大家都挤到神柜旁边。清晰地，里面有抖索的声音。癞大哥一手打开柜门，何八爷同高瓜子两个蹲在一起，满身灰菩萨似地战栗着。

"我的儿呀！你们原来在这里！"

李憨子将他们一把提出来，顺手就是两个巴掌！云普叔的眼睛里火光乱迸，像饿虎似地抓住着高瓜子！

"你这活忘八呀！你带兵来捉我的秋儿！老子要你的命，你也有今朝呀！"牙齿切了又切，眼泪豆大一点的流下来！张开口一下咬在高瓜子的脸上，拖出一块巴掌大的肉来！

高瓜子做不得声了。何八爷便同杀猪似地叫起来。

大家边打边骂地：

"你的种谷十一元！……"

"你的豆子六块八！……"

"你硬买我的田！……"

"你弄跑我的妹子！……"

"我的秋儿！……"

"……"

怒火愈打愈上升，何八爷已经只剩了一丝儿气了。癞大哥连忙喝住大家："喂！弟兄们！时候不早了，镇上恐怕马上就有大兵来！我们还要到李大杰家中去，现在我们怕不能再在这儿站脚了。"

"好！冲到张家坨去！"

"那么，把这些东西统统拖到外面去干了他！免得逃走！"

"好！"

一串，老太婆除外，七个人。花大姐满口的冤枉！

"高鼻子大爹！你答应救的啦！你怎么不讲信用了！救，救，救……"

在庄门外面，轻便的事情都做完了。自己伤亡的七八个人用凉床抬起来，谷子车着。

"去呀！冲到张家坨去！干李大杰周竞三那狗东西去呀！"

仍旧同潮水似的，男男女女，老老幼幼的一大群，又向张家坨冲去了！

六

入夜，梁局长从县城里请求了一营大兵亲自赶来，曹家垄只剩了一团冷静的空气。

据侦探的报告："乱民已经和雪峰山的匪人取了联络，陈字岭、张家坨、严坪寺周围百余里都没有了人烟，统统逃到雪峰山去了。"

梁局长急得双脚乱跳，三四天中损失了一百多团丁和枪械不算，还弄得纵横这样远没有人烟。自己的饭碗敲碎，回到总局里去更交不了差。

愤怒地，他展望着这凌乱的原野，心火一阵阵地往上冒。再看看这一营大兵，自家非常惋惜地感觉得无用武之地，猛然他发出来一个报复似的命令："四面散开，把大小的茅瓦屋统统给我放它一把火！妈妈的，断绝他们的归路！

半个时辰之后，红光弥漫了天空。垄中沉静了的空气，又随着火花的闪烁而渐形活跃起来。

1933 年 6 月 10 日作于上海，9 月 17 日修正。

中国现代小说经典文库

叶　紫 （下）

主编：黄勇

汕頭大學出版社

电网外

一

风声又渐渐地紧起来了。

田野里，遍地都是人群，互相往来地奔跑着，谈论着，溜着各种各色的眼光。老年的，在怀疑，在惊恐！年轻人，都浮上了历年来的印象；老是那么喜欢的，像安排着迎神集会一般。

王伯伯斜着眼睛瞅着，口里咬着根早烟管儿，心里在辘辘地打转："这些不知死活的年轻人啊！"

想着，大儿子福佑又从他的身边擦过来。他叫住了：

"你们忙些什么呢？妈妈的！"

"来了呀！爹，我们应当早些准备一下子。"

"鬼东西！"

花白的胡须一战，连脸儿都气红了。他，王伯伯，是最恨那班人的。他听见过许多城里的老爷们说过：那班人都不是东西，而且，上一次，除了惊恐和忙乱，人们谣传的好处，他也是连影子都没见到的，他可真不相信那班人还会来。他深深地想：

"年轻人啊！到底是不懂什么事的！为什么老欢喜那班人来呢？那班人是真的成不了气候的呀。同长毛一样，造反哪，又没有个真命天子。而且上次进城，又都是那么个巧样儿，瘦得同鬼一样。没有福气，只占了十来天就站不住了，真的成不了气候啊！"

他再急急地叫着儿子们问："这消息是谁告诉你们的呢？"

"大家都是这么说。"小儿子吉安告诉他。

"放屁！这一定是谣言，那些好吃懒做的人造的。你们都相信了吗？猪！你不要想昏了脑筋啊！那班人已经去远了。并且，那班人都是成不了气候的。他们，还敢来吗？城里听说又到了许多兵。"

儿子们都闷笑着，没有理会他。

老远地，又一个人跑来了，喘着气，对准王伯伯的头门。

这是谁呀？王伯伯的心儿怔了一下。

看看：是蔡师公的儿子。

"什么事情，小吉子？"

小吉子吃吃地老喘着气："我爹爹说：上次围城的那班人，已经，已经，又，又……"

"真的吗？到了哪儿？"

"差，差，……"小吉子越急越口吃着说不出话来，"差，差，……"

"你说呀！"

"差，差不多已经到到南，南，南陵市了。"

"糟糕！"

王伯伯的眼前一黑，昏过去啦！小吉子也巴巴地溜跑了。

儿子们将他扶着，轻轻地捶着他的胸口儿。媳妇也出来了。两个孙儿，七岁一个十岁一个，围着他叫着："公公呀！"

清醒了，看看自家是躺在一条板凳上，眼睛里象要流出泪来："怎么办呢？福儿！那班人真的要来了，田里的谷子已经熟得黄黄的；那班人一来，不都糟了吗？这是我们一家人的性命呀！"

"不要紧的哟！爹。谷子我们可不要管它了，来不及的！那班人来了蛮好啊！我们不如同他们一道去！"

"放屁！"王伯伯爬起来了，气得浑身发战："你们，你们是要寻死了啊！跟那班人去！入伙？妈妈的，你们都要寻死了啊？"

"不去，挨在这儿等死吗？爹，还是跟他们去的好啊！同十五六年，同上一次来围城一样。挨在这儿准得饿死，炮子儿打死！谷子仍旧还是不能捞到手的。而且，那班人又都是那么好的一个……"

"混账东西！你们不要吃饭了吗？你们是真的要寻死了啊！入伙，造反，做乱党哪！连祖宗，连基业都不要了，妈妈的，你们都活久了年数啊！"

"不去有什么办法呢？爹，他们已经快要到南陵市了，这儿不久就要打仗的！"

"不好躲到城里去吗？"

"城打破了呢？"

"妈妈的！……"

王伯伯没有理会他们了。他反复地想着。他又和儿子们闹了起来。他不能走，他到底不相信那班人还会来。他知道，城里的老爷们也告诉了他，那班人是终究成不了气候的，同长毛一样。他不怕，他要挨在这儿等着。这儿他有急待收获的黄黄的谷子，这儿他有用毕生精力所造成的一所小小的瓦房。有家具，有鸡，有猫，还有狗，牛，……他不能走哪。

终于，儿子们都一溜烟地跑出去了，全不把他的话儿放在心上。他气得满屋子乱转。孙儿们都望着他笑着："公公兜圈子给我们玩哩！"

回头来，他朝孙儿们瞅了一眼，心里咕噜着："你们这些可怜的孩子啊!"

夜深了,儿子们都不声不响地跑回来,风声似乎又平静了一些。王伯伯深深地舒了一口气:"盖天古佛啊!你老人家救救苦难吧!那班人实在再来不得了呀!……"

二

大清早爬起来,儿子们又在那里窃窃地议论着。王伯伯有心不睬他们,独自儿掉头望望外面:外面仍旧同昨天一样。

"该不会来了吧!"

他想。然而他还是不能放心,他打算自家儿进城去探听探听消息。

叫媳妇给他拿出来一个篮子,孙儿便向他围着:"公公啦,给我买个菩萨。"

"给我买五个粑粑!"

"好啊!"

漫声地答应着,又斜瞅了儿子们一眼。走出来,心里老大不高兴。

到了摆渡亭。渡船上的客人今朝特别多;有些还背着行李,慌慌张张地,像逃难一样。

王伯伯的心里又怔了一下:"怎么!逃难吗?"

可是,他不敢向同船的人问。他怕他们回答他的是:——那班人还会来。

闷着,渡过了小新河,上了岸。突然地,又有一大堆人摆在他的面前,拦住着出路,只剩了一条小小的口儿给往来的人们过身。而且每人的身上都须搜查一遍。在人们的旁边:木头,铅丝钮钮,铁铲，锄锹；锥着，钉着，挖着！……还有背着长枪的兵啦。

什么玩意儿？王伯伯不懂。

他想问。可是，他不认识人。渡客们又都从小口儿钻过去了。只剩下他一个人站在那儿，瞧着：看看铅丝儿钮在木头上，沿着河边，很长很长的一线，不知道拖延到什么地方去了。靠铅丝的里面，还正挖着一条很深很深的沟。

这是干什么的呢？

王伯伯今年五十五岁了，他可从没有看见过这玩意儿。他想再开口问一问，嘴巴边刚颤了一颤，忽然地："滚开！"

一个背枪的兵士恶意地向他挥了一挥手。他只好很小心地退了一步。

"再滚开些！"

再退一步下来。王伯伯的心儿忍不住跳起来了。他掉头向两边望了一望，在那一群挖泥的兵士里，他发现了一个熟人：张得胜，是从前做过他的邻舍的一个小家伙。

他喜极了，他连忙叫道："得胜哥！你们这些东西钉着做什么用啊？"

"谁呀？"张得胜抬头看着。"啊！王伯伯！这是电网呀！"

"电网？"

王伯伯从来没有听过这么个怪名儿。他进一步地问着："做什么用的呀，得哥？"

"拦匪兵的。上面有电，一触着，就升天。"

"啊！那条沟沟呢？"

"躲着，放枪哪！"

糟糕！王伯伯的心里真的急起来了。他想：照这个样子看来，上次围城的那班人又到了南陵市的话儿，一定是千真万确的了。他心里急的一阵阵地跳着。可是，他不能不镇静下来，因为他还要问：

"得哥，你们的枪口儿对哪边放呢？"

"对河，电网外啦！因为匪兵都是由那边来的。"

两边的兵士都笑着，看看这老头儿怪好玩的。可是，王伯伯的心儿乱了，因为他估计着：自家的屋子正在对河的电网外边，正挡着炮子儿的路道。他再急急地问：

"得哥！那，那，那边，我们的几间小屋子该不要紧吧！"

"你老人家那间屋吗？正当冲呀！"

王伯伯的腿儿渐渐地发抖了。得胜哥连忙接着说：

"伯伯，你老人家还得赶快回去搬东西呀！那班人说不定今天就要到的。"

王伯伯的腿儿越发像棉花絮似地拖不动了。他火速地回转身来，爬着，跌着，昏昏沉沉地渡过了小新河。刚爬上自家边的河岸，他便发疯似地叫了起来："不得了呀！我们都围在电网外呀！炮子儿对着冲呀！……"

家中，儿子们又一个都看不见，野猫似地不知道跑到什么地方去了。他急的满屋子乱窜。叫着媳妇，又喊了孙儿。猪，牛，猫，狗，家具，锄，锹，风车子，……每一样东西他都摸到了。他却始终想不出一点儿办法，他不知道应该先搬哪一件东西的好。

媳妇孙儿们都朝着他怔着！

习惯地，他又想到了救苦救难的观世音菩萨和盖天古佛爷爷。他知道：到了紧急关口，唯有神明能够救他，能够保佑他渡过一切的灾难。他连忙跑到神龛上拿下一只大木鱼来，下死劲地敲着："救苦救难的观世音菩萨呀！那班人实在再来不得了呀！……"

停停。

儿子们都回来了，他恨得跳了起来：

"你们这两个东西，你们收尸！你们收到哪里去了？现在，现在，……我们都围在电网外面，炮子儿冲啦！……"

儿子们仍旧是那么冷然地，全不把他的话儿放在心上：

"爹爹啊！这儿实在不能再挨了。还是跟我们走吧！到那班人那儿一起去。新河镇上的人，大半都是这么办。挨在这儿终究是没用的。家财什物反正什么都保不牢了。"

"放狗屁！"

王伯伯又和儿子们闹了起来。他觉得儿子们全变坏了，都象吃了迷魂汤似的，全没有些儿准定。他无论如何不能让他们那样胡闹。他要他们尽全力来帮他保家。连媳妇、孙儿们都不许走。要死，大家得死在一道。

可是，儿子们终究不能安心地听信王伯伯的教言，带着媳妇和孙儿们跑出去了，同附近，同新河镇的一群年轻人混在一道。

王伯伯气得要哭起来了。不过，他又觉得有几分安了心。这些不孝的东西走开也好，因为不走也仍旧是没有办法的，挨在这儿说不定都要遭危险。他自己虽然痛恨那班人，不甘心儿子们跟那班人一道，但是，王伯伯疼孙儿，假如能够好好地保住着他的两个孙儿无恙，他也是非常安心的。反正。儿子们的心都死了。

"去吗？畜生！你们要自家小心些啊！"

这是他最后的吩咐。老远地望着儿孙们的背影，心儿就像刀割一般。跨进门来，连忙将头门关上。他独自儿死心塌地地坐在堂屋中，在安排着怎样地来保守自家的门庭牲畜。

他重新地决定着：他无论如何不能走，炮子儿多少总有些眼睛的。并且，他家中还有观世音菩萨和盖天古佛爷爷……

三

下午，新河镇上已经很少有人们往来了，炊烟也没有从人们的屋顶上冒出来。世界整个儿静板板地，像快将沉下去一样。

天色乌黑，也不象要下雨。气候热闷得使人发昏，小新河里的水呆呆地，连一点儿皱纹似的波浪都没有了。

王伯伯苦闷的非常难过，他勉强打开着头门走了出来，伤心地步着小路儿向河边悄悄地移动。他的眼睛向四方张望着，他满想能探听出一点儿什么好的消息出来。

四面全没个人影儿了。

只有摆渡亭那儿还有一些嘈杂的声音。他走将过去；

十来个兵，二三十个伕子。

王伯伯站得老远老远地，瞅着他们。

一个兵，先捧着一盆白水灰在摆渡亭基石上，写着四个方桌儿样大的字："四百米达！"

然后二三十个伕子一齐动起手来，将一座小小的渡船亭子撤倒。王伯伯心里非常惋惜：

"为什么一定要撤倒它呢？费了多少力量才造成这么一个小亭子，不料今朝……"

突然地，有一个兵士向王伯伯吆喝起来了：

"什么东西站在那里？滚开！"

王伯伯连忙走开来，再由原路退回去。在他的惨痛心情中，立刻波动着无数层懊丧的圈浪：

"黄黄的谷子不能收回来，摆渡亭子撤去了，儿孙们不知去向！……"

信步又退回了家门，猛然地，他看见自家堂屋中站住着四个兵和一个刘保甲。

他不敢进去。可是刘保甲向他招呼了："来呀！王国六。"

"刘爷，有什么事情吩咐呀？"

"这几位老总爷爷是奉了命令来的。说你这个屋子阻碍了对河电网里的射线，开火时会给敌人当作掩护的。限你在两个钟头之内将它撤下来。赶快！撤！"

"撤！"

王伯伯象给迅雷击了一下，浑身麻木下来。心肝儿痛得象挖去了似的，半晌还不能回话。

"赶快动手呀！"一个老总补上了一句。

王伯伯可清醒过来了，心儿一酸，双腿连忙跪了下去：

"老总爷爷呀！请你老人家做做好事吧！我就只有这么一个小屋子了。撤，撤，撤不得啦。"

"放屁！谁管你的！"

"刘爷爷呀！"

"更不关我的事。"

王伯伯一面叩着响头，一面从怀中拿出自家藏了三四年的那一个小纸包儿来，塞到刘保甲的手里。

"刘爷爷呀！请你老人家帮帮忙吧！陪陪老总爷们去喝杯水酒，我这个小屋于实在撤不得啦。"

刘保甲顺手解开来一看，十多层纸头包着四块银洋。

"哈哈，谁要你的钱，这是上面的命令呀。"

他将四元钱交给了那四个兵士。

"老总爷爷呀！"

"你还有吗？统统拿出来，我们给你设法说句方便话。"

"唔，有的！"

王伯伯的心儿一喜，连忙跑进去将神龛里收藏着的十余元钱也拿了出来，恭恭敬敬地放在老总们的手上：

"统统在这儿。千万求爷爷们说句方便话。"

"那么，你这几只鸡儿我也替你拿去吧！"

"好的！好的！"

王伯伯感激到连眼泪都要流出来了。再蹲下去叩了三五个响头，跪着送到大门外面，眼巴巴地又望着他们匆匆地走进了另一个人家。

心儿似乎比较安静了一点。虽然损失了一二十元和几只老鸡，可还并不算大。屋子总算还保留在这儿。反正等到事情平静下来，还可以图其他的发展。

重新关起门儿来跪着求菩萨。

天色更加阴暗了，光景是快要天黑了吧。外面的人声又频频地沸腾起来，庞杂地，渐渐象山崩土裂一样。

王伯伯的心又给拉紧了。可是，他不敢出来，他知道，一定是那话儿到了，他怕瞎眼睛的炮子儿穿中了他的心窝。

木鱼更加下死劲地敲着。然而，他还没有听见炮子儿响。小窗孔里无缘无故地钻进了一些红光来，他举着怀疑的眼光望着。

突然地——

"砰！砰！"

"开门呀！里面有人没有？"

王伯伯吓的发战，他不敢答应。随即又："砰！砰！"

"操你妈妈！人都走光了吗？放火！"

"放火！"

王伯伯的灵魂儿飞上了半天空中。他爬起来拚命地叫着："有人呀！我出来了。"

开开门——

一大堆老总爷涌了进来，每一个的手中都拿着一枝巨大的火把。有一个便顺手给王伯伯一个耳光："你妈勒个巴子！躲着寻死呀！"

王伯伯可全没有灵魂了。

"搜搜看！小心有匪徒。"

"大概是没有的。"

"那么，烧！"

老总爷都涌了出来，将火把在屋子的周围点着。

"老总爷爷呀！"王伯伯突然地记起来了。他跑上去，一把抱住了一个高个子的兵："刚刚我已经拿出了二十块钱，你们都答应了不撒我的屋子啦！你，你，……"

"老猪！"高个儿兵顺手一掌！——"你发疯了啦！"

王伯伯老远老远地倒着，呆着眼珠子儿瞧着自家的屋子冒烟。

"天！……"

他可没有叫得出来。

四面镇上的火光照澈了天地。老远地：拍拍拍拍！……轰！……格格格格！……

<h1 style="text-align:center">四</h1>

王伯伯渐渐地苏醒过来了。他展开眼睛一看，他的前面正闪烁着千万团火花，那个高个儿兵也正在那里点火烧着他的屋子。他大声地喊道：

"你们这些狼心的东西呀！老子总有一天要你们的命的！……老子一定和你们拚！……你们吃人不吐骨了啦！……二十块钱啦！……放火啊！……啊啊！老总爷爷救救命啊！……"

声音又渐渐地低了下去。

"老伯伯!"

"唔!"

"老伯伯!"

"……"

"他又睡着了呢。你出去吧,暂时不要来惊他。"

一个穿着旧白衣的老人,对着一个临时的看护妇说。

"是的。"那个看护妇答应了一声。"我仍旧到那边去招呼受伤的人去吗?"

"唔!"

这个小禅房中,立刻又清静下来了。王伯伯,他是好好地躺在那儿,没有作声。

远远地,枪声仍旧还很斑密。可是并不曾惊吓着这儿的病人,因为隔离远,不静着心儿还听不出来呢。

一小时之后,穿旧白衣的老人和那临时的看护妇又走进到这小禅房中来了。老人替王伯伯看了一回脉,点了一点头儿,似乎说:病已经轻松了许多了。

王伯伯再次的苏醒。

"天啊!……"

他微微地叫着。看护妇也细声地呼叫他:"老伯伯呀!"

"唔!……"

"醒来哟!"

"唔!我,我,我死了吧?……"

"没有呢!这是大佛寺啦。伯伯,你觉得好些吗?"

"唔!你,谁呀?我怎么来的呢?我的房子呀!……"

"我们今早在前线上抬你回来的。老伯伯,安心一些吧!你惊的很啊！"

"唔！……"

看护妇又轻轻地替他复上一条被单，然后，才走到旁的病人的房间。

一天过去，王伯伯自家渐渐地感到清醒些了。他知道，他还并没有死去，他是被人家营救到这古庙里来的。这老人和那看护妇都能特别细心地替他调治，温和地慰问他，给他滋养。

三天，王伯伯很快地便恢复了原状。但是，他还是不能回想。他那些黄黄的谷子，他那费了几十年精力所造成的一所小小的瓦房，畜生，家具，二十块钱，火！……一想，他就要疯狂。

"……我，我，我几十年的精力！……"

他真的不能想啊！老人和看护妇也常常关照他：

"老伯伯，你才复原啦！你是什么都不能想的。静心些吧！闲着，到大殿上去玩玩，那儿弟兄们多着哩。"

他虔诚地听信了老人的吩咐，他把心事儿横下来。

拐着，一跛一跛地，两个腿儿都酸软。他挣到了大殿的门边。

里面的弟兄们，大家都知道这庙里有一个从前线上救回来的老头儿。

"老伯伯，到这儿来玩玩吧。"一个快眼的士兵说。接着，又有人："到这儿来，老伯伯！"

"老伯伯！"

亲热的呼声，撩乱了王伯伯的视听。他望着：大殿上横横直直地摆着无数只小竹床，床上全是人。有的包着头，有的裹着腿，有的用白布条将手儿吊着。他顺次地看过去，那些人的脸上全没有一点儿痛苦的表情；全是喜欢地亲热地在瞧他，要他进去。

他本能地踏进了殿门。

他想开口说话，可是，他不知道应该说些什么样的话儿。他的嘴巴战了一下，内心里不觉得迸出了一个热烈的呼声来："弟兄们，好哇！"

"好！老伯伯，你好呀！"

"……"

他没有答。他的头本能地点了下来。他的心儿象给无数热情包围了似的，频频地跳着。他实在是塞得说不出话来了。泪珠儿，热烫热烫地滚将下来。

"坐坐，老伯伯！你老人家怎么到这儿来的呀？"

"我，我，唉！妈妈的！……"

"怎么？伯伯，你老人家不要伤心啊！"

"你们，你们，唉！弟兄们，你们不知道啦！……"他尽量地抽噎着，全殿里的空气立时紧张起来。他断断续续地告诉了他们这一次的事件："……我不能走啦！……我的屋子，……我给了他们二十块钱！……鸡，……后来，他妈的，放火啦！……我，……啊！弟兄们啊！我，我真的不能再活哟！……"

听着，全殿的弟兄们都立时变了一个模样儿了。脸子都显得非常可怕，都随着王伯伯的话儿逐步地紧张下来，他们都象要爬起来，都象要再跑到前线去和敌人拚命，替王伯伯复仇。可是，他们一转眼看见王伯伯更加伤心地在抽噎，他们便一齐都和缓下来了。他们都用着温和而又激荡的话儿来给王伯伯宽慰：

"你老人家不要再伤心哟！老伯伯，那班东西全不是人呀！比豺狼比虎豹还要贪残呢。你老人家尽管放心，我们正在那儿要他们的命！我们的弟兄们都在那里给你老人家复仇。老伯伯啊！安心些吧！反正，这个世界有了他们就没有我们，我们一天不将他们打下来，我们便一天不想在人间过活。你老人家放心吧！将来的世界一定是我们的啊！……"

"唔！……"

王伯伯深深地感动着。他今朝才明白过来。

他放心了。他知道儿孙们并没有和坏人一伙儿。

王伯伯每天都要到弟兄们这儿来玩，弟兄什么也都能将他当做自己的亲爷爷看待。他安心极了。虽然，他还有可能纪念的田园，值得凭吊的被焚烧的屋子，然而，现在他还不能够回去，因为那斑密的枪声还可以听得出来

拍拍拍！……格格格格格！……

他只能耐心地和弟兄们厮混着。

是一个大雨滂沱的夜晚。雨声刚刚停住着，前线的枪声又突然地加急起来。机关枪声，夹着新奇的大炮声，像巨雷一样——

轰！轰！……

伤着的弟兄们都爬起来了，关心着前线。他们猜疑着：在雨后，忽然会有这许多连珠似的大炮声音，多少是总有些蹊跷的。电网里面的人们决没有这么多，这么大的炮弹，自家这边弟兄们更加没有。这一定是……

轰！轰！轰！……

他们没有一个人能猜得着。每个人的心儿都吊起来了。这大炮，这大炮……

猛然地——

有一个骑马的弟兄，从前面敲门进来了。他大声叫道："受伤的弟兄们，你们都赶快收拾。英日帝国主义的兵舰都赶着参加进来了！我们今晚怕要退，退……退回浏阳！"

"入你的妈呀！……"

每一个受伤的弟兄都不顾苦痛地爬将起来。咬紧着牙齿，恨恨

地都想将帝国主义者的兵舰爬来摔个粉碎！

可是，他妈的！大家都不能动弹。

炮声又继续地轰了千百下。二三百个人伏跑了进来，两个两个地将弟兄们的竹床抬起了。

王伯伯夹在他们中间辘辘地打转。

"老伯伯！现在敌人请了外国人的兵船大炮来打我们了！我们不幸败了下来，我们就要走啦！你老人家同不同我们去呢？"

"……"

王伯伯没有回答。他实在是有些舍不下他的那些田园，和那烧焚得不知道成了一个什么样儿了屋子。他站着。他的心儿不能决定下来。

停停一会儿，弟兄们终于开口了：

"那么你老人家不去也得。不过，我们可不能留着久陪你老人家，再会吧！老伯伯哟！再会！再会！……"

外面差不多天亮了。王伯伯望着百十个弟兄们的竹床和那个仁慈的老人的背影。他扑扑地不觉得吊下了两行眼泪来。

他又连忙地赶了几步。可是，地上非常湿滑，走一步几乎要跌一交，等他用力地站定了脚跟之后，巴巴地已经赶不及了。

他想："也罢！我反正不能放心我的田园和屋子，不如回家中看看再说吧！"

五

禁锢了三天，经过无数次的盘问和拷打，王伯伯才被认为"并非乱党"，从一个叫做什么部的"行辕"中赶将出来。

他一步一拖地，牙齿儿咬得铁紧。他忍着痛，手里牢牢捻着那张叫做"良民证"的纸头。

路上还遗落着一些不曾埋没的尸首，和无涯的血迹。王伯伯也没有工夫去多看，就急速地奔回来。

屋子呢？

他瞧，全部都塌了。烟黄的只剩了一堆瓦砾。他又连忙跑到田中去一看，谷子也全数倒翻下来，大半都浸在水里，上面还长出着一些些黄绿色的嫩芽。

"什么都完了啦！……"

他叫着。他再用手儿捧上了一些来看，没一颗谷子没有长芽的。他又急的要发疯了。他还有什么办法呢"挨着不和儿子们一道去，又留着不和那班弟兄们一块儿走，都是为的不能丢下这些黄黄的谷子和那所小的瓦房。现在，什么都完了啦！他吃着惊恐和禁锢，他受着拷打，结果他还是什么都落了空，他怎么不该发疯呢？

他蹲着，伤心地瞧着焚余的瓦砾和田中的谷芽。他真的再想放声痛哭一阵，可是，他不能哭呀！仅仅干号了几声，因为他的眼泪已经干了。

再爬起来看着，远远地，新河镇上已经没有了半家人家。他有心地走到撤了的摆渡亭那边去望一望。四个"四百米达"的灰白的字儿仍旧还在那里。

瞧将过去：是河。是洋鬼子的兵船。

再瞧过去：天哪！那个横拖着象一条蛇的东西，不就是叫做什么"电网"的吗？王伯伯转着愤怒的眼光瞧着它。他想跑过去用个什么东西将它捣碎！真的呀！假使这回没有这个叫做什么"电网"的捞什子东西，他全家决不会弄成这个样子。那班弟兄们也会平平安安地进了城，同上一回一样，那多么好啊！现在，他妈的，一切都完了啦。一切都毁在这个鬼东西的身上。他再回头来瞧瞧洋鬼子的兵船，他的心里又记起了那晚上的大炮，他恨得说不出话来了！

他连忙跳下码头来，他想到河中去和这鬼东西拚命。可是，渡船儿不知道被人家摇到哪里去了。

无意识地，他又折回上来。

"今晚上到哪儿去落脚呢？"

一下子，他想到了这么一个问题，因为天气已经渐渐地黑将下来了。他再回头向新河镇上一望，那儿好像还有人们蠕动似的。

他走过去。那儿的人们也在走将过来。

"哎呀！蔡三爹，你还在这儿吗？"王伯伯喜的怪叫起来。

"王国爹，你也回来了呀？"

蔡师公也很惊喜的。他们立时亲近着。还有张三爹，李五伯伯，……

"你躲在哪儿呀！"蔡师公说。

"说不得啊！妈妈的，这回真是……唉！三爹，你呢？"

"也危险啦！一气儿真说不了。我现在还住在张三哥那儿。"

"那么张三爹呢？"

"我们可幸亏天保佑，打仗时还在木排上，还在湘潭。"

"现在呢？你的排停在哪儿？"

"刚刚才流到猴子石口。"

"他们打得利害吗？"张三爹问。

"那才真正伤心啊！……"

散乱的谈着，每个人都怀抱着一种说不出来的悲哀，渐渐地走，渐渐地谈，他们不知不觉地谈到谷芽子上面去了。

"那怎么办呢？三爹，通通长了芽啦！"

"是呀！我也是为这个来的。张哥排上的客人想要，割下来熬酒。"

"谷芽酒好呀! 那么, 我的这些也给他买去吧!"

王伯伯听到有人肯出钱买发了芽的谷子, 他立时欢喜起来, 他和蔡师公恳切地商量着。他决计将自家田中的谷芽统统卖了, 只要多少能有几个钱儿好捞。

蔡师公点头答应着。他们一同回来到木排上。又和排客们商量了一回, 结果排客们都答应了。一元钱一亩的田, 由排客们自家去割。

王伯伯的心中觉得宽松了一些。夜晚他和蔡师公互相交谈着各自逃难的情形。

"多勇啊! 那班人。"蔡师公说, "他们简直不要命啊! 我躲在那山坡边瞧着。那边没有河, 他们便一层一层爬过来对电网冲啦! 机关枪格格格格格的! 他们冲死的多啊! 都钉在电网上……后来, 又用篙子跳, 跳, 跳! ……"

蔡师公吞了一口气, 接着说: "后来, 我又到银盆山这边来了。那班人请我, 是请呀! 他们真客气! 请我替他们抬伤兵送到线莲寺, 我抬了几十个, 后来, 他们请我吃饭, 后来, 又给我一些钱……后来打得更利害! 后来又用牛冲! ……后来又落雨, 响大炮! ……后来他们退了。

……后来我被抓到一个叫做舒适部! ……后来要打我的屁股! 后来又给我一张什么'良民证', 后来放了, 后来, ……真是凶啊! 后来, 狗季子他们几个年轻的还关在那里! ……"

"那么你领了'良民证'回来, 就到了他们这木排上吗?"

"还早呢! 我还到了姑姑儿庙, 那里都是团防局的人。天哪! 他们抓得多哩。听说有几百, 统统是那班人。而且都是女的, 小孩子也有。……他妈的! 后来, 我才到这木排上。后来, 又到镇上来, 后来, 我见了你了。……你躲在哪儿呀?"

蔡师公说了一大串，有时候还手舞足蹈地做着一些模样儿。王伯伯听得痴了。

"喂！你躲在哪儿呀？"

"我吗？唔！我是……唉！二十块钱啦！……火啦！……关了三天啦！……他妈的！唉！……"

王伯伯也简单地告诉了蔡师公一些大概。他们又互相地太息了一回，才疲倦地躺在木排上的小棚子旁边睡去了。

第二天的早晨，王伯伯再三地和排客们交涉，水谷芽居然还卖到了十来元钱，他喜极了。他带着排客们到田中来交割。自家又去木排上花六七元钱买来一个现成的小棚子。也是由排客们替他抬着，由小排船送到这新河镇来的。棚子是架在离原来被焚毁的瓦屋地基足有十来丈远。棚子门朝北。因为他想到：那块烧掉了屋子的地基，真是十分不吉利，再将棚子架在原地方一定更加不吉利。棚子们呢？他不能再朝南呀！那儿，……那儿他一开门就会看见那个叫做什么鬼名儿的电，电，电……

他真的不想在记起那个鬼东西的名字啊！

一切都安排好了。锅儿，小火炉儿，小木板床，……蔡师公也跑来替他道过贺。

他又重新地安心下来。

他想着："假如媳妇儿孙们都还能回来，假如自家还能拚命地干一下子，假如现在还赶忙种些荞麦，假如明年的秋天能够丰收！……

六

大难不死，必有后福。

　　棚子里的生活又将王伯伯拖回到无涯的幻想中。他自烧自煮地过着。他悬望着儿媳们还能回来，他布置着冬天来如何收荞麦……他打听到那班弟兄们退得非常远了，今后也再没有什么乱子来扰他了。

　　他是如何地安心啊！

　　过着。没事将门儿关起来。一天，两天，……

　　一个阴凉的下午，小棚子外有一点儿"橐橐"的敲门声。

　　"这一定又是蔡师公。"

　　王伯伯的心里想。他轻悄地打开小门儿准备吓蔡师公一跳。

　　"王国爹好呀？"

　　王伯伯一看：——刘保甲！

　　他的心儿便立刻慌张起来。这个家伙一来，王伯伯就明白：必无什么好事情商量。本能地，他也回了一句：

　　"好呀！"

　　"你这回真正吃亏不小啦！"

　　"唉！……"

　　"现在镇上已经来了一班赈灾的老爷，他们叫你去说给他们听，你一共损失了多大一个数目儿。他们可以给你一些赈灾钱。"

　　"赈灾钱？"

　　王伯伯的心儿又是一怔。这个名目儿好像听得非常纯熟似的。他慢些儿记着：有一年天干，又有一年涨大水，好像都曾闹过那么些玩意儿。有一年他还请过那些委员老爷们吃过一碗面，他也向那些委员老爷们叩过头。结果，名字造上册子了，手印儿也打了，而"赈灾钱"始终没有看见老爷们发下来。现在，又要来叫他去打手印，上册子，他可不甘心了。然而，他还是非常低声地对刘保甲爷说："刘爷，请你对老爷们去说一声，我这儿不要赈灾钱。我现在还生毛病，不能够出去。"

"那不行呀！老爷们等着哩！要不然，他们就派兵来抓！"

王伯伯的心里一惊："那么我同你去一回吧！不过，'赈灾钱'我是没有福气消受的。"

刘保甲斜瞅了他一眼："那么，走呀！"

王伯伯的脚重了三十三斤，他一步一拖着。

看看，那儿还站了很多很多的人，蔡师公，王定七，杨六老倌，……

"你叫什么名字？"

"王国六。"

"几十岁呢？"

"今年五十五。"

"住在哪儿？"

"前面！"

"匪徒们烧了你多少房子？"

"……"

"怎么？说呀！"

"他，他，他们没有烧，烧我的房子呀！"

"那么，你的房子是什么人烧的呢？"

"……"

"说呀！"

王伯伯的嘴巴战了一下："是官，官，官兵呀！"

"混账！"老爷们跳将起来，"你这个老东西胡说八道！你，你，你发疯！"

王伯伯吓的两个腿子打战。老爷们立刻回转头来，向另外一个写字的先生说："老李！你记着：王国六，瓦屋三间，全数烧毁。损失约二百元上下！……"

随即便回转头来："王国六！你自家去写个名儿。"

"我，老爷！不会写字的。"

"打个手印。"

王伯伯很熟习地打了一个手印。

"还有，王国六，你家里被匪徒杀死几多人？"

"人，人，没有。"

老爷们又回转头来："老李，你再记：王国六家，杀死三人，一子，一孙，一媳。"

"老爷，没有呀！我的儿子，媳妇，孙儿都没有死呀！"

"混账！不许你说话！"

"老爷啊！……"

王伯伯再想分辩，可是，老远地：——

大大帝！大大帝！……

大家都回过头来一看：一大队团防兵押解着无数妇女和孩子们冲来了。在残砖破瓦边，一群一群地叫她们跪着。

大家都痴了！王伯伯惊心地一看，媳妇和两个孙儿好像都跪在里面似的。他发狂地怪叫起来："哎呀！……"

可是，机关枪已经格格格地扫射了！

尸身一群一群地倒将下来。王伯伯不顾性命地冲过去，双手拖住两个血糊的小尸身打滚！

停停。

委员老爷们都从容地站起来，当中的一个眉头一皱，便立刻吩咐那个携着照相机的伙计，赶快将照相机架起。

"拍呀！拍呀！多拍两三张，明儿好呈报出去。"

那个写字的李先生出站将起来了。他象有些不懂似的。他吃吃地问："这照拍下来有什么用呀？……"

"傻子！"

委员老爷回头来一笑，嘴巴向李先生努了一下。李先生也就豁然明白过来。

委员老爷便吩咐着刘保甲说："你赶快去！叫两个人伕来，将那个昏在死尸中的老头儿抬起，送回他自家的茅棚子里去。

七

不知道什么时候，王伯伯苏醒过来了，他也不知道怎么会回到这棚子里来的。他记着，……他哇的一声叫起来，口里的鲜血直淌。

又昏昏沉沉地过了一些时候，他才真正地清醒了。

"这是一个什么世界呀！……"

他可没有再喊天。他想着：他还有什么希望呢？谷子，房子，畜牲，家具，而且还有：——人！

他觉得他已经全没有一点儿希望了，连菩萨也都不肯保他了。尤其痛心的是那被野兽吞噬去的两个孙儿。

一切都完了！

他勉强地爬起了，解下自家床角上的一根麻绳来，挽个圈圈，拴在棚子的顶上。

他把一条小凳子踏住脚，又将自家的头颈骨摸了两摸，他想钻进那个圈子中间去。

"钻呀！"

他已经把头儿伸过去了。可是，突然地，他又连忙将它缩回来。他想："这真是不值得啊！他妈的，我今年五十五岁了，还能做枉死鬼吗？我还有两个儿子呀，我不能死！我是不能死的！"

他立刻跳下了小凳子。将心儿定了一定，他完全明白过来了。

"是的，我不能死。我还有两个那样大的孩儿，我还有一群亲热的兄弟！……"

于是，第二天，王伯伯背起一个小小的包袱，离开了他的小茅棚子，放开着大步，朝着有太阳的那边走去了！

　　　　　　　　1933 年 9 月 1 日上午 11 时，脱稿于上海。

夜哨线

一

队伍停驻在这接近敌人区的小市镇上，已经三天了，明天，听说又要开上前线去。

赵得胜的心里非常难过，满脸急得通红的。两只眼睛夹着，嘴巴瘪得有点象刚刚出水的鲇鱼；涎沫均匀地从两边嘴巴上流下来，一线一线地掉落在地上。

他好容易找着了刘上士，央告着替他代写了一张请长假的纸条儿。准备再找班长，转递到值星官和连长那儿去。

大约是快要开差了的原故呢，晚饭后班长和副班长都不知道跑到哪里去了，赵得胜急得在草地上乱窜乱呼。

"你找谁呀，小憨子？"

赵得胜回头一望，三班杨班长正跟着在他的后面装鬼脸儿。赵得胜很吃力地笑了一下："我，我寻不到我们的班长，他，他，……"

"那边不是李海三同王大炮吗？你这蠢东西！"

杨班长用手朝西面的破墙边指了一指。赵得胜笑也来不及笑地朝那边飞跑了过去。

他瞧着，班长同副班长正在那墙角下说得蛮起劲的。

"什么事情呀，小憨子？"

王班长的声音老有那么大，像戏台上的花脸一样。

"我，我，我，……"赵得胜的心里有点不好意思了。

"你又要请长假吗？"

"我，我，报告班长！……我，……"

"你真是一个蠢东西呀！"。

班长象欲发脾气般地站起来了，赵得胜连忙吓得退下几步。他有点怕班长，他知道，班长是一位有名的大炮啊。

"我，我的妈妈，说不定这两天又……"

"那有什么办法呢？那有什么办法呢？你！你！蠢东西！我昨天还对你说过那么多！……"

"我只要求你老人家给我递递这个条子！"

"猪！猪！猪！……"

班长一手夺过来那张纸条子，生气地象要跑过去打他几下！赵得胜吓得险些儿哭起来了。

副班长李海三连忙爬起来，他一把拖住着王大炮：

"你，老王！你的大炮又来了！"

王班长禁不住一笑，他回头来瞅住着李海三："你看，老李，这种东西能有什么用场，你还没有打下来他就差不多要哭了。"

"我，我原只要求班长给我转上这条子去！我，我的娘……"

"你还要说！你！你！"

"来，小赵！"李海三越了一步上去，他亲切地握住着赵得胜的手："你不要怕他，他是大炮呀。你只说：你晓不晓得明天就要出发了？"

"报告副班长，我，我晓得！"

"那么谁还准你的长假呢？"

"我，我今天早上，还看见胡文彬走了。……"

"胡文彬是连长的亲戚呀！"李海三连忙回说了一名。接着："告诉你，憨子！你请长假连长是不会准你的。你不是已经请过三四次了吗？这个时候，谁还能管你的妈死妈活呢？况且，明天就要开差啦。班长昨天不是还对你说过许多吗？你请准假回去了也不见得会有办法。还是等等吧！憨子，总会有你……"

"我，我不管那些。班长，我要回去。不准假，我，我得开小差！……"

"开小差？抓回来枪毙！"大炮班长又叫起来了。

"开小差也不容易呀！"李海三也接着说："四围都有人，你能够跑得脱身吗？"

"我，我，我不管！……"

"为什么定要这样地笨拙呢？"

李海三又再三地劝慰了他一番。并且还转弯抹角地说了好一些不能够请准长假又不可以开小差的大道理给他听，赵得胜才眼泪婆娑地拿着纸条儿走开了。

王大炮坐了下来。他气得脸色通红的：

"这种人也要跑出来当兵，真正气死我啊！"

"气死你？不见得吧！"李海三笑了一笑，又说："你以为这种人不应该出来当兵，为什么你自己就应该出来当兵呢？"

"我原是没有办法呀！要是当年农民协会不坍台的话，嘿！……"王大炮老忘不了他过去是乡农民协会的委员长，说时还把大拇指儿高高地翘起来。

"农民协会？好牛皮！你现在为什么不到农民协会去呢？……你

没有办法，他就有办法？他就愿意出来当兵的吗？"

李海三一句一句地逼上去，王大炮可逼得沉默了。他把他那两只庞大的眼珠子向四围打望了一回，然后又将那片快要沉没了下去的太阳光牢牢地盯住。

"真的呢？"他想，"赵得胜原来不曾想过要出来当兵啦！……他虽然不曾干过农民协会，但据他自己说，他从前也还是一个规规矩矩的农民呢！……譬如说：象我自己这样的人吗！……"

他没有闲心再往下想了。他突然地把视线变了一回，昂着头，将牙门咬得硼紧，然后又用手很郑重地在李海三的肩上拍了一下："老李！你说的，如果上火线时，是不是一定会遇着那班人呢？"

"上火线？你老这样性急做什么啊！"

李海三又对他笑了一笑。他的脸儿窘得更红了。他想起他在特务连里当了四年老爷兵，从没有打过一次仗，不由的又朝李海三望了一下。虽然他的话儿是给李海三窘住了；但他总觉得他的心里，还有一件什么东西哽着，他须得吐出来，他须向李海三问个明白。李海三是当过十多年兵的老军户，而且还被那班人俘虏去过两回，见识比他自己高得多，所以李海三的一切都和他说得来。自从他由旅部特务连调到这三团一营三连来当班长以后，渐渐地，他俩都好像是走上了那么一条路道。他还常常扭住着李海三，问李海三，要李海三说给他一些动听的故事。特别是关于上火线的和被俘虏了过去的情况。

"你老这样性急做什么啊？"

每次，当王大炮追问得很利害时，李海三总要拿这么一句话来反问他。因为李海三知道：他的过于性急的心情，不给稍为压制一下，难免要闹出异外的乱子的。

现在，他又被李海三这么一问，窘得脸儿通红，说不出一句话了。半响，他才忸忸怩怩地申辩着："并不是我着急呢！你看，赵得胜那个小憨子那样可怜的，早些过去了多好啊！"

"急又有什么用处呢？"李海三从容地站了起来。停停，他又说："我们回去吧！好好地再去劝劝他，免得他急出来异外的乱子，那才糟糕啊！"

"好的！……"

当他们回到了兵舍中去找寻赵得胜的时候，太阳差不多已经没入到地平线下了。

二

第二天，连长吩咐着弟兄们：都须各自准备得好好的，只等上面的命令一下来，马上就得出发上前线。

弟兄们都在兵舍中等待着。吃过了早饭，又吃过了午饭，出发的命令还没有看见传下来。王大炮他有些儿忍不住了："我操他的祖宗！难道不出发了吗？"

"是呀！这时候还没有命令下来。"又有一个附和着。

"急什么啊！"李海三接着："不出发不好吗？操你们的哥哥，你们都那么欢喜当炮灰的！"

"不是那么说的啊！李副班长。"第六班的一个兵士说。"要是真不出发了那才好呢。这样要走不走的，多难熬啊，出又不许你出去，老要你守在这臭熏熏的兵舍里。"

"急又有什么办法呢，依你的？"

大家又都七七八八地争论了一番，出发不出发谁也没有方法能肯定。王大炮急的满兵舍乱跳起来。赵得胜他老是愁眉皱眼地不说一句话。

看看的，又是吃饭的时候了，弟兄们都白白地给关在兵舍里一个整日。

"我操他的八百代祖宗！硬将老子们坐禁闭！老子，老子，要依老子在特务连的脾气！……"

一直到临睡的时候，王大炮他还象有些不服气似的。

第三天，……第四天，……仍旧没有看见传下来出发的命令，天气已经渐渐地热得令人难熬了。兵舍里一股一股的臭气蒸发出来，弟兄们尽都感受着一阵阵恶心和头痛。汗出涔涔地流下来，衣服都象给浸湿在水里。

"我操他的八百代祖宗！我操他的八百代祖宗！我操他的八百代祖宗！老子……"

要不是李海三压制他一下，王大炮简直就想在这兵舍里造起反来。

其他的弟兄们也都是一样，面部都挂上了异常愤怒的表情。虽然连长和排长都来告诉过他们了："只等上面一有不必出发了的命令下来时，就可以放你们走出兵舍。"但他们都仍旧还是那么愤愤不平的。

赵得胜听见连长说或者还有可以不出发的希望，他的心中立刻就活动了许多，他又将那张请长假的纸条从干粮袋里拿出来了，他准备再求班长给他递上去。

"班，班长！假如真的不再出发的话，我，我要求你老人家……"

"你又来了！你又来了！你！——你！"

赵得胜一吓，又连忙战战兢兢地把那只拿纸条儿的手缩了回来。带着可怜的，惊惶失措的目光。朝右面的李海三望了一眼。

"不出发，小憨子！哪有那样好的事情啊！"李海三微笑地安慰了他一句。

忽然，在第五天的一个大清早，大约是旅司令部已经打听到敌人都去远的原故吧，传一个立即出发的命令下来："着全旅动员，迅速地向敌方搜索进展！"

又大约是因为怕的中敌人的"诱兵计"，所以将全旅人分做三路向敌方逼近包围。第一第二两团担任左右翼，一齐很急速地出动。第三团和旅部从中路缓缓地追上来，务使敌人无法用计，统统地落入到这包围里面，杀得他妈妈的一个也不留！

一切都准备好了，出发时，太阳也已经渐渐地出了山。

在队伍的行动中，赵得胜的心里，他比死了爹妈还要难过。乌七八糟的，他真想就在这队伍里号啕大哭起来。他不时眯着眼睛瞅瞅王班长：王班长简直象有上天堂般那样地快活，他的心里更加痛苦得说不出话来了。他明白：人家谁都没有他赵得胜的出身苦，人家谁都是快乐的。只有他，他的父亲，他的牛，……他抛下了老娘和妻子，他跑出来当兵的唯一目的是要替父亲报仇雪恨，作个把大小的官儿回去吐气扬眉的。现在，不料弄了两三年了，他还是只能够当一个小兵。他的心里这才完全地明白了，当兵原并不是他的路儿啊！不但不能做官报仇，甚至于有时候会连自己的性命都保不住；他真是大悔不该出来当兵的！所以，他越看见人家快乐和不住地叫他做小憨子时，他的心中就越加感到痛苦。他原来并不是什么憨子啦。

连长不准他的假，班长又叫他不要开小差，妈病着写信来叫他回去，他的一颗七上八下的心儿，越加弄得四分五裂了。

队伍前进一步，赵得胜的心儿就要疼痛一回；那许多弟兄们的脚步儿，都象是踏在他赵得胜一个人的心上。他差不多些儿要晕倒下来了。

王班长他们仍旧还是那么快活地和弟兄们谈谈笑笑。

天，没有一丝儿云。热度随着太阳升高了。灰尘一阵一阵地跟着弟兄们的脚步扬起来，黄雾般的，象翻腾着一条拉长的烟幕阵。

旷野里渐渐地荒凉起来了，老远老远地还看不到一个行人的踪迹。偶然有一两只丧家的猫犬，从稻田荒冢里钻了出来，随着便惊惶失措地向没有人踪的地方飞跑着。

越走越热，太阳一步一步地像火一样悬挂在天空，熊熊地燎烧着大地。汗从每一个弟兄们的头上流下来，流下来，……豆大一颗的掉在地上。

地上也热热地发了烫，脚心踏在上面要不赶快地提起来，就有些刺辣辣的难熬。飞尘也越来越厚了，粘住着人们的有汗的脸膛，使你窒息得不得不张开口来舒气。

"我操他的八百代祖宗，热死人啊！"

背上背的简直是一盆火。无论是军毯、弹带、干粮袋、水壶——都象变成了一大堆烧红了的柴炭，而且越驮越重了。王大炮浑身是汗，象落汤鸡似的，他的口里不住地哇啦哇啦地乱叫着。他骂骂天，又骂骂地，青烟一阵一阵地从他的内心里熏出来，他恨不得把整个水壶都吞到他的肚里去。

老王，你还急着要出发吗？"开心呀！李海三朝他笑着说。王大炮便一声不响地跑上去将李海三的水壶也抢着喝光了。

队伍又迅速地转过了好几个村庄。路上，荒凉得差不多同原始时代一样。没有人，没有任何生物。老百姓的屋子里全空的，有好一些已经完全倒场下来了；要不然就只有一团乌黑的痕迹。这，大约是老百姓们在临行的时候下着很大的决心的表示呢。没有了丝毫的东西悬挂在他们的心坎里，走起路来是多么的畅快啊！

"你看！他们宁肯这样下决心地扫数跟着别人一同走，倒不愿留在这儿长住着。这就完全是为了那么些个原因啊！"李海三时常很郑重地，偷偷地指着沿路所见到的各种情形，一样一样地告诉给王大炮听。

到正午，太阳简直烧得弟兄们无法可施了，有好些都晕倒下来。口中吐出许多雪样的唾沫，一直到面颜灰白，完全停歇了他们的呼吸为止。

"天哪！"

好容易才有命令下来：教停住在一个比较阴凉的小山底下吃午饭。

三

下午，天上毕竟浮起了几片白云，旷野不时还有微微的南风吹动，天气好像是比较阴凉得多多了。

弟兄们都透回了几口闷气，重新地放开着大步，奔逐着这无止境的征程。

旷野里简直越走越荒凉得不成世界啊！渐渐地，连一座不大十分完整的芦苇屋子都看不到了。只有路畔的树桠上，还可以见到许多用白灰写上的惊心动魄的字句。

"操他的爹爹，说得那样有劲啊！"

弟兄们又都自由地谈笑着，有些看到那些白灰字句儿，象不相信似地骂。

"也说不定呢。"又有带有怀疑的口吻的人。

王大炮同李海三都沉默着，好像是在冥想那字句中的味儿似的。赵得胜老是哭丧脸地不说一句话。

队伍又迅速地前进了十来个村湾。

远远地有一座小山耸立！

在前面，尖兵连的速度忽然加快起来，象是发现了目标似的。于是，后面的队伍也跟着急速了。

传令兵往往来来地奔驰着，喘息不停的。光景是遇着了敌人吧，弟兄们的心头都紧了一下！

王大炮兴高采烈地朝李海三问："老李！是不是遇着了敌人啦？"

老李没有答他。

走，快，突然地，在离那小山不到一千米达距离的时候：——砰！

尖兵连中响了一枪。弟兄们的心中，立时感受着一层巨大的压迫。特别是赵得胜，这一下枪声几乎把他的灵魂都骇到半天云中去了，他勉强地镇静着，定神地朝关面望了一眼。

砰！砰砰！哒吼！……

尖兵连和第一连已经向左右配备着散开了。目标好像就是在前面那座小山上。但是，前面的枪声都是那样乱而迟缓的，并不象是遇见了敌人呀！目标，那座小山上也没有见有敌人的回击。

随即，营长又命令着第三连也跟着散开上来。

大家都怀着鬼胎呢，胡里胡涂的。散开后，却将枪膛牢牢地握住，有的预先就把保险机拨开了，静听官长们的命令下来。

"枪口朝天！"官长们象开玩笑似地叫着！

"怎么？……"弟兄们大半都坠入到雾里云中了。"这是一回什么事呀！我操他的妈妈！"

大家又都小心地注视着前面。轻轻地将枪膛擎起，各自照命令放射着凌乱的朝天枪。向那座小山象包围似的，频频地逼近去！

砰砰！哒吼！卜卜卜！……

渐渐离小山不到二百米达了，号兵竟又莫明其妙地吹起冲锋号来：帝大丹，帝大丹！帝……

"杀！"

弟兄们莫明其妙地跟着减"杀！"一股劲三四连人都到了小山的底下。

山上并没有一个敌人。

大家越弄越莫明其妙了。营长骑着一匹黑马从后面赶了上来。白郎林手枪擎得高高的，象督战的神气。

于是，弟兄们又都赶着冲到了小山的顶上。

"到底是一回什么事呀？妈的！"大家都定神地朝小山底下一望，那下面：——

天哪！那是一些什么东西呢？一片狂阔的海，——人的海！都给挤在这山下的一条谷子口里。男的、女的，老的，小的，一大群，一大群！……有的还牵着牛，拉着羊，有的肩着破碎不堪的行囊、锅灶，……哭娘呼爷地在乱窜乱跑，一面举着仓皇骇急的目光，不住地朝小山上面打望着。

"是老百姓吗？这样多呀！"大家都奇怪起来。

接着又是一个冲锋，三四连人都冲到了小山的下面。

老百姓们象翻腾着的大海中的波浪，不顾性命地向谷子的外面奔逃。孩子，妇人，老年的，大中都给倒翻在地下，哭声庞杂的，纷纷乱乱的，震惊了天地。

"围上去！围上去呀！统统给搜查一遍，这些人里面一定还匿藏着有'匪党'！"

营长的命令，由连长排长们复诵下来。弟兄们只得遵着将老百姓们团团围住了。

老百姓们越发象杀猪般地号叫着。

"这是一回什么事呀？我操他的八百代祖宗！……"王大炮的浑

身象掉在冰窖里，他险些儿叫骂了出来。

"搜查！搜查！"

班长们都对弟兄们吩咐着。王大炮他可痴住了。李海三朝着他做着许多手势儿他全没看见。

老百姓都一齐凄切地，哀告地哭嚷起来。

"这，这，老总爷！这里面没有什么东西呀！"

拍！——

"解开，我操你的妈妈！"不肯解开的脸上吃了一个巴掌。

"老总爷，这，这是我的性命呀！做，做好事！"

拍！——做好事的又是一个耳光。

"哎哟！我的大姐儿呀！"

"我的妈呀！"

营长的勤务兵，在人丛中拖着两个年轻的女人飞跑着。

"老总爷呀！牛，牛，你老人家有什么用处呢？修，修，修，修好啊！……"

"放手！老猪！"

拍！砰！通！……

人家的哭声和哀告声，自己的巴掌声和枪托声，混乱地凑成了一曲凄凉悲痛的音乐。

王大炮的眼睛瞪得有牯牛那么大，他吩咐自己全班的弟兄们一动也不许动地站着。他的心火一阵阵蓬勃上来了，他可从来没有看见过这样的场面，他跳起三四尺高地朝官兵们大叫大骂着："抢！强盗，我操你们的八百代祖宗！"

李海三的心中一急：——"完了！这性急的草包！"他想用手来将王大炮的嘴巴扪住，可是被王大炮一交摔倒了！他再翻身立起来时，王大炮已经单身举枪向连营长们扑了过去！

"你们这些强盗！我操你们的——"

卜通！砰！——

第三排的梁排箍赶上来拦前一脚，将王大炮绊倒在地下，王大炮的一枪便打在泥土上。

"报告营长！"梁排长一脚踏着王大炮的背心，"他，他惑乱军心，反抗命令！"

"他叫什么名字？"营长发战地叫。

"三连一班班长王志斌！"

"绑起来！"

李海三已经急得没有主张了。他举起枪来大声呼叫着："弟兄们，老百姓们！我们都没有活命了！我们的班长已经被——"砰！

李副班长的右手同枪身突然地向下面垂落着，连长的小曲尺还在冒烟。

"绑起来！"

赵得胜和其他的弟兄们都亡魂失魄了，他们望望自己被绑着的两个班长，又望望满山满谷的老百姓，他们可不知道怎样着才是路儿。

随即，连排长们又举起枪来，复诵着营长的命令：

"将乱民们统统驱逐到谷子的外面去。谁敢反抗命令，惑乱军心：——格杀勿论！"

弟兄们都相对着瞪瞪眼，无可奈何地只得横下心来将老百姓们乱驱乱赶。

"我家大姐儿呀！"

"牛啦！我的命啦！"

"妈呀！……"

妇人，老头子和孩子们大半都不肯走动，哭闹喧天的，赖在地下打着磨旋儿。他们宁肯吃着老总爷的巴掌和枪托，宁肯永远倒在这谷子里不爬起来，他们死也不肯放弃他们的女儿、牲畜、妈妈，……他们纠缠着老总们的腿子和牲畜的辔绳，拼死拼活地挣扎着。……

"赵得胜！你跑去将那个老头子的牯牛夺下来呀！"排长看见赵得胜的面前还有一个牵牛的老头儿在跑。

"赵得胜一吓，他慌慌忙忙地只好硬着心肠赶上去，将那个老头儿的牛辔绳夺下来。那个老头儿便卜通一声地朝他跑了下去："老总爷爷呀！这一条瘦牛，放，放了我吧！……"

"牵来呀！赵得胜！"

排长还在赵得胜的后面呼叫着，赵得胜没魂灵地轻轻地将那条牛辔绳一紧，那个老头儿的头就像捣蒜似地磕将下来。

"老总爷爷啊！修修好呀！"

赵得胜急得没有办法了，他将枪托举了起来，看定着那个老头儿，准备想对他猛击一下！——可是，忽然，他的眼睛一黑，——两支手角触了电般地流垂下来，枪险些儿掉在地下。

他的眼泪暴雨般地落着，地上跪着的那个老头儿，连忙趁这机会牵着牛爬起来就跑。

砰！——

"什么事情，赵得胜？"

排长一面放着枪将那个牵牛的老头儿打倒了，一面跑上来追问越得胜。

"报告排长，"赵得胜一急："我，我的眼睛给中一抓沙！"

"没用的东西，滚！越快将这条牛牵到道边大伙儿中间去！"

接着，四面又响了好几下枪声，不肯放手自己的女儿、牲畜的，统统给打翻在地下。其余的便像潮水似地向谷子外面飞跑着："妈呀！……天啦！……大姐儿呀！……"

赵得胜牵着牛儿一面走一面回头来望望那个躺在血泊中的老头子，他的心房象给乱刀砍了千百下。他再朝两边张望着：那逃难的老百姓，……那被绑着的班长们，……他的浑身就像炸了似的，灵魂儿给飞到海角天涯去了。

山谷中立时肃清得干干净净。百姓们的哭声也离的远了。营长才得意得像打了胜仗似地传下命令去："着第一连守住这山北的一条谷子口。二三连押解着俘虏们随营部退驻到山南去。"

四

左右翼不利的消息，很快地传进了弟兄们的耳鼓里。军心立刻便感惶惶的不安。

"什么事情呀！"

"大约是左右两方都打了败仗吧！"

"轻声些啊！王老五。刚才传令兵告诉我：第一团还全部给俘虏了去哩！"

"糟啦！"

在安营的时候，弟兄们都把消息儿轻声细语地到处传递。好些的心房，都给听得频频地跳动。

"也俘虏了些那边的人吗？"

"不多，听说只有二十几，另外还有十来个自己的逃兵。"

"这是怎么弄的啦！"

之后，便有第二团的一排人，押解着三四十个俘虏逃兵到这边儿来了，营长吩咐着都给关在那些牛羊叛兵一道。因为离旅团部都太远了，恐怕夜晚中途出乱子。

　　关牛羊和叛兵的是一座破旧的庙宇，离小山约摸有五六百米远。双方将逃兵俘虏都交接清楚之后，太阳还正在衔山。

　　夜，是乌黑无光的。星星都给掩饰在黑云里面，……弟兄们发出了疲倦的鼾声。

　　这时，在离破庙前二百米远的步哨线上，赵得胜他正持着枪儿在那里垂头丧气地站立着。他的五脏中，象不知道有一件什么东西给人家咬去了一块，那样创痛的使他浑身都感到凄惶，战栗！……渐渐地，全部都失掉了主持！他把一切的事情，统统收集了到他自己的印象里面来，像翻腾着的车轮似的，不住地在他的脑际里旋转：

　　"三年来当兵的苦况，每次的作战，行军，……豪直的王班长，亲昵的李海三，长假，老百姓，牵牛的老头儿，父亲，母亲，妻子，欺人仗势的民团！……"

　　什么事情都齐集着，都象有一道电流通过在他自己的上下全身，酸痛得木鸡似的，使他一动都不能动了。他再忍心地把白天的事件逐一地回想着，他的身心战动得快要晕倒了下来："那么些个老百姓啊！还有，七八个年轻的女子，班长，牵牛的老头儿，官长们的曲尺——砰！……"

　　天哪！赵得胜他怎么不心慌呢！尤其是那一件牵牛的老头儿。那一束花白胡子，那一阵捣蒜似的叩头的哀告！……他，他只要一回想到，他就得发疯啊！

　　"是的！是的！"他意识着，"我现在是做了强盗了啦！同，同民团，同自己的仇人……天啊！"

　　父亲临终时候的惨状，又突然地显现在他的前面了：

　　"伢子啊！你，你应当记着！爹，爹的命苦啦！你，你，你应当争，争些气！……"

　　民团的鞭挞，老板的恶声，父亲的捣蒜似的响头，牛的咆哮！……啊啊！

"我的爹呀！"

他突然地放声地大叫了一句，眼泪像串珠似地滚将下来，他懊丧得想将自己的身心完全毁灭掉。他已经压根儿明白过来了。三四年来，自家不但没有替父亲报过仇，而且还一天不如一天地走了强盗的道路了，同民团，同老板们的凶恶长工们一样！……今天，山谷中的那一个老头子，那一条牛，砰！……天哪！

"怎么办呢？……我，我！……"

"妈病，妈写信来叫我回去。班长，班长不许我开小差！……"

他忽然地又想到了班长了：绑着，王志斌还是乱叫乱骂，李海三的右手血淋淋地穿了一个大窟窿，他的心中又是一阵惊悸！

我真不能再在这儿久停了啊！明，明天，说不定我也得同他们一样。绑着，停停一定得押到后方去杀头啦！"

他瞧瞧两百米达外的那座古庙。

"怎么办呢？我，我还是开小差比较稳当些吧！……"

他像得到了很大决定似的。他望望四面全是黑漆般的没有一个人，他的胆象壮了许多了。他轻轻将枪身放下，又将子弹带儿解下来，干粮袋、水壶，……紧紧地都放在一道。

"就是这样走吧！"

他轻身地举着步子准备向黑暗的世界里奔逃。刚刚还只走得三五步，猛的又有一件事情像炸药似地轰进了他的心房。他又连忙退回上来了。

"逃？也逃不得啦！四面全有兵营，这样长远的旷野里，一下不小心给捉了回来，嘿！也，也得和第二团押回来的那些逃兵一样，明儿，也，也一定枪毙啦！……"

他一浑身冷汗！况且，他知道，纵逃了回去，也不见得会有办法的。他又将枪械背握起来，痴痴地站住了。他可老想不出来一条良好的路道。惊慌，惨痛，焦灼，……各种感慨的因子，一齐都麕集在他的破碎的心中！……

他抬头望望天，天上的乌云重层地飞着，星星给掩藏得干干净净了。他望望四周，四围黑得那样怕人的，使他不敢多望。

"怎么办啦？"

他将眼睛牢牢地闭着，他想静心地能想出一个好的办法来。

旷野中像快要沉没了一样。

"我，呜，呜，呜！……大姐儿呀！……呜……"

"呜呜！妈啦！……"

微风将一阵凄切的呜咽声送进到他的耳鼓中来，他的心中又惊凝了一下！

"怎么的？"

他再静着心儿听过去，那声音轻轻地，悲悲切切地随着微风儿吹过来，象柔丝似地将他的全身都缚住了，渐渐地，使他窒息得透不过来气。

他狠心地用手将两只耳朵复住，准备不再往下听。可是，莫明其妙地，他的眼睛也忽然会作起怪来了。无论是张开或闭着，他总会看见他的面前躺卧着无数具浑身血迹的死尸：里面有他的父亲，老百姓，妇人，孩子，牵牛的老头儿，王李班长，俘虏，逃兵……他惊惶得手忙脚乱，他猛的一下跳了起来。

"这，这是什么世界呀！"

他叫着。他这才象完全真正地明白过来了，往日王李班长所对他说的那许多话儿句句都象是真的了，句句都象是确切的事实了。非那么着那么着决没有办法啊！这世界全是吃人的！他这才完全真正地明白了。

他像获得宝贝似的，浑身都轻快。可是：——

"怎么办呢？"

他紧紧地捏着手中的枪。他意识了他原只有一个人呀！怎么办呢？他再抬头望望那座古庙，他连自己都不觉得要笑了起来："难怪人家都叫我做小憨子啦！我为什么真有这样笨呢？"

他于是轻轻地向那座古庙儿跑了过来，他中途计划了一个对付那些卫兵们的办法。

"口令？"

"安！"

"你跑来做什么呀，赵得胜？"

"你们一共只有四个人吗？……赶快去，连长在我的步哨线上有要紧的话儿叫你们。"

"查哨？他为什么不到这儿来呢？"

"你们一去就明白了。这儿他叫你们暂交给我替你们代守一下！"

四个都半信半疑地跑了过去。赵得胜看见他们去远了，喜的连忙钻进古庙中来："王班长！"

"谁呀？"

"是我，赵得胜！"

"你来了吗？"

"是！不要做声呀！"

喳！

他一刀将王人炮绑手的绳儿割断了。接着又："喳！喳……"

李海三便轻轻地问了赵得胜一声：

"怎么的？外面的卫兵呢？"

"不要响！他们给我骗去了马上就要来的。你们都必须轻声地跟在我的后面，准备着，只等他们一回来，你们就一齐扑上去！……"

"好的!"

大家都在黑暗中等待着。远远的有四个人跑来了。

"口令?"

"安!"那边跑近来接着说:"赵得胜,连长不见啦!"

"连长到这儿来了。"

四个连忙跑拢了,不提防黑暗中的人猛扑了出来,将四个人的脖子都掐住了!

"愿死愿活?"

"王班长,我们都愿,愿,……"四个缴了枪的服从了。

"好!"李海三说,"大家都把枪拿好!小赵,还是你走头,分程去扑那两个枪前哨。"

"唔!……"

叛兵、俘房,几十个人,都轻悄地蠕动着。像狗儿似的。伏在地下,慢慢地,随着动摇了的夜哨线向着那座大营的"枪前哨"扑来。

夜色,深沉的,严肃的,象静待着一个火山的爆裂!

1933 年除夕前五日,在上海。

杨七公公过年

一

稻草堆了一满船，大人、小孩子，简直没有地方可以站脚。

杨七公公从船尾伸出了一颗头来，雪白的胡须，头发；失掉了光芒的，陷进去了的眼珠子；瘪了的嘴唇衬着朝天的下颚。要偶然不经心地看去，却很象一个倒竖在秧田里，拿来吓小雀子的粉白假人头。

他眯着眼珠子向四围打望着：不象寻什么东西，也不象看风景。嘴巴里，含的不知道是什么话儿，刚好可以给他自己听得明白。随即，便用干枯了的手指，将雪白的胡须抓了两抓，低下了头来，象蛮不耐烦地说："为什么还不回来呢？"

"大约快来了吧！"

回话的，是七公公的媳妇，儿子福生的老婆。是一个忠实而又耐得勤劳的，善良的农妇。她一边说话，一边正是煮沸着玉蜀黍浆，准备给公公和孩子们做午饭。

"入他妈妈的！这家伙，说不定又去捣鬼去了啊！不回来，一定是舍不得离开这块!……老子……老子……。"

一想起儿子的不听话来,七公公总常欲生气。不管儿子平日是怎样地孝顺他,他总觉得,儿子有许多地方,的确是太那个,那个了一点的。不大肯守本份。懵懂起来,就什么话都不听了,一味乱闯,乱干。不听老人家的活,那是到底都不周全的哟!譬如说:就拿这一次不缴租的事情来讲吧!……

"到底不周全啊,,……"他深深地叹了一口气。心思像乱麻似地老扯不清,去了一件又来一件。有很多,他本是可以不必要管的,可是,他很不放心那冒失鬼的儿子,似乎并非自己出来挡一下硬儿就什么都得弄坏似的。因此,杨七公公就常常在烦恼的圈子里面钻进钻出,儿子的不安本份,是最使他伤心的一件事情啊!

孙子们在狭小的中舱里面,哇啦哇啦叫着要东西吃。福生嫂急忙将玉蜀黍浆盛起来,分了两小碗给孩子,一大碗给了公公。

喝着,杨七公公又反复地把这话儿念了一回:"不听老人家的活,到底都不周全啊!……"

远远地,福生从一条迂曲的小路上,一直向这边河岸走来。脚步是沉重的,象表现着一种内心的弹力。他的皮肤上,似乎敷上了一层黄黑色的釉油。眼睛是有着极敏锐的光辉,衬在一副中年人的庄重的脸膛上,格外地显得他是有着比任何农民都要倔强的性格。

几个月来的事业,像满抱着一片烟霞似的,使福生的希望完全落了空。田下的收成,一冬的粮食,凭空地要送给别人家里,得不到报酬,也没有一声多谢!

"为什么要这样呢?越是好的年成,越加要我们饿肚子!"

因此,福生在从自己要生活的一点上头,和很多人想出了一些比较倔强的办法:"要吃饭,就顾不了什么老板和佃家的!……"可是,这事情刚刚还没有开始,就遭到了七公公的反对,一直象连珠炮似地放出了一大堆：　"命啊！命啊！……种田人啊！安份啊！……"

福生却没有听信他的吩咐，便不顾一切地同着许多人照自己的意思做了起来。结果，父子们伤了感情；事情为了少数人的不齐心，艰苦地延长到两三个月的时间，终于失败了。而且，还失去了好几个有力量的年轻角色！

"入他妈妈的！不听老子的话！……不听老子的话！……我老早就说了的！……"七公公就常拿这件事情来对儿子卖老资格。

现在呢？什么都完了，满腔地希望变成一版烟霞，立时消灭得干干净净。福生深深地痛恨那些到了要紧关头而不肯齐心的胆小鬼，真是太可恶的。没有一点办法，眼巴巴地望着老板把自己所收成下的东西，统统抢个干净。剩下来一些什么呢？满目荒凉的田野，不能够吃也不能够穿的稻草和麦茎。

"怎么办呢，今年？"大家都愣着，想不出丝毫办法来。

"到上海去吧！我老早就这么对你们说过的，入他妈妈的，不听我的话！"

七公公的主意老是要到上海去，上海给他的印象的确是太好了啊！那一年遇了水灾，过后又是一年大旱，都是到上海去过冬的。同乡六根爷爷就听说在上海发了大财了。上海有着各式各样的谋生方法，比方说：就是讨铜板吧，凭他这几根雪白的头发，一天三两千是可以稳拿的！

福生没有什么不同的主意，反正乡间已经不能再生活了。不过，这一次事情的没有结果，的确是使他感到伤心的。加以，上海是否能够维持一家人的生活，也还没有把握。他有些儿犹疑了；不，不是犹疑，他是想还在这失败了的局面中，用个什么方法儿，能够重新地掀起一层希望的波浪。这波浪，是可以卷回大家所损失的那些东西，而且还能够替大家把吃人的人们卷个干干净净！

因此，他一面取下那四五年前的破板儿小船来，钉钉好，上了一点石灰油，浸在小河里。然后再把一年中辛辛苦苦的结果：——百十捆稻草都归纳起来，统统堆到小船上面。"到大地方去，总该可以卖得他几文钱的吧。"他想。另一方面呢，仍旧不能够甘心大家这次的失败；他暗中还到处奔跑，到处寻人，他无论如何都想能够再来一次，不管失败或者还能够得到多少成功。可是，大家都不能齐心了，不能跟他再来了，他感到异样的悲哀和失望！

沿着小路跑回河边来，这是他最后的一次去找人，想方法活动。一直到没有一个人理会他了，他才明白：事情是再也没有转机了的。

"完了哟！"当他带着气愤的目光和沉重的脚步，跑回到自己的船边的时候，他差不多已经气昏了。杨七公公，老拿着那难堪的眼色瞧着他，意思好像在说："你不听我的话！到底如何呀！"

"停了一会儿，他才真的开了口："你打算怎么办呢，明天？"

"明天开船！"福生斩钉截铁地这样回答了。

二

从水道上离开这破碎的家乡的，不止杨七公公他们一伙。每到冬初秋尽的时候，就有千万只艒艒船像水鸭似的，载着全家大小向江南各地奔来，寻找他们一个冬天的生活，这，这差不多已成为为惯例了。

现在呢，时候已是隆冬，要走的，大半都走了。剩下来的，仅仅只是杨七公公他们这破碎了巨大的希望的一群。带着失望的悲哀，有的仍旧还架着那水鸭似的艒艒船，有的就重新的弄了几块破旧的板子，钉成一个小船儿模样。去哟！到那无尽宝藏的江南去哟！

一共本来是三十多个，快要到达吴淞口的时候，已经只剩下五六个比较坚牢的了。有的是沿着长江，在镇江、江阴等处停住着，找着个另外的可以过冬的工作。有的是流在半途被大江抛弃了，破了船，坏了行船的工具，到陆上去飘流去了。

福生的船，虽然也经过几次危险，总算还没有完全损坏，勉强地将他们一家五口渡到了这大都市的门前。七公公的老迈而又年轻的心，便象春天似地开放了：

"好哟！入他妈妈的，四五年来不曾到上海！"

五六条船拼命地摇着，象太阳那样大的希望，照耀在他们的面前。黄金啊，上海！遍地的黄金，穷人们的归宿啊！……

突然地，在吴淞镇口的左面：

"靠拢来！哪里去的草船！……"

"到上海去的！"大家都瞧见了：那边挂着一面水巡队检查处的旗帜。于是，便都轻轻地将船靠了拢来。

"妈的！又是江北猪猡！"

"带了什么好东西到上海去！……"

"逃难！没有什么东西哟，先生！"大家回答着。

每一个船上都给搜查了一阵，豪无所获的费了检查先生们好些时间。于是，先生们便都气愤了：

"打算怎么办呢？你们！……"五六只船都给扣下来了。

钱是没有的。东拼西凑，把每个船上的残余玉蜀黍统统搜刮下来，算是渡过了这第一层的关隘。

"唉！穷人哟！……"

只叹了一声气，便什么都没有讲了。每一个人都把希望摆在前头，拼命地向着那"遍地黄金"的地方摇去。

"你们到什么地方去呢？"七公公在白渡桥的岔口前向大家询问。

"浦东!"

"我们到曹家渡。"

"我到南市，高昌庙，你们呢，七公公?"

"我们么? 日晖港啊!"

"日晖港，"这个地方是特别与杨七公公有缘的。以前，每一次到上海来，他都是在那儿讨生活。那里他还有好一些老留在上海过活着的同乡。徐家汇的乐善好施的老爷们，打浦桥的油条，大饼!……

穿过好些外国大洋船，一直转到日晖港的口上，又给水巡队的先生搜查了一回。玉蜀黍已经没有了，祇好拿发十多捆稻草下来，哀告着先生们，算是暂时地当做过关的手续费。

天色差不多近夜了，也再没有什么关口了，杨七公公便开始计划着："就停在这桥边吧，让我上去。小五子，六根爷爷，祇要找到他们一个，便可以有办法的，他们是老上海了哟!"

杨七公公上岸去了。福生夫妇都极端疲倦地躺了下来，等候着公公的回信。

深夜，七公公皱着眉头跑回船来："入妈妈的，一个也没有看见!"

"明天再说吧，爹爹。"福生对七公公安慰着。

第二天，七公公一老早就爬了起来。叫福生把船摇到打浦桥下，他头也不回地就跑上了岸去。福生吩咐老婆看住孩子们，自己也跟着上去了。

"早上，他们一定是在什么茶棚子里的。"七公公想。祇有三四年没有到过上海，上海简直就变了个模样。房子，马路，……真是大地方哟!

每一个露天小茶棚子里都给他探望过，没有!"是的，他们都发了财了哟！"七公公的心儿跳了起来："发了财的人怎么会坐小茶棚子呢？"

又继续地看了好一些茶棚子，当然是没有的。忽然，在一个用破船当做屋子的里面：——

"六根爷爷！你好呀？"

"谁呀！啊，杨七公公，你好呀！……几时来这块的？"

"今天呀！……"

六根爷爷的面容憔悴得很利害，看不出是发了大财的人。

穿的衣服破得象八卦，象秋天的云片。说话时，还现出非常骇异的样子："你们为什么也跑到上海来呢？"

"乡下没有饭吃了呀！"杨七公公感觉得非常不安，照光景看来，六根爷爷怕也还没有发什么大财的。杨七公公的希望，便像肥皂泡似的，看看就欲消灭了。

"我们还正准备回去呢！"六根爷爷说，"听说乡下今年的收成比什么年都好呀！"

"好！"杨七公公象有一个锯子在锯他的喉咙，"入他妈妈的！越好越没得吃！"

"上海就有得吃么？……"

七公公没有做声了。他可不知道怎着才是好的。同儿子闹着要到上海来的是他；劝同乡们都到上海来，说上海平地可以拾到金子的也是他。现在呢？连老资格的六根爷爷也要说回乡下去，那真不知道是一回什么事情啊！

"上海不好了吗"……我，儿子，一家人都已经跑来了呀？……怎么办呢？"

六根爷爷沉默了一会儿："那么，你们的船在哪块呢？"

"在桥下。"

"我同你去看看"

七公公把六根爷爷引到了桥下，老远地，便看见了儿子同一个象警察模样的人在那块吵架。

"我们又没有犯法！……"

"不行的！猎猡！"拍！——儿子吃了一个耳光。

六根爷爷急忙拖着七公公跑过去。他一看，就知道是那么一回事情，六根爷爷连忙陪笑地说："对不住，先生！他是初来的，不懂此地的规矩！……"

"不行的！这是上面的命令。六月以前就出过告示：这儿的河要填，不能停泊任何船只。……"

"这块不是有很多船吗?"福生不服地瞪着眼睛。

"不许你说话！"六根爷爷压制着福生。接着便陪着笑脸地对那位警察先生说："他们初来，不懂规矩，先生！……不过，先生！一时候，怕，怕……罗！只要让他们把这些草卖了！嘻！先生，算我的，算我的！嘻！……"

警察先生把六根爷爷瞧了一眼，知道他是一个老人：

"依你！几时呢?"

"十天之内！先生。"

"好的！你自家有数目就拉倒。不过，十天，十天……就不能怪我的了！"

"不怪先生！嘻！……"

福生和七公公不知道是怎样一回事情，老向六根爷爷愣着。

六根爷爷：

"唉！总之，你们不该来！不该来！……"

接着，便讲了一些上海不比往年，不容易生活的大概情形给七公公听。并且替他们计划着：既然都来了，就没有办法的，应当拼命地想方法活！活！……

临了，他要福生和七公公不必过于着急；明天，他再来和他们作一个大的，怎样去生活的商量。……

杨七公公的希望仍旧没有完全死灭。他想着："上海这大的一个地方，是决不致于没有办法的。"

<h2 style="text-align:center">三</h2>

听信了六根爷爷的吩咐，把稻草统统从船上搬下来，堆到那离港边十来丈远的一块空坪上。小船是不能浸在水里过冬的，并且还有好些地方坏了，漏水了。一家人，既没钱租房子住，又不能够马上找到生活，小船是无论如何不能抛弃的啊！

她在沿港的很多同乡人都是这样：船破了，就将它拖上岸边，暂时地当做屋子住着，只要是潮水浸不上来，总还可以避一避风雪的。福生便在这许多沿港的船屋子中间，寻了一块刚刚能够插进自家的小船的空隙地，费了很大的力气，把小船拖上了岸来。

怎样地过生活呢？一家人！

六根爷爷也皱着眉头，表示非常为难的样子。的确的，六根爷爷是六七年的老上海了，他仅仅只是一个人，尚且难于维持生活，伺况一家拖着大小五六口，而且又是初到上海的呢？因此七公公就格外地着急。他像小孩子向大人要糖果似地朝着六根爷爷差一点儿哭了起来：

"难道就一点儿办法也没有了吗？"

六根爷爷昂着头，像想什么似地没有理会他。福生用稻草在补缀船篷顶上的漏洞处。孩子们，四喜子和小玲儿，躺在中船里，滚着破被条耍狮子儿玩，媳妇埋着头，在那里计算今天的晚上的粮食呢!……

七公公象失了魂,走进了云里雾里似的,心里简直没有了一点把握了。他想不到他经年渴慕着的满地黄金的上海,竟会这样地难于生活。梦儿全破碎了。要是年轻,他还可以帮着儿子想方法赚钱。或者是出卖他自己的气力;现在是老了,一切都力不从心了。眼巴巴地只能依靠着儿子来养活他。况且,这一次到上海来,又是他自己出的主意。……

大家都沉默着。福生补好了顶上的漏洞处,也走进来了,他瞧了瞧六根爷爷,又把爹望了望,焦急地,一声不响地坐了下来。

停了一会儿,六根爷爷才开口说:

"福生!光急也是没得用的啊,明早我替你找找小五子看看,要是他能够替你找到一担菜箩的话,我再带你去没法赊几斤小菜来卖卖,也是好的。……七公公你也不必着急,只要福生卖小菜能够赚到一点钱,你也好去学着贩贩香瓜子。……大嫂子没事过桥去寻着巡捕老爷,学生子,补补衣袜,一天几十个铜板也是好捞的!……"

"那么谢谢六根爷爷!"七公公说,"明天就请你老带福生去找找小五了看!"

福生仍旧没有作声。他把六根爷爷送走之后,便横身倒在中舱里,瞪着眼珠子,望着篷子顶上那个刚刚补好的漏洞处出神:"爹爹太老了!孩子们太小了!吃的穿的,……自己又找不到地方出卖气力!……"

一会儿,七公公又夹着叹了一声气:

"要是明朝找不到小五子,借不到菜箩,乖乖!不得了啊!……"

福生的力气大,挑得多,而且又跑得快,他每天卖小菜,竟能卖到三四千钱,除去血本,足足有一千钱好落,七公公便乐起来了。

他自己又用稻草编好了一个小篮儿。他告诉着福生，只要能够替他积上三百四百文钱，他可以独自儿去贩卖香瓜子，赚些钱儿来帮帮家用。只要天气不下霄，他的身体总还可以支持的。

福生没有什么异议。四五天之后，七公公便做起香瓜子生意来了。福生嫂原来也是非常能干的，第天招呼过丈夫和公公出去之后，便独自儿把船头船尾用篷子罩起来，带着四喜子，小玲儿，跑过打浦桥的北面，找着了些安南巡捕老爷，穷学生子，便替他们补补鞋袜，或者是破旧的衣裳。……

这样的一家的五口生活，便非常轻便地维持下来了，七公公是如何地安了心啊！

每天早晨，当太阳还没有露面的时候，七公公就跟着儿子爬了起来。提着满篮子香瓜子，欢天喜地的，向着人烟比较稠密的马路跑去。

"谁说的上海没有生路呢？"他骄傲地想，"一个人，只要安本份，无论跑到什么地方都是有办法的啊。这就是天，天啊！"

七公公的勇气，便一天比一天大将起来。他再也不相信世界上会有饿死人的地方了。他每天从大的马路穿到小的弄堂，又由小的弄堂穿到大的马路。只要可以避着巡捕的眼睛的地方，便快乐地，高声地叫着"卖香瓜子！"装着鬼验儿逗引着孩子似的欢笑，永远地像一尊和蔼的神祇似的。一直到瓜子卖完，夕阳西下，寒风削痛了他的肤骨，才像一匹老牛似地拖着两条疲倦的腿子，带着几颗给孩子们吃的橘子糖，跑将回来。同儿媳孙子们吃着粗糙的晚饭以后，一睡，便什么都不去想它了。

天气毕竟是加上了几重寒气，听说是快要到洋鬼子过年的日子了。小菜和香瓜子的生意都渐渐地紧张起来。福生和七公公也更加地小心着，小心那些贪婪的象毒蛇一般的巡捕和警察们的凶恶的眼睛。

"早些回啊！福生。"

"早些回啊！爹！"

互相地关照着。这一天，象有一种说不出来的沉重的压力，紧紧地压迫着父子们的心。在桥边，儿子福生又特别在站着，多瞧了那老迈的爹爹的背影一眼，一直看到那个拐过了一个弯，不再看见了，他才放开着大步，朝高昌庙铁路边的菜园跑去。

也许是因为过于耽心了吧，七公公刚刚才转过一个弯，心儿便跳起来了。手中的草篮子轻轻地抖战着，香瓜子统统斜倾在一边。他用着仓卒的眼光，向马路的四围不住地打望着：可没有看见什么，大半的店门，都还紧紧地关闭着没有开开呢。

自家把心儿镇静了一下。于是，便开始向大小的弄堂里穿钻起来，口里喊着："香瓜子啊！"

最初的主顾，照例是上学去的孩子们。用着白嫩的小手夹着一个铜元轻轻地向草篮中一放，便在七公公的一个鬼脸儿之下，捧着百十粒香瓜子儿笑嘻嘻地走开了。接着便是讨厌的，争多争少，罗罗苏苏的娘姨和老太婆们！

工厂的汽笛告诉着人们已经到了午餐的时候。七公公便悄悄地从弄堂里钻出来，急忙穿过了一条大的马路，准备着回家去吃午饭，可是，猛不提防在马路的三岔口边，突然地发出一声：

"跑来！卖香瓜子的老头子！"

七公公一看，一个荷着枪的安南巡捕，迎面地向他走了过来，他吓得掉转头来就跑。

"哪里去？猪猡！"

安南巡捕连忙赶了上来，用三只指头把七公公的衣领子轻轻地抓住着向后面一拖！……

"猪猡侬的香瓜子阿是弗卖？娘个操屄！娘个操屄！"

"卖，卖的！……"七公公的腿子不住地发抖。

于是，那个安南巡捕便毫不客气地抓去了一大把香瓜子。接着，又跑拢来了四五个："来呀！吃香瓜子呀！"

一会儿香瓜子去了一大半！七公公挨在地上跪着不肯爬起来，口里便尽量地哀求着："老爷！钱！……做做好事啊！……"

"钱？猪猡！"安南巡捕用力的一脚，恰好踢在七公公的草篮子上。

篮子飞起一丈多高！香瓜子，铜板，……接着又是一阵扫地的旋风！

"天哪！"七公公伤心地大哭着。他爬起来到处找寻着他的草篮子！草篮子祇剩了一个边儿；香瓜子？香瓜子倒下来全给大风吹散了；铜板？铜板满马路滚的不知去向！

七公公像发疯了似的。他瞧着那几个凶恶的安南巡捕的背影，他恨不得也跑上去踢他几脚，出出气！要不是他们荷着有一枝枪的话。

还有什么办法呢？祇好痛苦地拾起马路上的零碎的铜板，提着半个草篮儿，走一步咬一下牙门地骂几句；像一匹带了重伤的野狗似的，踉跄地走回到自己的船屋子里来。七公公的心儿，差不多快要痛得裂开了。

儿子还没有回来，他一面吃饭一面流泪的向媳妇诉述着他这一次被劫的经过。媳妇垂头叹着气，说着一些宽慰的话儿，小玲儿和四喜子便围着他亲热地呼叫起来；可是，这一回，公公的怀中，再也没有橘子糖拿出来了。

午饭过后，太阳眼看得又偏了西了，福生还没有看见回来，七公公可真有点儿急了："为什么还不回来呢？入他妈妈的！"

　　媳妇又带着两个孙儿走过桥去寻活去了。七公公独自儿坐在船屋子里，焦急地等待着儿子回来诉述他心中的苦痛。用着气愤的羡慕的眼光，凝视着对面的高大的洋房和汽车的飞驶；仰望着天上惨白的浮云，低叹着自家六七十年来的悲伤的命运！……

　　"入他妈妈的，还不回来！……"

　　非常不耐烦地低声地骂了一句。忽然，老远地有一个警察向这里跑来了。七公公吃了一惊！

　　"你的儿子呢？"

　　"七公公定神地一看，马上就认识了：这是上一次打儿子的耳光，要码头费的那个人。他连忙陪笑地说："先生！早上出去的，还没有回来。"

　　"你们为什么把船架在此地呢？上一回我不是对你们说过了吗？妈妈个入屄的！……"

　　"是！是！先生，……"

　　"马上撒开！"警察顺手用捧棍一击，拍的一声，船篷子上立刻穿了一个碗大的窟窿！"还有，那个坪上的一堆草，也得赶快弄去！……。上面有过命令的，这是叫做'妨害卫生，有得（碍）观胆（瞻）！……"

　　"是！是！…"七公公说不出一句话来。

　　"你去告诉你的儿子吧！要是明朝还没有撒去，哼！……妈妈个入屄的！……"

　　警察先生耀武扬威地走了上去，回头还丢下一个凶恶的狡狠的眼光来！

　　七公公的心儿乱得一塌糊涂了，像卡着有一件什么东西急待吐出来一样。他不知道为什么儿子还不回来，天色巴巴地快要黑下来了。

媳妇孙子们都回来了。马路上早已经燃上了路灯。胡乱地弄吃了一点东西之后，公媳们便都把心儿吊了起来，静静地等候着儿子、丈夫的消息。

"天哪！保佑保佑我的儿子吧！他再不能像我今天早晨一样呀！……"

一夜的光阴，在严厉的恐怖中度过。

一直到第二天的下午，儿子福生才赤手空拳，气愤得咬牙切齿地跑回来，一屁股坐在船头上，半晌述说不出来一句话。

"怎，怎么回来吗？"七公公战战兢兢地问。

"入，入他妈妈的！……"福生忍气地说："没得照会，昨天晚上在公安局关了一夜！……"

"菜箩呢？钱呢？……"

"……"福生的眼睛瞪得酒杯那么大，摇摇头，没有作声。

"天哪！我们都活不成了哪！……"

一家人都焦急着。晚上，那个讨码头钱的警察又跑了来，福生气愤地衹和他斗了几句嘴，便又吃了他几个耳光。结果，钱没有给逼出一文来，警察先生也知道没有了办法，才恼怒地跑到那块空坪上，轻轻地擦着一根火柴，把福生的草堆子燃烧了。

等福生知道了急忙赶上去扑救的时候，已经迟了，只剩得一堆火灰了。

七公公便更加伤心地哭叫起来："天哪！同强盗一样哪！我们活不成了哪！……"

四

儿子没有本钱再卖小菜了；自家的香瓜子卖不成了；仅仅衹有

媳妇过桥去补补破衣破袜，一家人的生活，便立刻感到艰难起来了。

福生整天地躲在船舱里面发脾气。他像着了疯似的。一天到晚，骂骂这个，又骂骂那个；从故乡的灭绝了天良的田主起，一直骂到打他耳光，关禁他，放火烧他的草堆子的丧天良的警察为止。骂得不耐烦了就把眼睛睁得酒杯那样大，仰卧在船头上，牢牢地钉住那惨白的天空，像在深深地想着一桩什么事件一样。有时候，还紧紧地捏住他那粗大的拳头，向空中乱击乱舞；或者是寻着犯了过错的孩子们捶打一顿！……这样，一天，两天，……他那一颗中年人的创痛的心儿，便便加迅速地变化得令人不可捉摸了。

七公公焦急得时时刻刻想哭。尤其是看不惯福生的那种失神失态的样子，真正是使他心烦，连一点儿忍耐性也没有。他几回都想开口责骂福生几句，可是，一想到这家伙平日拼死拼活地为生活挣扎的神气，心儿便不知不觉地软了下来。

"多可怜啊！他，他……天老爷为什么没有眼睛呢？"

习惯地一想到天老爷有眼睛，七公公的心儿便马上壮了许多。无论怎么样，他想，好人是绝对不会饿死的，一到了要紧关头就会有贵人来扶助。譬如说：就拿这次到上海来的事情来讲吧，一到岸，没有办法，就找到了六根爷爷！……

于是，七公公便比较地安心些了。他从从容容地跑到茶棚子里去找六根爷爷，六根爷爷表示没有办法，他不急；又跑去找小五子，小五子对他摇了摇头，他不急！不到要紧关头，是决没有贵人肯来扶助的，他想。

天气一天比一天寒冷起来，除了整天地吃不到饱饭以外，每个人身上的破衣破服，都已经着实地感到单薄起来了。这，特别是七公公和那个稚幼的孩子，孩子们冷起来便往破被里面钻，特别是小玲儿，他差不多连小小的脑袋儿都盖了起来。七公公终天地坐在船舱中发抖，骨子里像有一把冰冷的小刀子在那里一阵阵地刮削他的筋肉。媳妇的生意，虽然比平常好了许多了，但是，天冷，手僵，一天拼命也做不了多少钱，生活，仍旧是毫无办法的哟！

"贵人为什么还不来呢？现在是时候了呀！"于是，七公公又渐渐地开始着起急来。他又跑去找六根爷爷，又跑去找小五子，六根爷爷和小五子仍旧没有替他想到办法。

孩子们，最初是闹着，叫着，要吃；随后，便躺在舱板上抱着干瘪的肚皮哇啦哇啦地哭起来。福生仍旧是一样的倔强，发脾气，寻着过错儿打孩子。福生嫂拼命地赶着做着生活！……

"天啊！难道真的要饿死我们吗？"七公公这在挨不下去了，身上，肚皮，……终于，他下了一个很大的决心；明天，要是仍旧想不出什么办法来，他就决定带着两个孙子，跑到热闹的马路边去讨铜板去。

单为了冬防的紧急，穷人的行动，便一天甚似一天地被拘束起来；尤其是沿日晖港一直到徐家汇一带的贫民窟，一到夜晚十时左右，就差不多不准行人往来了。

老北风，一连刮了三个整日。就在这刮北风的第三天的下午，天上忽然布满了灰黑色的寒云，象一块硕大无比的锅铁。当那寒云一层层地不住地加厚的时候，差不多把整个贫民窟的人们的心儿，都吊起来了。

"天哪！大风大雪，这儿实在来不得哪！"

入夜，暴风雪吹着唿哨似地加紧地狂叫着！随即，便是倾盆大雨夹着豆大的雪花。

"天哪！……"人们都发出了苦痛不堪的哀叫。

突然：……一阵巨大的旋涡风，把一大半数平民窟的草棚和船屋子的篷盖，统统都刮得无影无踪了！船屋子里面的人们，便都毫无抵抗地在暴雨和雪花中颠扑！

"不得了呀！福生快来呀！"七公公拼命地扭住着一片被暴风揭断了的船篷子，在大雨和泥泞中滚着，打着磨旋。福生连忙跑过来将他扶住了！……

三四片船篷子都飞起来了，雨雪统统扑进了舱中！孩子，福生嫂，一个个都像落汤鸡似的，简直没有地方可以站得住脚；渐渐地都倒将下来了，满身尽沾着泥泞，腿子不住地发抖，牙门磕得可可地叫！

福生又连忙跑过来将他们扶起，拼命地把四五片吹断了的篷子塞在船舱中，用一根棕绳扎好。然后，扶着父亲、老婆，背着小玲儿和四喜子，跑到了马路上来。

两个小东西的脸色都变成了死灰，七公公已经冻得不能开口了，福生急急地想把他们护过桥去，送到一个什么弄堂里去暂时地躲一躲。可是，刚刚才跑到桥口上，就看见了一群同样的被难的人们，挤在大风雨中，和警察巡捕在那里争论着："为什么不许我们到租界上去躲一躲雨呢？"

"猪猡！不许过去！上面有命令的！……"

"为什么呢？"

"戒严！不知道妈妈个入尸的！……"

大家都熬不住了，便想趁着警察巡捕们猛不妨备的时候，一齐冲过桥去。可是这边还没有跑上几步，那边老早已经把枪口儿对准了："你们哪一个敢来？妈妈个入尸的！怕不怕死？……"

互相支持了一个钟头左右，天色已经发白了，才算是解了严，准许了行人们通过。一时被暴风雨打得无处安身的人们，便像潮水似地向租界上涌来了！

福生寻了一个比较干净的弄堂，把一家人安放着。

七公公和两个孙儿都生病了。特别是七公公病得厉害，头痛，发烧，不省人事！……

福生急得没有办法。这一回，他的那颗中年人的心儿，是更加地创痛了。几个月来，从故乡一直到此地，无论是一件很大的或是很小的事实，都使他看得十分明白了：穷人，是怎样才能够得到生存的啊！

在弄堂过了两天，他又重新地跑到港边把屋子收拾了一下，勉强地，将病着的七公公和两个孩子，从租界弄堂里搬回来。福生嫂，因为要在家看护七公公和孩子们，活计便不能再去做了。

福生仍旧还是整天地在外面奔跑着。家中已经没有一个能够帮他赚钱的人了，他知道，自己如果不再努力地去挣扎一下，马上便有很大的危险的。特别是父亲和孩子的病。

祗要是有一线孔隙可钻，福生就是毫不畏难的去钻过了。好容易地，才由同乡六根爷爷、小五子，以及最近新认识的周阿根、王长发四五个人的帮助，才算是在附近斜土路的一个织绸厂里，找到了一名做装运工作的小工，一天到晚，大约有三四角钱好捞到。

七公公的病是渐渐地有了转机了。孩子们，一个重一个轻，重的小的一个，四喜子，是毫无留恋地走了，另外投胎去了！大的轻的一个，小玲儿，也就同七公公一样，慢慢地好了起来。

福生嫂伤心地，捶胸顿足地哭着，号着，样子像要死去的四喜子哭转来似的。福生可没有那样的伤心，他只是淡淡地落了几点眼泪，便什么也没有了。他还不时的劝着他的老婆："算了吧，哭有什么用呢？孩子走了，是他的福气！勉强留着他在这里，也是吃苦的！……"

渐渐地，福生嫂也就不再伤心了。

天气一连晴了好些日子，七公公的病，也差不多快要复原了。

少了一个四喜子吃饭，生活毕竟是比较容易地维持了下来。

七公公的精神，虽然再没有从前那样好了，但是，他仍旧是一个非常安本份的人，就算每天还是不能吃饱饭，他可并没有丝毫的怨尤啊。

"穷人，有吃就得了！祇要天老爷有眼睛，为什么一定要胡思忘想呢？"

然则，"上海毕竟是黄金之地，无论怎样都是有办法的！"七公公是更进一步把心儿安下来了。

天气又有了雪意，戒严也戒得更紧了。可是，七公公已经有了准备，他把身上的破棉袄用绳子纵横的捆得绷紧，没有事情，他也决不轻易地跑到马路上去。他祇是安心地准备着；度过了这一个冷酷的冬天，度过了这一个年关，便好仍旧回到他的故乡江北去。

五

渐渐地，离阴历年关祇差半个月了。

租界上的抢劫案件，一天比一天增加着，无论是在白天，或是夜晚。因此，整个沪南和闸北的贫民窟，都被更加严厉地监视起来。

"这一定又是江北猪猡干的，娘个操屄的……"

探捕们在捉不到正凶，无法邀赏的时候，便常常把愤怒和罪名一齐推卸到"江北猪猡"的身上。

七公公的船屋子前后，就不时有警察和包探们光顾。七公公，他是死死地守在自家的船屋里老不出来。儿子福生下工回来了，也是一样地没有事情，七公公就绝对不让他跑到任何地方去。世道不好，人心险恶！要是糊里糊涂给错抓走了，连伸冤的人都会没有啊。好在福生不要七公公操心，每天除了吃饭的时间以外，简直忙得连睡一忽儿的工夫都没有。

在一个黑暗无光的午夜：

突然地，就在七公公的船屋子的附近，砰砰拍拍地响了好几十下枪声。接着就是一阵人声的鼎沸！唾骂声，夹着木棍声和巴掌声，把七公公的灵魂儿都吓得无影无踪了。福生几回都要跑上岸去打听消息，可给七公公一把拖住下来：“去不得的！杂种！……”

人声一直闹到天亮，才清静下来。第二天一大早，七公公和福生都跑上去打听了一遍，才知道那枪声是响着捉强盗的。

“谁是强盗呢？……”

没有人能够回答这句话。

后来又跑到一个茶栅子里，过细打听，才知道这一夜一共捉去了十三四个人，连老上海的小五子、王长发，……都在里面，捉去的谁也不承认他自家是强盗！

七公公吓得两个腿子发战：“小，小五子！他也是强盗吗？乖乖！……”

福生把拳头捏得铁紧，瞪着两只血红的眼睛，向着一些吃茶的同乡说：“有什么办法呢？衹要你是穷人，到处都可以把你捉去当强盗！妈妈个入屄的！……”

七公公瞧着福生的神气，吓得连忙啐了他一口：

“还不上工去？入你妈妈的！捉去了，关你什么事，老爷冤枉他们吗？……”

福生没有理会他，仍旧在那里挥拳舞掌地乱说乱骂：

“他们不分清红皂白就抓！妈妈个入屄的，他们自己才是真正的强盗呢！……”

七公公更加着急了，他恨不得跑上去打福生几个耳光。一直到工厂里快要放第二次汽笛了，福生才一步快一步慢地跑了过去。七公公，他跟在后面望着这东西的背影儿，非常不放心地骂了一句。

"这杂种！入他妈妈的！到底都不安本份啊！"

离过年祇剩下十天工夫了。

"江山易改，本性难移！"福生，他的老脾气又发作了。

每天晚上下工回来的时候，这家伙，一到屋就哇啦哇啦地骂个不休："工钱太少哪！……工作太多哪！……厂主们太没心肝哪！……"七公公气得几乎哭起来了。他几回向福生争论着："骂谁啊，杂种！入你妈妈的，安些份吧！上海，上海，比不得我们江北啊！……要是，要是，……入你妈妈的！"

可是，福生半句也没有听他的。

他仍旧在依照他自己的性情做着，而且还一天比一天凶了。

"加工钱啊！妈妈个入屄的……"

"过年发双薪啊！……"

"阴历年底当和阳历年一样啊！……放十天假啊！……米贴啊……"

闹得烟雾笼天的。虽然，全厂中，不祇是福生一个，可是，杨七公公的心儿吊起来了。他非常地明白：自家的儿子，一向都是不大安本份的，无论是在乡间或是在上海！……因此。他就格外地着急。他今年七十多岁了，虽然，他对于自家这一条痛苦的，残余的，比猪狗还不如的生命，没有什么多大的留恋的了，可是，他还有一个媳妇，一个孙子。祇要是留着他一天活着不死，他就要一天对儿子管束着，他无论如何，不能眼巴巴地瞧着儿子将媳妇和孙儿害死啊！

在福生呢？他认为，现在，他对一切的事情，是更加地明白了，是更加有把握了。他明白人家，他更了解自己。而且，他知道：父亲是无论怎样都是说不清的。在这样的吃人不吐骨子的年头，自己不倔强起来，又有什么办法呢？

因此，父子们的冲突，便一天一天地尖锐起来。乱子呢，也更加闹得大了。整个工厂四五百多工人都罢了工，一齐闹着，要求着：放假！发双薪！发米贴！……福生是纠察队长，他整日整夜地奔着，跑着，忙个不停。

七公公吓得不知道如何处置才好！他拼命地拖住着福生的衣袖，流着眼泪地向着福生说了许多好话：

"使不得的！你，你不要害我们！你，你做做好事！……"

福生祇对七公公轻轻地安慰了几句："不要紧的，爸爸！你放心吧！又没有犯法，为了大家都要吃饭！……"就走了。

七公公更加弄得不能放心了。无可奈何地，他只好跪喊着天，求菩萨！

罢工接着延续了三四天工夫，没有得到结果。一直到第五天的早上，突然地，厂方请来了一大批的探警，将罢工委员会包围起来。按着名单：主席，委员，队长，……一个也不少地都捉到了一辆黑色的香港车里面，驶向热闹的市场中去了。

消息很迅速地传入了七公公的耳朵里。他，惊惶骇急地："我晓得哪！……"仅仅只说了这么一句，便猛的一声晕到下来了。

福生嫂吓得浑身发战，眼泪雨一般地滚下来。小玲儿，也莫明其妙地跟着哇的一声哭起来了："公公呀！……"

天上又下了一阵轻微的雨雪。夜晚福生嫂拼命地把篷子用草绳儿扎住了。虽然，不时还有雨点儿漏进来，可总比没有加篷子的时候好得多了。

她向黑暗中望了一望浑身热得人事不省的公公，又摸了一摸怀内的瘦弱的孩子；丈夫的消息，外在的雨点和雪花，永远不可治疗的内心的创痛！……她的眼泪儿流出来了。

她不埋怨丈夫，她知道丈夫并没有犯法；她也不埋怨公公，公公是太老了，太可怜了！这样的，她应当埋怨谁呢？命吗？她可想不清楚。她想放声地大哭一阵，可是，她又怕惊动了这一对，老的，小的。她只好忍痛地叹着气，把眼泪水尽管向肚皮里吞，吞！……

痛苦地度过了两天，七公公是更不中用了。丈夫，仍旧还没有消息。福生嫂哭哭啼啼地跑去把六根爷爷请了来，要求六根爷爷代替她看护一下公公，自己便带着饿瘪了肚皮的孩子，沿路一面讨着铜板，一面向工厂中跑去。

"还在公安局啊！嫂子。"工友们告诉她。

于是，福生嫂又拖着小玲儿，寻到了公安局。公安局的警察先生略略地问了一问来由，便恳切地告诉她了："这个人，没有啊！"

"到底到什么地方去了呢？"福生嫂哭哭啼啼地跑回来，向六根爷爷问。六根爷爷只轻声地说了这么半句："该没有……"

福生嫂便号啕大哭起来。

六

过年了。

只隔一条港。那边，孩子们，穿得花花绿绿，放着爆竹，高高地举着红绿灯笼儿；口里咬嚼着花生、糖果；满脸笑嘻嘻地呼叫着，唱着各样的歌儿！……大人们：汽车，高大的洋房子，留声机传布出来的爵士音乐，丰盛的筵席，尽情的欢笑声！……"

祇隔一条港。这边，什么声音都没有了！……

福生嫂，坐在七公公的旁边，尽量地抽咽着，小玲儿饿得呆着眼珠子倒在她的怀里不能作声。她伸手到七公公的头上去探了一探，微微地还有一点儿热意。该不是回光返照吧，福生嫂可不能决定。

老远地，六根爷爷带了一个人跑过来了。福生嫂一看，认得是小五子，便连忙把眼泪揩了一揩，抱着孩子迎了上去："小五伯伯！恭喜你，几时回来的？"

"今天早上。你公公好了些吗？"

福生嫂叹了一声气，小五子便没有再问了。走进来，七公公还正在微微地抽着气哩。

"七公公！七公公！"小五子轻轻地叫着。

"唔！"回答的声音比蚊子的还要细。这，模糊的在七公公的脑子里，好像还有一点儿知道：这是什么人的声音。可是，张不开口，睁不开眼睛。接着，耳朵里便像响雷似地叫了起来，眼前象有千万条金蛇在闪动！……

"你，伯伯！见没有见到我们福生呢？"福生嫂问。

"唔……"小五子沉吟了一会，接着："见到的……。"

"他呢？"福生嫂抢上一句。

"判了啊！十，十，十年徒刑哪！"

"我的天哪！"福生嫂使随身倒了下来。六根爷爷连忙抢上去扶着。小玲儿也跟着呜呜地叫起来了！

"福生嫂！福生嫂！……"

那一面，小五子回头一看：——几乎吓得跳将起来！七公公他已经瞪着眼睛，咬着牙门，把拳头捏得铁紧了！

"怎么一回事呀！"小五子轻轻伸手去一探，便连忙收了回来！"七公公升天了啊！……"

福生嫂也苏醒过来了，她哭着，叫着，捶胸顿足的。

六根爷爷和小五子也陪着落了一阵泪。特别是小五子，他愤慨得举起他的拳头在六根爷爷的面前扬了几扬！像有一句什么惊天动地的话儿要说出来一样！……

　　可是，等了老半天，他才："嗯，六根爷爷！我说，这个年头，穷人，要不自己，自己，嗯！嗯！……"只说了一半，小五子已经涨红了脸，再也嗯不出来了。

　　接着，老远地，欢呼声，爆竹声，孩子们的喧闹声，夹着对过洋房子里面的爵士音乐声，一阵阵地向这贫民窟这儿传过来了。

　　"恭喜啊！恭喜过年啊！"在另一个破烂不堪的船屋子里，有谁这么硬着那冷得发哑的嗓子，高声地叫着！笑着！……

　　　　　　　　　　　　　　　1934 年 6 月 13 日，脱稿于上海。

岳阳楼

诸事完毕了，我和另一个同伴由车站雇了两部洋车，拉到我们一向所景慕的岳阳楼下。

然而不巧得很，岳阳楼上恰恰驻了大兵，"游人免进"。我们只得由一个车夫的指引，跨上那岳阳楼隔壁的一座茶楼，算是作为临时的替代。

心里总有几分不甘。茶博士送上两碗顶上的君山茶，我们接着没有回话。之后才由我那同伴发出来一个这样的议论："'不入虎穴，焉得虎子！'我们不如和那里面的驻兵去交涉交涉！"

由茶楼的侧门穿过去就是岳阳楼。我们很谦恭地向驻兵们说了很多好话，结果是，不行！

心里更加不乐，不乐中间还带子一些儿愤慨的成分，闷闷地然而又发不出脾气来。这时候我们只好站在城楼边，顺着茶博士的手所指着的方向，象看电影画面里的远景似的，概略地去领略了一点儿"古迹"的皮毛。我们知道了那兵舍的背面有一块很大的木板，木板上刻着的字儿就是传诵千古的《岳阳楼记》。我们知道了那悬着一块"官长室"的小牌儿的楼上就是岳阳楼。那里面还有很多很多古今名人的匾额，那里面还有纯阳祖师的圣像和白鹤童子的仙颜，那里面还有——据说是很多很多，可是我们一样都不能看到。

"何必呢？"我的同伴有点不耐烦了，"既然逛不痛快，倒不如回到茶楼上去看看山水为佳！"

我点了点头。茶博士这才笑嘻嘻地替我们换上两壶热茶，又加上点心和瓜子，把座位移近到茶楼边上。

湖，的确是太美丽了：淡绿微漪的秋水，辽阔的天际，再加上那远远竖立在水面的君山，一望简直可以连人们的俗气都洗个干净。小艇儿鸭子似地浮荡着，象没有主宰；楼下穿织着的渔船，远帆的隐没，处处都欲把人们吸入到图画里去似的。我不禁兴高采烈起来了："啊啊，难怪诗人们都要做山林隐士，要是我也能在这里做一个优游水上的渔民，那才安逸啊。"回头，我望着茶博士羡慕似地笑道："喂！你们才快活啦！"

"快活？先生？"茶博士莫明其妙地吃了一惊，苦笑着。

"是呀！这样明媚的湖山，你们还不快活吗？"

"快活！先生，唉！……"茶博士又愁着脸儿摇了摇头，半晌没有下文回答。

我的心中却有点儿生气了。也许是这家伙故意来扫我的兴的吧，不由的追问了他一句："为什么不快活呢？"

"唉！先生，依你看也许是快活的啊！……"

"为什么呢？"

"这年头，唉！先生，你不知道呢！"茶博士走近前来："光是这岳阳楼下，唉！不象从前了啊！先生，你看那个地方就差不多每天都有人来上吊的！"他指那悬挂在城楼边的那一根横木。"三更半夜，驾着小船儿，轻轻靠到那下面，用一根绳子……唉！一年到头不知道有多少口阿！还有跳水的，……"

"为什么呢？"

"为什么！先生，吃的、穿的，天灾、水旱、兵，鱼和稻又卖不出钱，捐税又重！……"看他的样子象欲哭。

"那么，你为什么也不快活呢？"

"我，唉！先生，没有饭吃，跑来做堂倌，偏偏又遇着老板的生意不好！……"

"啊——"我长长地答了一声。

接着，他又告诉了我许多许多。他说：这岳阳楼的风水很多年前就坏了，现在已经不能够保佑岳州的人了，无论是种田，做生意，打鱼，开茶馆，……没有一个能够享福赚钱的。纯阳祖师也不来了，到处都是死路了。湖里的强盗一天一天加多，来往的客商都不敢从这儿经过，尤其是游君山和游岳阳楼的，年来差不多快要绝踪。况且，两个地方都还驻扎着有军队……

我半晌没有回话。一盆冷水似地，把我的兴致都泼灭完了。我从隐士和渔民的幻梦里清醒过来，头不住地一阵阵往下面沉落！我低头再望望那根城楼上的横木，望望那些渔船，望望水，望望君山，我的眼睛会不知不觉地起着变化，变化得模里模糊起来，黑暗起来，美丽的湖山全部幻灭了。我不由的引起一种内心的惊悸！

之后，我催促着我的同伴快些会过账，象战场上的逃兵似地，我便首先爬下了茶楼，头也不回地，就找寻着原来的路道跑去。

一路上，我不敢再回想那茶博士所说的那些话。我觉得我非常庆幸，我还没有真正地做一个岳阳楼下的渔民。至少，在今天，我还能够比那班渔民们多苟安几日。

长江轮上

深夜，我睡得正浓的时候，母亲突然将我叫醒：

"汉生，你看！什么东西在叫？……我刚刚从船后的女毛房里回来……"

我拖着鞋子。茶房们死猪似地横七横八地倒在地上，打着沉浊的鼾声。连守夜的一个都靠着舱门睡着了。别的乘客们也都睡了，只有两个还在抽鸦片，交谈着一些令人听不分明的，琐细的话语。

江风呼啸着。天上的繁星穿钻着一片片的浓厚的乌云。浪涛疯狂地打到甲板上，拼命似地，随同泡沫的飞溅，发出一种沉锐的，创痛的呼号！母亲畏缩着身了，走到船后时，她指着女厕所的黑暗的角落说："那里！就在那里……那里角落里！有点什么声音的……"

"去叫一个茶房来？"我说。

"不！你去看看，不会有鬼的……是一个人也不一定……"

我靠着甲板的铁栏杆，将头伸过去，就有一阵断续的凄苦的呜咽声，从下方，从浪花的飞溅里，飘传过来：

221

"啊哟……啊啊哟……"

"过去呀！你再过去一点听听看！"母亲推着我的身子，关心地说。

"是一个人，一个女人！"我断然回答着。"她大概是用绳子吊在那里的，那根横着的铁棍子下面……"

一十五分钟之后，我遵着母亲的命令，单独地，秘密而且冒险地救起了那一个受难的女人。

她是一个大肚子，一个四十岁上下的乡下妇人。她的两腋和胸部都差不多给带子吊肿了。当母亲将她拉到女厕所门前的昏暗的灯光下，去盘问她的时候，她便眍着一双长着萝卜花瘤子的小眼，惶惧地，幽幽地哭了起来。

"不要哭呢！蠢人！给茶房听见了该死的……"母亲安慰地，告诫地说。

她开始了诉述她的身世，悲切而且简单：因为乡下闹灾荒，她拖着大肚子，想同丈夫和孩子们从汉口再逃到芜湖去，那里有她的什么亲戚。没有船票，丈夫孩子们在开船时都给茶房赶上岸了，她偷偷地吊在那里，因为是夜晚，才不曾被人发觉……

朝我，母亲悠长地叹了一口气说："两条性命啊！几乎……只要带子一断……"回头再对着她："你暂时在这毛房里藏一藏吧，天就要亮了。我们可以替你给账房去说说好话，也许能把你带到芜湖的……"

我们仍旧回到舱中去睡了。母亲好久还在叹气呢！……但是，天刚刚一发白，茶房们就哇啦哇啦地闹了起来！

"汉生！你起来！他们要将她打死哩！……"母亲急急地跺着脚，扯着我的耳朵。她不知道在什么时候爬起来了。

"谁呀？"我睡意朦胧地，含糊地说。

“那个大肚子女人！昨晚救起来的那个！……茶房在打哩！……”

我们急急地赶到船后，那里已经给一大群早起的客人围住着。一个架着眼镜披睡衣的瘦削的账房先生站在中央，安闲地咬着烟卷，指挥着茶房们的拷问。大肚子女人弯着腰，战栗地缩成一团，从散披着的头发间晶晶地溢出血液。旁观者的搭客，大抵都象看着把戏似的，觉得颇为开心，只有很少数表示了“爱莫能助”似的同情，在摇头，吁气！

我们挤到人丛中了，母亲牢牢地跟在我的后面。一个拿着棍子的歪眼的茶房，向我们装出了不耐烦的脸相。别的一个，麻脸的，凶恶的家伙，睁着狗一般的黄眼睛，请示似地，向账房先生看了一眼，便冲到大肚子的战栗的身子旁边，狠狠地一脚——

那女人尖锐地叫了一声，打了一个滚，四肢立刻伸开来，挺直在地上！

“不买票敢坐我们外国人的船，你这烂污货！……”他赶上前来加骂着，俨然自己原就是外国人似的。

母亲急了！她挤出去拉住着麻子，怕她踢第二脚，一面却抗议似地责问道：“你为什么打她呢？这样凶！……你不曾看见她的怀着小孩的肚子吗？”

“不出钱好坐我们外国人的船吗？”麻子满面红星地反问母亲，一面瞅着他的账房先生的脸相。

“那么，不过是——钱娄……”

“嗯！钱！……”另外一个茶房加重地说。

母亲沉思了一下，没有来得及想出来对付的办法，那个女人便在地上大声地呻吟了起来！一部分的看客，也立时开始了惊疑的，紧急的议论。但那个拿棍子的茶房却高高地举起了棍子，企图继续地扑打下来。

母亲横冲去将茶房拦着，并且走近那个女人的身边，用了绝大的冷悯底眼光，看定她的大肚子。突然地，她停住了呻吟，浑身痉挛地缩成一团，眼睛突出，牙齿紧咬着下唇，喊起肚子痛来了！母亲慌张地弯着腰，蹲了下去，用手替她在肚子上慢慢地，一阵阵地，抚摸起来。并且，因了过度的愤怒的缘故，大声地骂詈着残暴的茶房，替她喊出了危险的，临盆的征候！

看客们都纷纷地退后了。账房先生嫌恶地，狠狠地唾了一口，也赶紧走开了。茶房们因为不得要领，狗一般地跟着，回骂着一些污秽的恶语，一直退进到自己的舱房。

我也转身要走了，但母亲将我叫住着，吩咐立即到自己的铺位子上去，扯下那床黄色的毯子来；并且借一把剪刀和一根细麻绳子。

我去了，匆忙地穿过那些探奇的，纷纷议论的人群，拿着东西回来的时候，母亲已经解下那个女人的下身了。地上横流着一大滩秽水。她的嘴唇被牙齿咬得出血，额角上冒出着豆大的汗珠，全身痛苦地，艰难地挣扎着！她一看见我。就羞惭地将脸转过去，两手乱摇！但是，立时间，一个细小的红色的婴儿，秽血淋漓地钻出来了！在地上跌了一个翻身，哇哇地哭诉着她那不可知的命运！

我连忙转过身去。母亲费力地喘着气，约有五六分钟久，才将一个血淋淋的胎衣接了出来，从我的左侧方抛到江心底深处。

"完全打下来的！"母亲气愤地举着一双血污的手对我说，"他们都是一些凶恶的强盗！……那个胎儿简直小得带不活，而他们还在等着向她要船钱！"

"那么怎么办呢？"

"救人要救彻！……"母亲用了毅然地，慈善家似地口吻说。"你去替我要一盆水来，让我先将小孩洗好了再想办法……"

太阳已经从江左的山岸中爬上来一丈多高了。江风缓和地吹着，完全失掉了它那夜间的狂暴的力量。从遥远的，江流的右岸底尖端，缓缓地爬过来了一条大城市底尾巴的轮廓。

母亲慈悲相地将孩子包好，送到产妇的身边，一边用毯子盖着，一边对她说："快到九江了，你好好地看着这孩子……恭喜你啊！是一个好看的小姑娘哩！……我们就去替你想办法的。……"

产妇似乎清醒了一些，睁开着凌凉的萝卜花的眼睛，感激地流出了两行眼泪。

在统舱和房舱里（但不能跑到官舱间去），母亲用了真正的慈善家似的脸相，叫我端着一个盘子，同着她向搭客们普遍地募起捐来。然而，结果是大失所望。除了一两个人肯丢下一张当一角或两角的钞票以外，剩下来的仅仅是一些铜元；一数，不少不多，刚刚合得上大洋一元三角。

母亲深沉地叹着气说："做好事的人怎么这样少啊！"从几层的纸包里，找出自己仅仅多余的一元钱来，凑了上去。

"快到九江了！"母亲再次走到船后，将铜板、角票和洋钱捏在手中：对产妇说："这里是二元多钱，你可以收藏一点，等等账房先生来时你自己再对他说，给他少一点，求他将你带到芜湖！……当然，"母亲又补上去一句："我也可以替你帮忙说一说的……"

产妇勉强地挣起半边身子，流着眼泪，伸手战栗地接着钱钞，放在毯子下。但是，母亲却突然地望着那掀起的毯子角落，大声地呼叫了起来："怎么！你的孩子？……"

那女人慌张而且惶惧地一言不发，让眼泪一滴赶一滴地顺着腮边跑将下来，沉重地打落在毯子上。

"你不是将她抛了吗？你这狠心的女人！"

"我，我，我……"她嚅嚅地，悲伤地低着头，终于什么都说不出。

　　母亲好久好久地站立着，眼睛盯着江岸，盯着那缓缓地爬过来的、九江的繁华底街市而不作声。浪花在船底哭泣着，翻腾着！——不知道从哪一个泡沫里，卷去了那一个无辜的，纤弱的灵魂！……

　　"观世音娘娘啊！我的天啊！一条性命啊！……"

　　茶房们又跑来了，这一回是奉了账房先生的命令，要将她赶上岸去的。他们两个人不说情由地将她拖着，一个人替她卷着我们给她的那条弄满血污的毯子。

　　船停了。

　　母亲的全部慈善事业完全落了空。当她望着茶房们一面拖着那产妇抛上岸去，一面拾着地上流落的铜板和洋钱的时候，她几乎哭了起来。

古渡头

太阳渐渐地隐没到树林中去了，晚霞散射着一片凌乱的光辉，映到茫无际涯的淡绿的湖上，现出各种各样的彩色来。微风波动着皱纹似的浪头，轻轻地吻着沙岸。

破烂不堪的老渡船，横在枯杨的下面。渡夫戴着一顶尖头的斗笠，弯着腰，在那里洗刷一叶断片的船篷。

我轻轻地踏到他的船上，他抬起头来，带血色的昏花的眼睛，望着我大声地生气地说道："过湖吗，小伙子？"

"唔，"我放下包袱，"是的。"

"那么，要等到天明罗。"他又弯腰做事去了。

"为什么呢？"我茫然地。

"为什么，小伙子，出门简直不懂规矩的。"

"我多给你些钱不能吗？"

"钱？你有多少钱呢？"他的声音来得更加响亮了，教训似地。他重新站起来，抛掉破篷子，把斗笠脱在手中，立时现出了白雪般的头发。"年纪轻轻，开口就是'钱'，有钱就命都不要了吗？"

我不由的暗自吃了一惊。

他从舱里拿出一根烟管，用粗糙的满是青筋的手指燃着火柴。眼睛越加显得细小，而且昏黑。

"告诉你，"他说，"出门要学一点乖！这年头，你这样小的年纪……"他饱饱地吸足着一口烟，又接着："看你的样子也不是一个老出门的。哪里来呀？"

"从军队里回来。"

"军队里？……"他又停了一停："是当兵的吧，为什么又跑开来呢？"

"我是请长假的。我的妈病了。"

"唔！……"

两个人都沉默了一会儿，他把烟管在船头上磕了两磕，接着又燃第二口。

夜色苍茫地侵袭着我们的周围，浪头荡出了微微的合拍的呼啸。我们差不多已经对面瞧不清脸腔了。我的心里偷偷地发急，不知道这老头子到底要玩个什么花头。于是，我说："既然不开船，老头子，就让我回到岸上去找店家吧！"

"店家，"老头子用鼻子哼着。"年轻人到底是不知事的。回到岸上去还不同过湖一样的危险吗？到连头镇去还要退回七里路。唉！年轻人……就在我这船中过一宵吧。"

他擦着一根火柴把我引到船艄后头，给了我一个两尺多宽的地位。好在天气和暖，还不致于十分受冻。

当他再擦火柴吸上了第三口烟的时候，他的声音已经比较地和缓得多了。我睡着，一面细细地听着孤雁唳过寂静的长空，一面又留心他和我所谈的一些江湖上的情形，和出门人的秘诀。

"……就算你有钱吧，小伙子，你也不应当说出来的。这湖上有多少歹人啊！我在这里已经驾了四十年船了……我要不是看见你还有点孝心，唔，一点孝心……你家中还有几多兄弟呢？"

"只有我一个人。"

"一个人，唉！"他不知不觉地叹了一声气。

"你有儿子吗，老爹？"我问。

"儿子！唔，……"他的喉咙哽住着。"有，一个孙儿……"

"一个孙儿，那么，好福气啦。"

"好福气？"他突然地又生起气来了。"你这小东西是不是骂人呢？"

"骂人？"我的心里又茫然了一回。

"告诉你，"他气愤地说，"年轻人是不应该讥笑老人家的。你晓得我的儿子不回来了吗？哼！……"歇歇，他又不知道怎么的，接连叹了几声气，低声地说："唔，也许是你不知道的。你，外乡人……"

他慢慢地爬到我的面前。把第四根火柴擦着的时候，已经没有烟了，他的额角上，有一根一根的紫色的横筋在凸动。他把烟管和火柴向舱中一摔，周围即刻又黑暗起来……

"唉！小伙子啊！"听声音，他大概已经是很感伤了。"我告诉你吧，要不是你还有点孝心，唔！……我是欢喜你这样的孝顺的孩子的。是的，你的妈妈一定比我还欢喜你，要是在病中看见你这样远跑回去。只是，我呢？唔，……我，我有一个桂儿……

"你知道吗？小伙子，我的桂儿，他比你还大得多呀！……是的，比你大得多。你怕不认识他吧？啊你，外乡人……我把他养到你这样大，这样大，我靠他给我赚饭吃呀！……"

"他现在呢？"我不能按耐地问。

"现在，唔，你听呀！……那个时候，我们爷儿俩同驾着这条船。我，我给他收了个媳妇……小伙子，你大概还没有过媳妇儿吧。唔，他们，他们是快乐的！我，我是快乐的！……"

"他们呢？"

"他们？唔，你听呀！……那一年，那一年，北佬来，你知道了吗？北佬是打了败仗的，从我们这里过身，我的桂儿，……，小伙子，掳伕子你大概也是掳过的吧，我的桂儿给北佬兵拉着，要他做伕子。桂儿，他不肯，脸上一拳！我，我不肯，脸上一拳！……小伙子，你做过这些个丧天良的事情吗？……

"是的，我还有媳妇。可是，小伙子，你应当知道，媳妇是不能同公公住在一起的。等了一天，桂儿不回来；等了十天，桂儿不回来；等了一个月，桂儿不回来……

"我的媳妇给她娘家接去了。"

"我没有了桂儿，我没有了媳妇……小伙子，你知道吗？你也是有爹妈的……我等了八个月，我的媳妇生了一个孙儿，我要去抱回来，媳妇不肯。她说：'等你儿子回来时，我也回来。'

"小伙子！你看，我等了一年，我又等了两年，三年……我的媳妇改嫁给卖肉的朱胡子了，我的孙子长大了。可是，我看不见我的桂儿，我的孙子他们不肯给我……他们说：'等你有了钱，我们一定将孙子给你送回来。'可是，小伙子，我得有钱呀！……

"是的，六年了，算到今年，小伙子，我没有作过丧天良的事，譬如说，今天晚上我不肯送你过湖去……但是，天老爷的眼睛是看不见我的，我，我得找钱……

"结冰，落雪，我得过湖；刮风，落雨，我得过湖……

"年成荒，捐重，湖里的匪多，过湖的人少，但是，我得找钱……

"小伙子，你是有爹妈的人，你将来也得做爹妈的，你老了，你也得要儿子养你的，……可是人家连我的孩子都不给我……

"我喜欢你，唔，小伙子！要是你真的有孝心，你是有好处的，象我，我一定得死在这湖中。我没有钱，我寻不到我的桂儿，我的孙子不认识我，没有人替我做坟，没有人给我烧钱纸……我说，我没有丧过天良，可是天老爷他不向我睁开眼睛……"

他逐渐地说得悲哀起来，他终于哭了。他不住地把船篷弄得呱啦呱啦地响；他的脚在船舱边下力地蹬着。可是，我寻不出来一句能够劝慰他的话，我的心头象给什么东西塞得紧紧的。

"就是这样的，小伙子，你看，我还有什么好的想头呢？——"

外面风浪渐渐地大了起来，我的心头也塞得更紧更紧了。我拿什么话来安慰他呢？这老年的不幸者——

我翻来覆去地睡不着，他翻来覆去地睡不着。我想说话，没有说话；他想说话，他已经说不出来了。

外面越是黑暗，风浪就越加大得怕人。

停了很久，他突然又大大地叹了一声气：

"唉！索性再大些吧！把船翻了，免得久延在这世界上受活磨！——"以后便没有再听到他的声音了。

可是，第二天，又是一般的微风，细雨。太阳还没有出来，他就把我叫起了。

他仍旧同我昨天上船时一样，他的脸上丝毫看不出一点异样的表情来，好像昨夜间的事情，全都忘记了。

我目不转睛地瞧着他。

"有什么东西好瞧呢？小伙子！过了湖，你还要赶你的路程呀！"

"要不要再等人呢？"

"等谁呀？怕只有鬼来了。"

离开渡口，因为是走顺风，他就搭上橹，扯起破碎风篷来。他独自坐在船艘上，毫无表情地将着雪白的胡子，任情地高声地朗唱着：

> 我住在这古渡的前头六十年。
> 我不管地，也不管天，
> 我凭良心吃饭，我靠气力赚钱！
> 有钱的人我不爱，无钱的人我不怜！
> ⋯⋯⋯⋯
> ⋯⋯⋯⋯

向　导

一

忍住痛，刘嫲妈拼性命地想从这破庙宇里爬出来，牙门咬得绷绷紧。腿上的鲜血直流，整块整块地沾在裤子边上，象紫黑色的膏糊，将创口牢牢地吸住了。

她爬上了一步，疼痛得象有一枝利箭射在她的心中。她的两只手心全撑在地上，将受伤的一只腿子高高抬起，一簸一颠的，匍匐着支持到了庙宇的门边，她再也忍痛不住了，就横身斜倒在那大门边的阶级上。

她的口里哼出着极微细极微细的声音。她用两只手心将胸前复住；勉强睁开着昏花的眼睛，瞥瞥那深夜的天空。

星星，闪烁着，使她瞧不清楚；夜是深的，深的，……

"大约还只是三更时候吧！"她这么想。

真象做梦一般啊！迎面吹来一阵寒风，使刘妈嫲打了一个冷噤。脑筋似乎清白了一点，腿子上的创伤，倒反更加疼痛起来。

"救苦救难的观世音娘娘哟！……"

她忽然会叫了这么一句。本来，自从三个儿子被杀死以后，刘妈　就压根儿没有再相信过那个什么观世音娘娘。现在，她又莫名其妙地叫将起来了，象人们在危难中呼叫妈妈一样。她想：也许世界上除了菩萨娘娘之外，恐怕再没有第二个人能够知道她的苦痛的心情呢。她又那么习惯地祈求起来：

"观世音菩萨娘娘哟！我敬奉你老人家四十多年了，这回总该给我保佑保佑些儿吧。我的儿子，我的性命呀！……我只要报了这血海样的冤仇！……菩萨！我，我……"

随即儿子们便一个一个地横躺在她的前面：

大的一个：七刀，脑袋儿不知道落到哪里去了。肚子上还被凿了一个大大的窟窿，肠子根根都拖在地上。小的呢？一个三刀；一个手脚四肢全被砍断了。满地都是赤红的鲜血。三枝写着"斩决匪军侦探×××一名"的纸标，横浸在那深红深红的血泊里。

天哪！

刘　妈尽量地将牙门切了一切，痛碎得同破屑一样的那颗心肝，差不多要从她的口中跳出来了。她又拼命地从那阶级上爬将起来，坐着叹了一口深沉的恶气。她拿手背揉揉她的老眼，泪珠又重新地淌下两三行。

她再回头向黑暗的周围张望了一会。

"该不会不来了吧！"

突然地，她意识到她今晚上的事件上来了。她便忍痛地将儿子们一个一个地从脑际里抛开，用心地来考虑着目前的大事。她想：也许是要到天明时才能达到这儿呢，那班人是决不会不来的。昨夜弟兄们都对她说过，那班人的确已经到了土地祠了，至迟天明时一定要进攻到这里。因此，她才拒绝了弟兄们的好意，坚决地不和他们一同退走，虽然弟兄们都能侍奉她同自己的亲娘一般。她亲切地告诉着弟兄们，她可以独自一个人守在这儿，她自有对付那班东西的方法。她老了，她已经是五十多岁了的人呀，她还有什么好怕的呢？为着儿子，为着……怎样地干着她都是心甘意愿的。她早已经把一切的东西都置之度外了。她伤坏着自家的腿子，她忍住着痛，她就只怕那班人不肯再到这儿来。

是五更时候呢，刘　妈等着；天上的星星都沉了。

"该不会不来了吧？"

她重复地担着这么个心思。她就只怕那班人不肯再来了，致使她所计算着的，都将成为不可施行的泡幻，她的苦头那才是白吃了啊！她再次地将身躯躺将下来时，老远地已经有了一声：——拍！

可是那声音非常微细，刘　妈好像还没有十分听得出来。随即又是：——拍！拍！拍！……

接连地响了两三声，她才有些听到了。

"来了吗？"

她尽量地想将两只耳朵张开。声音似乎更加在斑密：

拍！拍拍拍！噼噼噼噼！……

"真的来了啊！"

她意识着。她的心中突然地紧张起来了！有点儿慌乱，又有一点儿惊喜。

"好，好，好哇！……"

她的肚皮里叫着。身子微微地发颤了。颤，她可并不是害怕那班人来，莫名其妙的，她只觉得自家这颗老迈刨碎的心中，还正藏着许多说不出的酸楚。

又极当心地听过去，枪声已是更加斑密而又清楚些了。大约是那班人知道这里的弟兄们都退了而故意示威的吧！连接着，手提机关枪和迫击炮都一齐加急起来。

刘　妈心中更加紧急了。眼泪杂在那炮火声中一行一行地流落，险些儿她就要放声大哭起来！她虽然不怕，她可总觉得自家这样遭遇得太离奇了，究竟不知道是前生作了些什么孽啊！五六十岁了的人呀，还能遭受得这般的灾难吗？儿子，自家，……前生的罪孽啊！……

刘　妈不能不设法子抑止自家的酸痛。她的身躯要稍为颤动一下子，腿子就痛得发昏。枪声仍旧是那么斑密的，而且愈来愈近了。她鼓着勇气，只要想到自家被惨杀的那三个孩子，她便什么痛苦的事情都能忘记下来。

流弹从她的身边飞过去，她抱着伤痛的一个腿子滚到阶级的下面来了。

枪声突然地停了一停。天空中快要发光了。接着是：——

帝大丹！帝大丹！……

——杀！

一阵冲锋的喊杀声直向这儿扑来。刘　妈更加现得慌急。

喊声一近，四面山谷中的回声就象天崩地裂一样。她慌急呢，她只好牢牢地将自家的眼睛闭上。

飞过那最后的几下零乱的枪声，于是四面的人们都围近来了。刘　妈更加不敢睁开她的眼睛。她尽量地把心儿横了一横，半口气也不吐地将身子团团地缩成一块。

"你们来吧！反正我这条老命儿再也活不成功了！"

二

临时的法庭虽不甚堂皇，杀气却仍然十足。八个佩着盒子炮的兵丁，分站在两边，当中摆着的是那一张地藏王菩萨座前的神案。

三个团长，和那个亲身俘获刘　妈的连长，也都一齐被召集了拢来，准备做一次大规模的审讯。

旅长打从地藏王菩萨的后画钻出来了。两边一声："立正！"他又大步地踏到了神案面前，眯着眼睛向八个兵丁扫视了一下，仁丹胡子翘了两三翘，然后才在那中间的一条凳子上坐下了。

"稍息！"

三个团长坐在旅长的右边。书记官靠近旅长的左手。

"来！"旅长的胡子颤了一颤，"把那个老太婆带上堂来！"

"有！"

刘　妈便被三个恶狠狠的兵士拖上了公堂，她的脑筋已经昏昏沉沉了。她拼命地睁大着眼睛。她看：四面全是那一些吃人不吐骨子的魔王呀。上面笔直坐着的五个，都象张着血盆那样大的要吃人的口；两边站立的，活象是一群马面牛头。这，天哪！不都是在黄金洞时一回扫杀了三百多弟兄的吗？不那是杀害了自家儿子的仇人吗？是的，那班人都是他们一伙儿。他们这都是一些魔鬼，魔鬼啊！……刘　妈的眼睛里差不多要冒出血来了。她真想扑将上去，将他们一个一个都抓下来咬他们几口。将他们的心肝全挖出来给孩子们报仇。可是，现在呢？她不能，她不能呀！她只能眼巴巴地望着他们投着愤怒的火焰，而且，她还要……

刘　妈下死劲地将牙门咬着，怒火一团团地吞向自家的肚子里去燃烧。她流着眼泪，在严厉的审问之下，她终于忍心地将舌头扭转了过来。

"大老爷呀！我，我姓黄，我的娘家姓廖！……"

"你怎么到这儿来的呢？"

"那年，平江到了土匪，我们一家人弄得无处容身，全数都逃到湘阴城中去了。大约是上个月呢，不知是哪一位大老爷的大兵到子这儿，到处张贴着告示，说匪徒已经杀清了，要百姓通通回到平江来。我，我便带着三，三个孩子回来了，在这破庙里的旁边搭了一个小棚子过活。哪晓得，天哪！那位大老爷的大兵不知道为了什么事情，在几天后的一个黑夜里偷偷地退了，我们全没有知道，等到匪徒包围拢来了时才惊醒，大老爷呀！我们，我们，……呜！呜！……"

刘　妈放声大哭了。那样伤心啊！

"后来你们就都做了土匪吗？"

"呜！呜！……"

"你说呀！"

"可怜，可怜，大老爷呀！后来，后来，我的三个儿子，全，全给他们捉了去，杀，杀，杀！呜！……"

"杀了吗？"旅长连忙吃了一惊，"那么，你呢？"

"呜！呜！——……"

"你，你说，你说出来！"

旅长的仁丹胡子越翘越高了。

"我，我，老爷呀！我当时昏死了过去。后来，后来，我醒了，我和他们拼命呀！……我还有两个孙儿在湘阴，我当时没有甘心死。我要告诉我的孙儿，将来替他的老子报仇，报仇，报仇呀！……我便给他们关在这庙里补衣袋！呜！呜！——……"

"后来呢？"一个胖子团长问。

"后来，老爷呀！我含着眼泪儿替他们做了半个月，几回都没有法子逃出来。一直，一直到昨晚，他们的中间忽然慌乱起来了，象要逃走似的。我有些猜到了，我想趁这机会儿逃脱。……不料，不料，老爷呀！他们好像都看出我来了似的，他们要我同他们一道退去，他们说我的衣裳补得还好。不由分说的，他们先用一把火将我的茅棚子烧光。他们要我和他们一同退到廖山嘴！……"

"廖山嘴!"旅长吃了一惊!他初次到这里,他还不知道哪儿是"廖山嘴"呢。

"你去了吗?"他又问。

"我,我不肯和他们一道去,老爷呀!他们便恶狠狠地打了我几个耳光,用枪杆子在我的腿子上猛击了一下。我完全昏倒下来了。等,……等我醒来时,已经没有看见他们的踪影了,我的腿子上全是血迹!……后来,……"

于是那个俘获刘　妈的连长,便也走上来了,他报告了他捕获刘　妈的时候的情形。同老太婆亲口说的一样,是躺在庙门外的那个石阶级下面。

旅长点了一点头,又回头对刘　妈说:

"黄妈妈,土匪们说的是要你同他们退到廖山嘴吗?"

"是的!……大老爷呀!但愿你老人家做做好事,将我送回,送回到湘阴去。我那儿还有两个孙子,我永生永世不忘你老人家的大恩大德!……你老人家禄位高升!……呜!呜!……"

砰砰……她连忙爬在地上叩了两三个响头!

"好的。你这老太婆也太可怜了。老爷一定派人送你回到湘阴去。"旅长说着,抬头又吩咐了站班的一声:"去!将杨参谋请来,叫他把军用地图带来看看。"

"嗯!"

"大老爷呀!你老人家做做好事,送我回到湘阴去吧!……"

"唔!"

杨参谋捧着一卷地图走出来了。

"报告旅长,要查地图吗?"

"是的,请你来查一查廖山嘴在哪里?"

杨参谋将地图捧上了神案,四五个人分途查起来:

黄金洞，刘集镇，三槐硚，栗子岭……

"没有呀，旅长！这个地方。"杨参谋报告。

"没有，平江四乡都没有！"

三个团长都回复着。连旅长自己也没有查出来。

"那么，黄妈妈你知道廖山嘴吗？"

"一个小谷子，在东边，五十多里路。……那里是我的娘家，大老爷呀！那里很久很久以前就没有人住了。

四五个人又在东面查了十余遍，仍旧没有查着。

"你能够引导我们去吗，黄妈妈？"

"我，我，大老爷呀！……我，我，我不……"

"不要紧的。"旅长轻声地安慰着，"你只管带我们去吧！追着了土匪你也有功呀！而且，又替你的儿子报了仇，将来送你回湘阴时，还可以给你些养老费！……"

"我，我不能走，走呀！……大老爷，做做好事吧！……"

"我这里有轿子。黄妈妈，你不要怕，追着了就可以给你的儿子报仇。"

"我，我实在，……"

"来！"旅长朝着下面的兵士，"将这黄妈妈扶下去，好好地看护她，给她吃一餐好的菜饭！……"

三

据侦探的报告，匪徒们确是从东方退去的。但不知道退去有多少距离了。旅长，团长，和旅司令部的参谋们，都郑重地商量了一阵，都以为是应该追击的。黄妈妈说的并不是假话，那样忠实的一个老年妇人，而且还被匪徒们击坏了腿子呢。

追，一定追！

下午，全旅人一共分为五队，以最锋利的手提机关枪连当作了尖兵。第一团分为第二第三两队作前卫。第二团为第四队。第三团及旅部特务营、炮兵营，为第五队。每队距离三里五里，或十余里，一步一步地向匪区逼近拢来。

刘　妈坐在一顶光身的轿子上，两个极其健壮的脚夫将她抬起来，带领着几个侦探尖兵，跑在最前面。她的心跳着，咚咚的，不知道是一股什么味儿。她可早已将性命置之度外了，她虔诚在祈求她这一次事件的成就。菩萨，神明，……

她回头向后面来望了一下：人们象一条长蛇似的，老远老远地跟着她。她告诉着轿夫们，顺着一条非常熟的小路儿前进。

野外没有半个人影儿了，连山禽走兽都逃避得无影无踪。树林中更加显得非常沉静。没有风，连树叶一动都不功，垂头丧气地悬在那里象揣疑着它们自家的命运一般。

当她——刘　妈——引导着尖兵们度过了一个山谷子口的时候，她的心里总要不安定好几分钟。饱饱的，不是慌忙，也不是惊悸！不是欣喜，又不是悲哀！那么说不出来的一个怪味儿啊！眼泪会常常因此而更多地流着。一个一个的山口儿渡过了，刘　妈的心中，就慢慢着充实起来。

天色异常的阴暗。尖兵搜索前进到四十里以外的时候，看看地已经是接近黄昏了。四面全是山丘，一层一层地阻住了眼前的视线。看过去，好像是前面已经没路途了；等到你又转过了一个山谷口时，才可以发现到那边也还有一片空旷的田原，那边也还有山丘阻住！……

静静地前进着，离刘集镇只差两三个谷子口了。刘　妈的那颗悬挂在半天空中的心儿，也就慢慢地放将了下来。她想：

"这回总该不会再出岔子了吧！好容易地将他们引到了这里。……"

于是，她自家一阵心酸，脑筋中便立刻浮上了孩子们的印象。

"孩子们呀！"她默祝着，"但愿你们的阴灵不散，帮助你们的弟兄们给你们复仇，复仇，我，我！……你们等着吧！我，妈妈也快要跟着你们来了啊！……"

眼泪一把一把地流下来。

"只差一个山岗就可以看见廖山嘴的村街了。"刘　妈连忙将眼泪拭了一拭，她告诉了尖兵。

"谷子那边就是廖山嘴吗？"

"是的！"

尖兵们分途爬到山尖上，用了望镜向四围张望了一回。突然地有一个尖兵叫将起来了："不错，那边有一线村街，一线村街，还有红的旗帜呢！"

"旗帜？"又一个赶将上来，"不错呀！一面，二面，三面，……王得胜，你赶快下去报告连长！……"

于是，第一队首先停止下来，散开着。接着，第二队前卫也赶来散开了，用左右包围的形势，配备着向那个竖着红旗帜的目标冲来。

"黄妈妈，你去吧！这儿用不着你了，你赶快退到后方去吧！"

尖兵连长连忙将刘　妈挥退了。自家便带领着手提机关枪的兵士，准备从正面冲锋。

翻过着最后一条谷子口，前面的村街和旗帜都只剩了一些模糊的轮廓。三路手提机关枪和步马枪都怪叫起来：

拍！拍！拍！拍！……噼噼噼噼！……格格格格！

冲过了半里多路，后面第三队的援军也差不多赶到了。可是，奇怪！那对面的村街里竟没有一点儿回声。

"出了岔子吗?"

连长立刻命令着手提机关枪停止射击。很清晰地，他辨得出来只有左右两翼的枪响。

"糟糕呀！许是中了敌人的鬼计!"

他叫着。他想等后面指挥的命令来了之后再进攻。等着，左右两翼的枪声停止了。

四围没有一些儿声息。

"怎么的?"

大家都吃了一惊!

"也许是他们都藏在那村街的后面吧?"有人这么说。

"我们再冲他一阵，只要前后左右不失联络，是不要紧的。反正已经冲到这谷子里来了。"

后面指挥的也是这末说。于是大队又静声地向前推进起来。天色已经黑得看不清人影子了。

刘集镇!

没有一个敌人。几枝旗帜是插着虚张声势的，村街上连鬼都没有。从破碎的一些小店的招牌上，用手电筒照着还可以认得出来，清清楚楚的这儿是"刘集镇"。

"刘集镇? 怎么? 这儿不是叫廖山嘴吗?"

"鬼!"

大家都一齐轰动起来。第二队第三队都到齐了，足足有一团多人挤在这谷子里。其余的还离开有十来里路。

天色乌黑得同漆一样。

"糟糕! ……"胖子团长的心里焦急着，"这回是上了敌人的当了。那个鬼老太婆一定没有个好来历。明明是刘集镇，她偏假意说成一个'廖山嘴'！……"

退呢？还是在这儿驻扎呢？突然地：——

拍！——

对面山上一声。胖子团长一吓：——"怎么？"

接着，四围都响将起来了：

拍！拍！拍！……

嚗！嚗！嚗！……哒吼！……

轰！轰！轰！……

"散开！……散开！……"官长们叫着。班长们传诵着。

每一个枪口上都有一团火花冒出来！流弹象彗星拖着尾巴。

四

旅长气得浑身发战。一直挨到第二天的下午，第一团陆续归队的还不到一连人，他的胡子差不多要翘上天空了。

他命人将刘　妈摔在他的面前。他举起皮鞭子来乱叫乱跳着。

他完全失掉他的人性了：

"呀呀！你说，你说！你这龟婆！你干吗哄骗咱们？你干吗将刘集镇说成一个廖山嘴？你说，你说，……我操你妈妈！……"

拍拍！……

皮鞭子没头没脑地打在刘　妈的身上，刘　妈已经没有一点儿知觉了。

"你说不说？我操你妈妈！……"

拍！拍！……

"拿冷水来！我操你妈妈！……"

刘　妈的浑身一战，一股冷气直透到她的脑中，她突然地清醒了一点。她的眼前闪烁着无数条金蛇，她的耳朵边象雷鸣地震一样。

"你说不说？我操你妈妈！你干吗哄骗咱们？你干吗做匪徒们的奸细，你是不是和匪徒们联络一起的！……"

刘　妈将血红的眼睛张了一下，她不做声。她的知觉渐渐地恢复过来了。她想滚将上去，用她的最后的一口力量来咬他们几下。可是，她的身子疼痛得连半步都不能移开。她只能嘶声地大骂着：

"你要我告诉你们吗？你们这些吃人不吐骨子的强盗呀！我只恨这回没有全将你们一个个都弄杀！我，我恨不得咬下你们这些狗强盗的肉来！我的儿子不都是你们杀死的吗？黄金洞的弟兄们不都是你们杀死的吗？房子不都是你们烧掉的吗？你们来一次杀一次人，你们到一处放一处火！我恨不得活剥你们的肉，我情愿击断自家的腿子！我，我，……"

她拚命地滚了一个翻身，想抱住一个人咬他几口！

"呀！"旅长突然地怪叫着，"我操你的妈妈！我操你的妈妈！你原来是匪军的侦探！……我操你的妈妈！……"他顺手擎着白郎林手枪对准刘　妈的胸前狠命地一下：——拍！

刘　妈滚着，身子象凌了空，浑身的知觉在一刹那间全消灭了。

她微笑着。

老远地，一个传令兵拿着两张报告跑来：——

"报告旅长！第一团王团长昨晚的确已被匪军俘去！现在第二第三两团都支持不下了，请旅长赶快下退却命令！"

"退！"旅长的腿子象浸在水里："我操她的妈妈！这一次，这一次，……我操她的妈妈！……"

1933 年 9 月 29 日，深夜在上海。

偷 莲

一

下午，太阳刚刚落土的时候，那个红鼻子的老长工和看牛的小伙子秋福，跑到小主人底房间里来了。

"怎么？汉少爷！……"那个老长工低声地微微地笑着，摸着胡子："守湖的事情……"

汉少爷放下手中的牙牌书，说："我去！我对爹爹说过了的。……"

"真的吗?"秋福夹在中间问。

"真的!"

老长工将手从胡子上拖下来，又笑了一笑："那么，我们今晚不要到湖边去了啰……"

"是的，你去喝你底酒吧!"

小伙子秋福喜的手舞脚跳，今晚他还约了上村底小贵到芦苇丛中去烧野火的，不要他去守湖就恰巧合了他的心意。老长工呢，记起喝酒就几乎把嘴都笑扁了。他向小主人装了一个讽刺的，滑稽的，含着一种猥亵意思的手势，说了一声："要当心啊"就走了。"来!"汉少爷突然抛来一句。

秋福和老长工打了转。

"你们去对碾坊的长工们说，叫他们今晚无事不要到湖边来。除非……"他指着胸前挂着的那个放亮的叫吹子："懂不懂啦?……"

"懂!"老长工答应着。

二

月亮滑出于黯淡的云围。

被派去做侦探工作的桂姐儿和小菊，都在喘着息，流着细细的汗珠，跑回了。她们向见识高超的云生嫂报告：

"今夜……是，可以的! 那个红鼻子老倌和小鬼子都不在了，长工们也就喝酒打牌去了。……"

"那么。是谁守湖边呢?"

"是……"桂姐儿忸怩地说："那个……从省里的洋学堂里回来的……。"

云生嫂点点头，钉着桂姐儿，带着一种狡黠的意义深长的微笑。

桂姐儿底脸红了，她低着头，圆睁着那水汪汪淘气的眼睛，满心带怒地向云生嫂冲过来……"你笑什么呀? 云嫂子! 你，你……"

"不是笑你哟! 我笑那个洋学堂回来的鬼啦! ……你去吧! 告诉太生婶，桃秀，李老七姑娘……人越多越好，月亮中的时候，我们在叉湖口碰船! ……"

"唔! 还要找她们……"桂姐儿拖着小菊底手，心中还是气愤不消地，匆匆地向上村跑了去。

三

莲蓬，已快将老迈了；低着头，干枯着脸，无可奈何地僵立在湖面，叹息它底悲哀的命运，荷叶大半都成了破扇形，勉强地支持着三五根枯骨子，迎风摇摆着。九月底冰凉的露水洒遍了湖滨。在远方，在那辽阔的无涯的芦苇丛里，不时有大块的，小块的，玩童们散放着的野火冒上来。

汉少爷轻轻地走近了湖岸，他坐在大划船上，仰望着高处，仰望着那不可及的星空而不作声。他的脑子里塞满着那淘气的，猫一般的水汪汪的眼睛，和那被太阳晒得微黑的，还透露着一种可爱的处女红的面庞。他想起六月里在湖中失掉的那一次机会，和今天白天在湖边游玩时所瞥到的那一个难忘的笑容。

"是的！她们一定要来的！"他自家对自家说："不管她们的人多人少，我都不吹叫子，我只要捉住那一个水汪汪的……"

学校里的皇后的校花们哪有这儿的好呢？——他想，那都是油头粉面，带着怪香怪气的，动不动就要你去服从她，报效她……而这里的，汗香，泥土香，天然的处女的红晕和水汪汪的眼睛！……

他乐心了，他等着。露水慢慢地润湿了他的周身——他不管，湖风使他打了好几回寒战——他不管，他提了一提精神，使出了一股在学校跑万米般的耐劲，目不转睛地遥望着那叉湖口的尖端。

月亮已经渐渐地升到中空了。

四

"你上前去！桂姐儿！"

"为什么单要我去呢？你……"桂姐儿生着气，把那只不到一丈长的摇篮似的莲子船横在湖口，用小桨儿使力地把水中的月光敲成粉碎。靠近着她的人都可以看得出来——她的脸的的确确已经红到耳根了。

"不会害你的，痴子！……"云生嫂把自己底莲子船摇上一步，两个人象鸭子似的靠紧了："你去引他来，我们帮你……"

桂姐儿还是不依，虽然她明知大家不会让她吃亏，但她总不愿意。六月间在湖里乘凉的那一次她还记得很清楚，那个人，那个洋学堂里的家伙，简直象一头畜生似的……

云生嫂和李老七姑娘们再三地劝了一会，宽心了一会，她才一声不响地摇起她的那片小桨来。

她的头低得几乎着了船板了，心头一阵阵地，不安地，频繁地跳动。莲子船钻过那荷根荷叶时，在水底下，就发出了一种轻轻的，沙声的叫响来。她回头看一看：云生嫂们还老远地，缓缓地落在她的后面，不时给她抛过来一些决心和勇气。……

她把心儿横了一横，使力地划着她底小桨，船身就象箭一般地向岸南奔去……

五

汉少爷的眼睛几乎望穿了。当他看见了一个莲子船向他驶来的时候，当他认出来了是那个熟识的，细长的，苗条的身段的时候，当他醉心了那一个轻巧的，圆熟的，划船的姿势的时候，他就满心自得地驾着那个笨重的大划船，不顾性命地追了上来。

桂姐儿恨恨地咬着牙，有意要使他跟着她兜几个圈子，然后等快要接近了大夥儿的时候，她就故意地停了一停，闯在他底大划船边上！……

汉少爷伸过手来拖她底船，她翻身一跳，就渡上他底大划船了！汉少爷迎面来拥她，胸前的叫吹子给打落到水中了！

两个人互相地扭着，扯着……

十多只埋伏好的莲子船野鸭似地扑了拢来，十多个女人跳上大划船。……

桂姐儿救起了，汉少爷抓住了！

"用带子绑好他！"

汉少爷想叫——一团很大的棉花塞到他的口里。

桂姐儿哭着！她吃了亏。她没命地在汉少爷的脸上抓了两抓！汉少爷痛苦地瞪着眼，脸上流出几行血液来。

云生嫂指着他骂道：

"你这小黄蜂！你，怕一辈子也没有吃过苦的，你妈的！……你寻快活吗？……"

"哈哈！请他在这里睡一睡夜凉床……"

又有谁从人丛里抛过来这么冷冰冰的一声耍笑。

六

月儿渐渐地偏了西。

十多只莲子船在湖中穿来穿去，十多把剪子一齐响动起来。

桂姐儿的心里还是气愤不平，她一边剪莲蓬子，一边揩眼泪。她的莲蓬比什么人都剪得少。

云生嫂安慰她道："不要紧，妹妹！你吃了亏大家都晓得的，等等我们每个人分给你一点……"

湖风起了，浪涛不规则地掠过荷叶荷根，把莲子船晃掀得起伏不停地摇晃着。

"快点啦！恐怕长工们要追来呢！"

"不，他们喝米酒要喝得醉乱的……"

每一个小船都装得满满了，每一个人心中都喜气洋洋的。没有老头儿的高声的叫喊，没有凶恶的长工驾船来追捉！……

在叉湖口再度碰船的时候，她们还低声地，断续地唱了起来：

"偷莲……偷到月三更啦，……

家家户户……睡沉沉；……

有钱人……不知道无钱人的苦，……

无钱人……却晓得有钱人的心！……

紧摇桨……快撑篙，……

守湖的人追来……逃不掉！……

……"

七

米酒把老长工的鼻子烧得更加红了。第二天。他从他那发了霉的狗窝似的稻草中，懒洋洋地爬起来的时候，太阳早已经下了墙了。

他用烂棉花揩了一揩眼睛，蹒跚地跑到了小主人底书房："汉少爷！汉少爷……"

书房里冲出一口秋晨特有的冷气来。接着他又满腹犹疑，自家对自家说：　"真是稀奇事！真是……一定要给那班小妖精迷住的！……"

他连忙跑到狗窝中去，把那个夜间被野火烧光了头发的小伙子叫起来："你这鬼崽子！你！你……妈妈的，快些……寻，寻汉少爷去！……"

在湖中，一老一小，费了很大的力量，才把汉少爷底船拖了拢来。

汉少爷底脸肿得象判官，几条血痕凝成了紫黑色。他狠命地给了长工一个耳刮子！沙声地叫道："你……你们……都死了吗？妈妈的！……"

老长工哭不得，笑不得。他在鼻子上使力地揩了一揩：

"少爷……你，你没有吹叫子啦！……"

"妈妈的！……"汉少爷底声音几乎沙得发哑了："去，同我回去告诉爹爹去！为首的是云生婆子，她妈的！她还欠我们底租，欠我们底钱！不把她丈夫关三年不显老子底颜色！……"

小伙子秋福死死地抱着他那被野火烧光了的头，圆着那满是脏污的眼睛，望着小主人发着抖。他怕那耳刮子又落到他底头上来。他想："这又是怎样的一回事呢？少爷……他妈的，绑一夜！……"

1935 年 2 月 20 日

鱼

一

一种绝望的焦虑的情绪包围着梅立春。他把头抬起来，失神地仰望着芦棚的顶子，烛光映出几个肿胀的长短不齐的背影来，贴在斑密的芦苇壁的周围，摇摇不定。

"喂，吃呵！老梅……"

老梁，那一个烂眼睛的黄头发的家伙，被米酒烧得满面通红，笑咪咪地对他装成一个碰杯的手势。

"唔！……"老梅沉吟着，举起杯来喝上一口。心事就象一块无形的沉重的石头似的，压着他，使他气室。伸筷子夹着一块圆滑的团鱼，这一战，就落到地上的残破的芦苇中去了……

"我说……"老头子祥爹的小眼睛睁开了，直钉着老梅的脸膛，咳了一声，象教训他的神气："立春，你真是太不开通了！生意并不是次次都得赚钱的，有时候也须看看时运，唔！时运……譬如说：你这一次小湖里的鱼……"

老梅勉强地咬着油腻的嘴唇，笑了一下。他想教人家看不出他是为了盘小湖失败的那种焦灼的内心来，可是一转眼他就变得更加难耐了。空洞的满是污泥的小湖的底，家中的老婆和孩子们，瞎了眼睛的寡嫂和孤苦的侄儿，都象在那前面的芦苇壁中伸出了嘴来欲将他吞没……而后面呢？恰巧是债主而兼老板的黄六少爷的拳头堵击着他，使他浑身都觉得疼痛而动摇起来了。

"不是吗？我也这么说过的！"王老五，那坐在左边的一个，摸着他那几根稀疏的胡须，不紧不慢地说："并且，也许小湖还不致于……"

老梅明知道这都是替他宽心的话，于是他也自家哄自家似地，把"也许"那两个字拖进到心中了。万一明天车干了小湖，鱼又多出来一些呢……

"好，管他妈妈的，碰杯吧！"他一下子站了起来，满满地斟上一大杯米酒，向那五六个临时请来车湖的邻居，巡敬一个圆圈，灌到肚中去。

二

带着八分醉意，肩起那九尺多长的干草叉，老梅弯着腰从芦苇栅子中钻出来了。他想沿湖去逡巡一遍，明天就要干湖了，偷鱼的人今晚上一定要下手了的。

十月的湖风，就有那么锐利的刺人的肤骨，老梅底面孔刮得红红的，起了一阵由酒底热力而衬出来的干燥的皱纹。他微微地呵了一口气，蹒跚地走向那新筑的湖堤。

驼背的残缺的月亮，很吃力地穿过那阵阵的云围，星星频频地夹着细微的眼睛。在湖堤的外面，大湖里的被寒风掀起的浪涛，直向漫无涯际的芦苇丛中打去，发出一种冷冰冰的清脆的呼啸来。湖堤内面，小湖的水已经快要车干了，平静无波的浸在灰暗的月光中，没有丝毫可以令人高兴的痕迹。虽然偶然也有一两下仿佛象鱼儿出水的声音，但那却还远在靠近大湖边的芦苇丛的深处呢。

老梅想叹一口气，但给一种生成的倔强的性格把他哽住下来了。他原来是不相信什么命运的人，不过近年他的确是太给命运折磨了一点。使他的境况，一天比一天坏起来。三个孩子和老婆，本来已经够他累了的，何况去年哥哥死时还遗下一个瞎子嫂嫂和十岁的侄儿呢？种田，没饭吃，做船夫，没饭吃，现在费很大的利息借一笔钱来盘湖，又得到一个这样的结果！……要不是他还保持着那种生成的倔强的性格啊！

米酒的力量渐渐地涌了上来，他底视线开始有点朦胧了。踏着薄霜的堤岸，摇摇摆摆地，无意识地望了一望那两三里路外的溶浴在月光下面的家，和寡嫂底茅屋。便又一脚高一脚低地走向那有水声的芦苇跟前了。

"是谁呢，那水声？"他觉得这芦苇中的声响奇怪，就用力捏了一捏手中的干草叉，大声地叫起来了："哪一个在水中呀？"

寂静……一种初冬的，午夜的。特殊的寂静。

他走向前一步，静心等了一会，又听见了一个奇特的水声。"妈的！让我下水……"话还刚刚说出一半，就象有一群出巢的水鸭似地，六七个拖着鱼篮的人，从芦苇丛中钻出来了，不顾性命地爬上湖堤，向四方奔跑着。

老梅底眼睛里乱迸着火星！他举起干草叉来追到前面，使力地搠翻了一个长个儿，再追上去，又把一个矮子压倒了，篮子满满的鱼儿，仍旧跳到了小湖中。

酒意象给泼了一盆冷水似地全消了。老梅大声地把伙伴们都叫了拢来，用两根草绳子缚着俘虏，推到芦苇棚中仔细一看，五六个人都不觉得失声哈哈大笑起来。

<h1 style="text-align:center">三</h1>

当天上的朝霞扫尽了疏散的晨星的时候，当枯草上的薄霜快要溶解成露珠的时候，当老梅正同伙伴们踏上了水车的时候，在那遥远的一条迂曲的小路上，有一个驼背的穿长袍戴眼镜的人，带着一个跟随的小伙子，直向这湖岸的芦苇前跑来。

老头子祥爹坐在车上，揩了一揩细小的眼睛，用手遮着额角，向那来人的方向打望了一回，就正声地，教训似地对老梅说："你不要响，立春！让我来……"他不自觉地装了一个鬼脸，又回头来对烂眼睛的老梁说："你要是笑，黄头发，我敲破你底头！……"

老梁同另外三个后生部用破布巾塞着嘴。王老五老是那么闲散地摸着他那几根稀疏的胡须，一心一意地盯着那彩霞的天际。

驼背的穿长袍戴眼镜的人走近来了。

"你早呀！黄六少爷！"

"唔，早呀！祥爹。"

互相地，不自然地笑了一笑。一种难堪的沉默的环境，沉重地协迫着黄六少爷的跳动的心。他勉强地颤动着嘴唇问道："祥爹……看，看没有看见我家的长工和侄儿呢？"

"唔……，没，没有看见呀！这样早，你侄少爷恐怕还躺在被窝里吧。"接着又抛过来一个意义深长的讽刺的微笑，不紧不慢的："长工，那一定是放牛去了啰……"

"不，昨夜没有回家！"

"打牌去了……"

"不，还提了鱼篮子的！"黄六少爷渐渐地感到有些尴尬而为难了。

"啊……"祥爹满不在意地停了一停水车的踏板,"这样冷的天气,佢少爷还要摸鱼吗?……唉!到底是有钱人家,这样勤俭……难怪我们该穷……"

那个的面孔慢慢地红起来,红到耳根,红到颈子……头上冒着轻盈的热气。

"热吗?黄六少爷!十月小阳春呀!"话一句一句地,象坚硬的石子一般向黄六少爷打来,他的面孔由红而紫,由紫而白。忽然间,一种固有的自尊心,把他激怒起来了:"老东西!还要放屁吗?不要再装聋作哑了,你若不把我底人交出来……"

"哎呀!六少爷,你老人家怎么啦!寻我们光蛋人开心吗?

我们有什么事情得罪你老人家吗?问我们,什么人呀……"

"好!你们不交出来吗?……我看你们这些狗东西的!"黄六少爷气冲冲地准备抽身就走。老梅本已经按耐不住了的,这一下他就象一把断了弦的弓似地弹起来,跳到水车下面:"来!"

象一道符命似的把黄六少爷招转了。

"六蜈蚣,我底孙子!我告诉你,你只管去叫人来,老子不怕!你家的两个贼都是老子抓起的!来吧,你妈妈的!你越发财就越做贼,……我操你底祖宗!"

"哈哈!……"老梁抽出了口中的手巾来大笑着。

"哈哈!……"王老五摸着他那几根稀疏的胡须大笑着。

只有老头子祥爹低下了头,一声不响地皱着眉额,慢慢地,才一字一板地打断着大家底笑声:

"为什么要这样呢?你们,唉!……不好的!我,我原想奚落他一场,就把人交给他的,多一事不如少一事。得罪那蜈蚣精。唉!你们这些年轻的小伙子……"

"什么呢？祥爹，你还不知道吗？小湖的鱼已经有数了。骂他，也是要害我的，不骂他，也是要害我的。……"老梅怒气不消地说。

"那么，依你底打算呢？……"

"打算？我一个人去和他拚……"

"唔！不好的！……"老头子只管摇着头。回转来对水车上的人们说："停一会儿再车吧！来，我们到棚子里去商量一下……"

太阳，从辽远的芦苇丛中涌上来，离地面已经有一丈多高了。六七人，象一行小队似地，跟在老头子祥爹底背后，钻进了那座牢固的芦苇棚子中。

1935 年 4 月

山村一夜

外面的雪越下越紧了。狂风吹折着后山的枯冻了的树枝，发出哑哑的响叫。野狗遥远地，忧郁而悲哀地嘶吠着，还不时地夹杂着一种令人心悸的，不知名的兽类的吼号声。夜的寂静，差不多全给这些交错的声音碎裂了。冷风一阵一阵地由破裂的壁隙里向我们的背部吹袭过来，使我们不能禁耐地连连地打着冷噤。刘月桂公公面向着火，这个老年而孤独的破屋子主人，是我们的一位忠实的农民朋友介绍给我们来借宿的。他的左手拿着一大把干枯的树枝，右手捋着灰白的胡子，一边拨旺了火势，一边热烈地，温和地给我们这次的惊慌和劳顿安慰了；而且还滔滔不停地给我们讲述着他那生平的，最激动的一些新奇的故事。

因为火光的反映，他的眼睛是显得特别地歪斜，深陷，而且红红的。他的额角上牵动着深刻的皱纹；他的胡子顽强地，有力地高翘着；他的鼻尖微微地带点儿勾曲；嘴唇是颇为宽厚而且松弛的。

他说起话来就象生怕人家要听不清或者听不懂他似的，总是一边高声地做着手势，一边用那深陷的，歪斜的眼睛看定着我们。

又因为夜的山谷中太不清静，他说话时总常常要起身去开开那扇破旧的小门，向风雪中去四周打望一遍，好像察看着有没有什么人前来偷听的一般；然后才深深地呵着气，抖落那沾身的雪花，将门儿合上了。

"……先生，您们真的愿意常常到我们这里来玩吗？那好极了！那我们可以经常地做一个朋友了。"他用手在这屋子里环指了一个圈圈："您们来时总可以住在我这里的，不必再到城里去住客栈了。客栈里的民团局会给您们麻烦得要死的。那些蠢子啊！……什么保人啦，哪里来啦，哪里去啦。'年貌三代'啦，……他们对于来客，全象是在买卖一条小牛或者一只小猪那样的，会给您们从头上直看到脚下，连您们的衣服身胚一共有多少斤重量，都会看出来的。真的，到我们这个连鸟都不高兴生蛋的鬼地方来，就专门欢喜这样子：给客人一点儿麻烦吃吃。好像他们自己原是什么好脚色，而往来的客人个个都是坏东西那样的，因为这地方多年前就不象一个住人的地方了！真的，先生……

"世界上会有这样一些人的：他们以为是怎样聪明得了不得，而别人只不过是一些蠢子。他们自己拿了刀去杀了人家——杀了'蠢子，——劫得了'蠢子'的财帛，倒反而四处去向其他的'蠢子'招告：他杀的只不过是一个强盗。并且说：他的所以要杀这个人，还不只是为他自己，而是实在地为你们'蠢子'大家呢！……于是，等到你们这些真正的蠢子都相信了他，甚至于相信到自己动起手去杀自己了的时候，他就会得意洋洋地躲到一个什么黑角落里去，暗暗地好笑起来了：'看啦！他们这些东西多蠢啊！他们蠢得连自己的妈妈都不晓得叫呢！'……真的，先生，世界上就真会有这样一些人的。但他们却不知道，蠢的才是他们自己呢！因为真正的蠢子蠢到了不能再蠢的时候，也就会一下子变得聪明起来的。那时候，他们这些自作聪明的人，就是再会得'叫妈妈'些，也怕是空的了吧。真的啊，先生！世界上的事情就通统是这样的——我说蠢子终究要变得聪明起来的。要是他不聪明起来，那他就只有自己去送死了，或者变成一个什么十足的痴子，疯子那样的东西！……先生，真的，不会错的！……从前我们这里还发生过一桩这样的事呢：一个人会蠢到这样的地步的——将自己亲生的儿子送去给人家杀了，还要给人家去叩头陪礼！您想：这还算是一个怎样的世界呢？人蠢到这样的地步了，又怎能不变成疯子呢？先生！……"

"啊——会有这样的事情吗？桂公公！一个人又怎能将自己的儿子送去给人家杀掉呢？"我们对于这激动的说话，实在地感到惊异起来了，便连忙这样问。

"您们实在不错，先生，一个人怎能将自己的儿子送去给人家杀掉呢？不会的，普天下不会，也不应该有这样的事情的。然而，我却亲自看见了，而且还和他们是亲戚，还为他们伤了一年多的心哩！先生。"

"怎样的呢？这又是怎样一回事呢？桂公公！"我们的精神完全给这老人家刺激起来了！不但忘记了外面的风雪，而且也忘记了睡眠和寒冷了。

"怎样一回事？唉：先生！不能说哩。这已经是快两周年的事情了！……但是先生，您们全不觉得要睡吗？伤心的事情是不能一句话两句话就说得完的！真的啊，先生！……您们不要睡？那好极了！那我们应该将火加得更大一些！……我将这话告诉您们了，说不定对您们还有很大的益处呢！事情就全是这样发生的：三年前，我的一个叫做汉生的学生，干儿子，突然地在一个深夜里跑来对我说："干爹，我现在已经寻了一条新的路子。我同曹德三少爷，王老发，李金生他们弄得很好了，他们告诉了我很多的事情。我觉得他们说得对，我要跟他们去了，象跟早两年前的农民会那样的。干爹，你该不会再笑我做蠢子和痴子了吧！'

"'但是孩子，谁叫你跟他们去的呢？怎么忽然变得聪明起来了？你还是受了谁的骗呢？'我说。

"'不的，干爹！'他说，'是我自己想清白了，他们谁都没有来邀过我；而且他们也并不勉强我去，我只是觉得他们说的对——就是了。'

"'那么，又是谁叫你和曹三少爷弄做一起的呢'

"'是他自己来找我的。他很会帮穷人说话，他说得很好哩！干爹。'

"'是的，孩子。你确是聪明了，你找了一条很好的路。但是，记着：千万不要多跟曹三少爷往来，有什么事情先来告诉我。干爹活在这世界上六十多年了，什么事都比你经验得多，你只管多多相信干爹的话，不会错的，孩子。去吧！安静一些，不要让你的爹爹知道，并且常常到我这里来。……'

"先生，我说的就是这样一个孩子，给他那糊涂的，蠢拙的爹爹送掉的。他住得离我们这里并不远，就在这山村子的那一面。他常常要到我这里来。因为立志要跟我学几个字，他便叫我做干爹了。他的爹爹是做老长工出身的，因而家境非常的苦，爷儿俩就专靠这孩子做零工过活。但他自己却十分志气。白天里挥汗替别人家工作，夜晚小心地跑到我这里来念一阵书。不喝酒，不吃烟。而且天性又温存，有骨气。他的个子虽不高大，但是十分强壮。他的眼睛是大大的，深黑的，头发象一丛短短的柔丝那样……总之，先生！用不着多说，无论他的相貌，性情，脾气和做事的精神怎样，只要你粗粗一看，便会知道这绝不是一个没有出息的孩子就是了。

　　"他的爹爹也常到这里来。但那是怎样一个人物呢？先生！站在他的儿子一道，您们无论如何不会相信他们是父子的。他的一切都差不多和他的儿子相反：可怜，愚蠢，懦弱，而且怕死得要命。他的一世完全消磨在别人家的泥土上。他在我们山后面曹大杰家里做了三四十年长工，而且从来没有和主人家吵过一次嘴。先生，关于这样的人本来只要一句话：就是猪一般的性子，牛一般的力气。他一直做到六七年前，老了，完全没有用了，才由曹大杰家里赶出去。带着儿子。狗一样地住到一个草屋子里，没有半个人去怜惜他。他的婆子多年前就死了，和我的婆子一样，而且他的家里也再没有别的人了！……

　　"就是这样的，先生。我和他们爷儿两做了朋友，而且做了亲戚了。我是怎样地喜欢这孩子呢？可以说比自己亲生的儿子还要喜欢十倍。真的，先生！我是那样用心地一个一个字去教他，而他也从不曾间断过，哪怕是刮风，落雨，下大雪，一约定，他都来的。我读过的书虽说不多，然而教他却也足有余裕。先生，我是怎样在希望这孩子成人啊！……

　　"自从那次夜深的谈话以后，我教这孩子便格外用心了。他来的也更加勤密，而且读书也更觉得刻苦了。他差不多天天都要来的。我一看到他，先生，我那老年人的心，便要温暖起来了。我想：'我的心爱的孩子，你是太吃苦了啊！你虽然找了一条很好的路，但是你怎样去安顿你自己的生活呢？白天里挥汗吃力，夜晚还要读书，跑路。做着你的有意思的事情！你看：孩子，你的眼睛陷进得多深，而且已经起了红的圈圈了呢！'唉，先生！当时我虽然一面想，却还一面这样对他说：'孩子啊，安心地去做吧！不错的——你们的路。干爹老了，已经没有用了。干爹只能睁睁地看着你们去做了哩。爱惜自己一些，不要将身子弄坏了！时间还长得很呢，孩子哟！……'但是，先生，我的口里虽是这样说，却有一种另外的，可怕的想念，突然来到我的心里了。而且，先生，这又是怎样一种懦弱的，伤心的，不可告人的想念呀！可是，我却没有法子能够压制它。我只是暗暗为自己的老迈和无能悲叹罢了！而且我的心里还在想哩：也许这样的事情不会来吧！好的人是决不应该遭意外的事情的！但是先生，我怎样了呢？我想的这些心思怎样了呢？……唉，不能说哩！我不知道世界上真的有没有天，而且天的心里到底在想些什么？为什么人家希望的事，偏偏不来；不希望的，耽心的，可怕的事，却一下子就飞来了？这到底是怎样的一个天呢？而且又是怎样的一个世界呢？先生，不能说哩。唉，唉！先生啊！……"

因了风势的过于猛烈，我们那扇破旧的小门和板壁，总是被吹得呀呀地作响。我们的后面也觉得有一股刺骨般的寒气，在袭击着我们的背心。刘月桂公公尽量地加大着火，并且还替我们摸出了一大捆干枯的稻草来，靠塞到我们的身后。这老年的主人家的言词和举动，实在地太令人感奋了。他不但使我们忘记了白天路上跋涉的疲劳，而且还使我们忘记了这深沉，冷酷的长夜。

他只是短短地沉默了一会，听了一听那山谷间的，隐隐不断的野狗和兽类的哀鸣。一种夜的林下底阴郁的肃杀之气，渐渐地笼罩到我们的中间来了。他也没有再作一个其他的举动，只仅仅去开看了一次那扇破旧的小门，便又睁动着他那歪斜的，深陷的，湿润的眼睛，继续起他的说话来了。

　　"先生，我说：如果一个人要过分地去约束和干涉他自己的儿子，那么这个人便是一个十足的蠢子！就譬如我吧：我虽然有过一个孩子，但我却从来没有对他约束过，一任他自己去四处飘荡，七八年来，不知道他飘荡到些什么地方去了，而且连讯息都没有一个。因为年轻的人自有年轻人的思想，心情和生活的方法，老年人是怎样也不应该去干涉他们的。一干涉，他们的心和身的自由，便要死去了。而我的那愚拙的亲家公，却不懂得这一点。先生，您想他是怎样地去约束和干涉他的孩子呢？唉。那简直不能说啊！除了到这里来以外，他完全是孩子走一步便跟一步地罗嗦着，甚至于连孩子去大小便他都得去望望才放心，就象生怕有一个什么人会一下子将他的孩子偷去卖掉的那样。您想，先生。孩子已经不是一个三岁两岁的娃娃了，又怎能那样地去监视呢？为了这事情我还不知道向他争论过几多次哩，先生，我说：

　　"'亲家公啦！您莫要老是这样地跟着您的孩子吧！为的什么呢？是怕给人家偷去呢？还是怕老鹰来衔去呢？您应当知道，他已经不是一个娃娃了呀！'

　　"'是的，亲家公。'他说，'我并不是跟他，我只是有些不放心他——就是了！'

　　"'那么，您有些什么不放心他呢？'我说。

　　"'没有什么，亲家公。'他说，'我不过是觉得这样：一个年轻的人，总应该管束一下子才好……'

　　"'没有什么！'唉，先生！您想，一个人会懦弱到这样的地步的：马上说的话马上就害怕承认得。于是，我就问他："'那么，亲家公，你管束他的什么呢？'

"'没有什么，亲家公，我只是想象我的爹爹年轻时约束我的那样，不让他走到坏的路上去就是了。'

"'拉倒了您的爹爹吧！亲家公！什么是坏的路呢？'先生，我当时便这样地生气起来了。'您是想将您的汉生约束得同您自己一样吗？一生一世牛马一样地跟人家犁地耕田，狗一样地让人家赶出去吗？……唉！你这愚拙的人啊！'先生，我当时只顾这样生气，却并没有看着他本人。但当我一看到他被我骂得低头一言不发，只管在拿着他的衣袖抖战的时候，我的心便完全软下来了。我想，先生，世界上为什么会有这样可怜无用的人呢。他为什么要生到这世界上来呢？唉，他的五六十岁的光阴如何度过的呢？于是先生，我就只能够这样温和地去对答他了：

"'莫多心了吧！亲家公。莫要老是这样跟着您的汉生了，多爱惜自己一些吧！您要再是这样跟着，您会跟出一个坏结局来的。告诉您：您的汉生是用不着您耽心的了，至少比您聪明三百倍哩。'唉，先生，话有什么用处呢？我应该说的，通统向他说过了。他一当了你的面，怕得你要命；背了你的面，马上就四处去跟着，赶着他的儿子去了。

"关于他儿子所做的事，大家都知道，是无论如何不能够去告诉他的。因此我就再三嘱咐汉生：不要在他爹爹面前露出行迹来了。但是，谁知道呢？这消息是从什么地方走给他耳朵里的呢？也许是汉生的同伴王老发吧，也许是曹三少爷和木匠李金生吧！……但是后来据汉生说：他们谁都没有告诉他过。大概是他自己暗中察觉出来的，因为他夜间也常常不睡地跟踪着。总之，汉生的一切，他不久都知道就是了，因此我就叫汉生特别注意，处处都要防备着他的爹爹。

"大概是大前年八月的夜间吧，先生，汉生刚刚从我这里踏着月亮走出去，那个老年的愚拙的家伙便立刻跟着追到这里来了。因为没有看见汉生，他便觉得有些不好意思那样地走近我的身边。然而，却不说话。在大的月光的照耀下，他只是用他那老花的眼睛望着我，猪鬃那样的几根稀疏的胡子，也轻轻地发着战。我想：这老东西一定又是来找我说什么活了，要不然他就绝不会变成一副这样的模样。于是，我就立刻放下了温和的脸色，殷勤地接着他。

"'亲家公啦！您来又有什么贵干呢？'我开玩笑一般地说。

"'没有什么，亲家公，'他轻声地说。'我只是有一桩事情不，不大放心，想和您来商量商量——就是了。'

"'什么呢，亲家公？'

"关于您的干儿子的情形，我想，亲家公，您应该知道得很详细吧！"

"'什么呢？关于汉生的什么事情呢？嗳，亲家公？'

"'他近几个月来，不知道为了什么事，……亲家公！夜里总常常一个通夜不回来。……'

"'那又有什么关系呢？'

"'我想，亲家公！他说不定是跟着什么坏人，走到坏的路上去了。因为我常常看见他同李木匠王老发他们做一道。要是真的，亲家公，您想：我将他怎么办呢？我的心里啊……'

"'您的心里又怎样呢？'

"'怎样？……唉，亲家公，您修修好吧！您好像一点都不知道那样的！您想：假如我的汉生要有了什么三长两短，我还有命吗？我不是要绝了后代了吗？有谁来替我养老送终呢？将来谁来上坟烧纸呢？我又统共只有这一个孩子！唉，亲家公，帮帮忙吧！您想想我是怎样将这孩子养大起来的呢？别人家不知道，您总应该知道呀！我那样千辛万苦地养大了他，我要是得不到他一点好处，我还有什么想头呢？亲家公！'

"'那么您的打算是应该将他怎样呢？'先生，我有点郑重起来了。

"'没有怎样，亲家公，'他说。这家伙大概又对着月光看到我的脸色了。'您莫要生我的气吧！我只是觉得有点害怕，有点伤心就是了！我能将他怎么办呢？……我不过是想……'

"'啊——什么呢？'

"'我想，想……亲家公，您是他的干爹！只有您的话他最相信，您又比我们都聪明得多。我是想……想……求求您亲家公对他去说一句开导的话，使他慢慢回到正路上来，那我就，就……亲家公啊！就感——感……您的恩，恩……了。'

"唉！先生！您想：对待这样的一个人，还有什么法子呢？他居然也知道了他自己是不聪明的人。他说了那么一大套，归根结蒂——还不过是为了他自己没有'得到他一点好处，''怕'没有人'养老送终'。'伤心'没有人'上坟烧纸'罢了！而他自己却又没有力量去'开导，他的儿子，压制他的儿子，只晓得狗一样地跟踪着，跟出来了又只晓得跑到我这里来求办法，叫'恩人！'您想，我还能对这样可怜的，愚拙的家伙说点什么有意思的，能够使他想得开通的话呢？唉，先生，不能说哩！当时我是实在觉得生气，也觉得伤心。我极力地避开看月光，为了怕他看出了我的不平静的脸色。因为我必须尽我的义务，对他说几句'开导'他的，使他想得通的话；虽然我明知道我的话对于这头脑糊涂的人没有用处，但是为了汉生的安静，我也不能够不说啊！

　　"我说：'亲家公啦！您刚才啰哩啰嗦地说了这么一大套，到底为的什么呢？啊，您是怕您的汉生走到坏的路上去吗？那么，您知道什么路是坏的，什么路才是好的呢？——您说：王老发，李金生他们都不是好人，是坏人！那么他们的"坏"又都坏在什么地方呢？——唉，亲家公！我劝您还是不要这样湖里湖涂地乱说吧！凡事都应该自己先去想清一下子，再来开口的。您知道：您的年纪已经不小了呀！为什么还是这样地孩子一样呢？您怎么会弄得"绝后代"呢？您的汉生又几时对您说过不给您"养老送终"呢？并且一个人死了就死了，没有人来"上坟烧纸"又有什么了不得呢？嗳，亲家公，您是——蠢拙的人啊！……，唉，先生，我当时是这样叹气地说。'莫要再糟蹋您自己了吧，您已经糟蹋得够了！让我来真正告诉您这些事情吧：您的孩子并没有走到什么坏的路上去，您只管放心好了。汉生他比你聪明得多，而且他们年轻人自有他们年轻人的想法。至于王老发和李金生木匠他们就更不是什么歹人，您何必罗嗦他们，干涉他们呢？您要知道：即算是您将您的汉生管束得同您一样了，又有什么好处呢？莫要说我说得不客气，亲家公，同您一样至多也不过是替别人家做一世牛马算了。譬如我对我的儿子吧，……八年了！您看我又有什么了不得呢？唉，亲家公啊！想得开些吧！况且您的儿子走的又并不是什么坏的路，完全是为着我们自己。您还有什么不放心的呢？唉，唉！亲家公啊！您这可怜的，老糊涂一样的人啊！……'

　　"唉，先生，您想他当时听了我的这话之后怎样呢？他完全一声不做，只是呆呆地坐在那里，贼一样地用他那昏花的眼睛看着我，并且还不住地战动着他的胡子，开始流出眼泪来。唉，先生，我心完全给这东西弄乱了！您想我还能对他说出什么话来呢？我只是这样轻轻地去向他问了一问：

"'喂，亲家公！您是觉得我的话说得不对吗，还是什么呢？您为什么又伤起心来了呢！'

"这时候，先生，我还记得：那个大的，白白的月亮忽然地被一块黑云遮去了；于是，我们就对面看不清大家的面庞了。我不知道他一个人在黑暗中做了些什么事。半天，半天了……才听见他哀求一样地说道：

"'唉，不伤心哩，亲家公！我只是想问一问您：我的汉生他们如果发生了什么别的事情，我一个人又怎样办呢？唉，唉！我的——亲家公啊……'

"'不会的哩，亲家公！您只管放心吧！只要您不再去跟着罗嗦着您的汉生就好了。您不知道一句这样的话吗——吉人自有天相的！何况您的汉生并不是蠢子，他怎么会不知道招呼他自己呢？……'

"'唔，是的，亲家公！您说的——都蛮对！只是我……唔，嗯——总有点……不放心他……有点……害——怕——就是了！呜呜——……'

"先生，这老家伙站起来了，并且完全失掉了他的声音，开始哽咽起来了。

"'亲家公，莫伤心了吧！好好地回去吧！'我也站起来送他了。'您伤心的什么呢？替别人家做一世牛马的好呢？还是自己有土地自己耕田的好呢？您安心地回去想清些吧！不要再糊涂了吧！……'

"唉，先生，还尽管罗罗嗦嗦地说什么呢？一句话——他便是这样一个懦弱的家伙就是了。并且凭良心说：自从那次的说话以后，我没有再觉得可怜这家伙，因为这家伙有很多地方有不应去给他可怜的。但是在那次——我却骗了他，而且还深深地骗了自己。您想：

先生！'吉人自有天相的'，这到底是一句什么狗屁话呢？几时有过什么'吉人'，几时又看见过什么，天相'呢？然而，我却那样说了，并且还那样地祷告啦。这当然是我太爱惜汉生和太没有学问的原故，因为我实在想不出一句适当的话去宽慰那个愚懦的人，也想不出一个法子来压制和安静自己。但是。先生，事情终于怎样了呢？'吉人'是不是'天相"了呢？……唉，要回答，其实，在先前我早就说过了的。那就是——您所想的，希望的事，偏偏不来；耽心的，怕的和祸祟的事，一下子就飞来了！唉，先生，虽然他们那第一次飞来的祸事，都不是应在我的汉生的头上，但是汉生的死，也就完全是遭了那次事的殃及哩，唉，唉！先生！啊……"

刘月桂公公因为用铁钳去拨了一拨那快要衰弱了的火焰。一颗爆裂的红星，便突然地飞跃到他的胡子上去了！这老年的主人家连忙用手尖去挥拂着，却已经来不及了，燃断掉三四根下来了。……我们都没有说话。一种默默的，沉重的，忧郁之感，渐渐地压到了我们的心头。因为这故事的激动力，和烦琐反复的情节底悲壮，已经深深地锁住了我们的心喉，使我们插不进话去了。夜底山谷中的交错的声息，似乎都已经平静了一些。然而愈平静，就愈觉得世界在一步一步地沉降下去，好像一直欲沉降到一个无底的洞中去似地，使我们几乎透不过气来了。风雪虽然仍在飘降，但听来却也已经削弱了很多。一切都差不多渐渐在恢复夜底寂静的常态了。刘月桂公公却并没有关心到他周围的事物，他只是不住地增加着火势，不住地运用着他的手，不住地蹙动着他的灰暗的眉毛和睁开他的那昏沉的，深陷的，歪斜的眼睛。

因为遭了那火花的飞跃底损失，他继续着说话的时候，总是常常要用手去摸着，护卫着他那高翘着而有力量的胡子。

"那第一次的祸事的飞来,"他接着说,"先生,也是在大前年的十一月哩。那时候,我们这里的民团局因为和外来的军队有了联络,便想寻点什么功劳去献献媚,巴结巴结那有力量的军官上司,便不分日夜地来到我们这山前山后四处搜索着。结果,那个叫做曹三少爷的,便第一个给他们弄去了。

"这事情的发生,是在一个降着严霜的早上。我的干儿子汉生突然地丢掉了应做的山中的工作,喘息呼呼地跑到我这里来了。他一边睁大着他那大的,深黑的眼睛,一边上气不接下气地说:

"'干爹,我们的事情不好了!曹三少爷给,给,给——他们天亮时弄去了!这怎,怎么办呢?干爹……'

"唉,先生,我当时听了,也着实地替他们着急了一下呢。但是翻过来细细一想,觉得也没有什么大的了不得。因为我们知道:对于曹三少爷他们那样的人,弄去不弄去。完全一样,原就没有什么关系的。因为他们愿不愿意替穷人说话和做事,就只要看他们高兴不高兴便了,他们要是不高兴,不乐意了,说不定还能够反过来弄他的'同伴'一下子的。然而,我那仅仅只是忠诚,赤热而没有经历的干儿子,却不懂得这一点。他当时看到我只是默默着不做声,便又热烈而认真地接着说:

"'干爹,您老人家怎么不做声呢?您想我们要是没有了他还能怎么办呢?……唉,唉!干爹啊!我们失掉这样一个好的人,想来实在是一桩伤心的。可惜的事哩!……'

"先生,他的头当时低下去了。并且我还记得:的确有两颗大的,亮晶晶的眼泪,开始爬出了他那黑黑的,湿润的眼眶。我的心中,完全给这赤诚的,血性的孩子感动了。于是,我便对他说:

"'急又有什么用处呢?孩子!我想他们不会将他怎样吧!你知

道，他的爹爹曹大杰还在这里当"里总"① 呀，他怎能不设法子去救他呢？……'

"'唉，干爹！曹大杰不会救他哩！因为曹三少爷跟他吵过架，并且曹三少爷还常常对我们说他爹爹的坏话。您老人家想：他怎能去救这样的儿子呢？……并且，曹三少爷是——好的，忠实的，能说话的脚色呀！……'

"'唉，你还早呢，你的经历还差得很多哩，孩子！'我是这样地抚摸着他底柔丝的头发，说，'你只能够看到人家的外面，你看不别人家的内心的：你知道他的心里是不是同口里相合呢？告诉你，孩子！越是会说话的人，越靠不住。何况曹德三的家里的地位，还和你们相差这样远。你还知道"叫得好听的狗，不会咬人——会咬人的狗，决不多叫"的那句话吗？……'

"'干爹，我不相信您的话！……'这忠实的孩子立刻揩干着眼泪叫起来了：'对于别人，我想：您老人家的话或者用得着的。但是对于曹三少爷，那您老人家就未免太，太不原谅他了！……我不相信这样的一个好的人，会忽然变节！……'

"'对的，孩子！但愿这样吧。你不要怪干爹太说直话，也许干爹老了，事情见得不明了。曹德三这个人我又不常常看见，我不过是这样说说就是了。"宁可信其有，不可信其无。"你自己可以去做主张，凡事多多防备防备……不过曹德三少爷我可以担保，决不致出什么事情……'

"先生，就是这样的。我那孩子听了我的这话之后，也没有再和我多辩，便摇头叹气，怏怏不乐地走开了。我当时也觉得有些难过，

---

① "里总"：同村长乡长一样。——作者原注。

因为我不应该太说得直率，以致刺痛了他那年轻的，赤热的心。我当时也是怏怏不乐地回到屋子里了。

"然而，不到半个月，我的话便证实了——曹德三少爷安安静静地回到他的家里去了。

"这时候，我的汉生便十分惊异地跑来对我说：

"'干爹，你想：曹德三少爷怎样会出来的？'

"'大概是他们自己甘心首告了吧？'

"'不，干爹！我不相信会有这样的事。三少爷是很有教养的人，他还能够说出很动人的，很有理性的话来哩！……'

"'那么，你以为怎样呢？'

"'我想：说不定是他的爹爹保出来的。或者，至多也不过是他的爹爹替他弄的手脚，他自己是决不致于去那样做的！……'

"'唉，孩子啊！你还是多多地听一点干爹的话吧！不要再这样相信别人了，还是自己多多防备一下吧！……'

"'对的，干爹。我实在应该这样吧！……'

"'并且，莫怪干爹说得直：你们还要时刻防备那家伙——那曹三少爷……'

"那孩子听了我这话，突然地惊愕得张开了他的嘴巴和眼睛，说不出话来了。很久，他好像还不曾听懂我的话一样。于是，先生，我就接着说：

"'我是说的你那"同伴'——那曹三少爷啦！……'

"'那该——不会的吧！……干爹！'他迟迟而且吃惊地，不大相信地说。

"'唉，孩子啊！为什么还是这样不相信你的干爹呢？干爹难道会害你吗？骗你吗！……'

"'是，是——的！干爹！……'他一边走，低头回答道。并且我还清晰地听见，他的声音已经渐渐变得酸硬起来了。这时候我因为怕又要刺痛了他的心，便不愿意再追上去说什么。我只是想，先生，这孩子到底怎样了呢？唉，唉，他完全给曹德三底好听的话迷住了啊！……

"就是这样地平静了一个多月，大家都相安无事。虽然这中间我的那愚懦的亲家公曾来过三四次，向我申诉过一大堆一大堆的苦楚，说过许多'害怕'和'耽心'的话。可是，我却除了劝劝他和安慰安慰他之外，也没有多去理会他。一直到前年正月十五日，元宵节的晚上，那第二次祸祟的事，便又突然地落到他们的头上来了！……

"那一晚，当大家正玩龙灯玩得高兴的时候，我那干儿子汉生，完全又同前次一样，匆匆地，气息呼呼地溜到我这里来了。那时候，我正被过路的龙灯闹得头昏脑胀，想一个人偷在屋子里，点一枝蜡烛看一点书。但突然地给孩子冲破了。我一看见他进来的那模样，便立刻吓了一跳，将书放下来，并且连忙地问着：'又发生了什么呢，汉生？'我知道有些不妙了。

"他半天不能够回话，只是睁着大的，黑得怕人的眼睛，呆呆地望着我。

"'怎样呢，孩子？'我追逼着，并且关合了小门。

"'王老发给他们弄去了——李金生不见了！'

"谁将他们弄去的呢？'

"'是曹——曹德三！干爹……'他仅仅说了这么一句，两线珍珠一般的大的跟泪，便滔滔不绝地滚出来了！

"先生，您想！这是怎样的不能说的事啊！

"那时候，我只是看着他，他也牢牢地望着我。……我不做声他不做声！……蜡烛尽管将我们两个人的影子摇得飘飘动动！……可是，我却寻不出一句适当的话来。我虽然知道这事情必然要来了，但是，先生，人一到了过分惊急的时候，往往也会变得愚笨起来的。我当时也就是这样。半天，半天……我才失措一般地问道：

"'到底怎样呢？怎样地发生的呢？……孩子！'

"'我不知道。我一个人等在王老发的家里，守候着各方面的讯息，因为他们决定在今天晚上趁着玩龙灯的热闹，去捣曹大杰和石震声的家。我不能出去。但是，龙灯还没有出到一半，王老发的大儿子哭哭啼啼地跑回来了。他说："汉叔叔，快些走吧！我的爹爹给曹三少爷带着兵弄去了！李金生叔叔也不见了！……"这样，我就偷到您老人家这里来了！……'

"'唔……原来……'我当时这样平静地应了一句。可是忽然地，一桩另外的，重要的意念，跑到我的心里来了，我便惊急地说：

"'但是孩子——你怎样呢？他们是不是知道你在我这里呢？他们是不是还要来寻你呢？……'

"'我不知道……'他也突然惊急地说——他给我的话提醒了。'我不知道他们在不在寻我？……我怎么办呢？干爹……'

"'唉，诚实的孩子啊！'先生，我是这样地吩咐和叹息地说：'你快些走吧！这地方你不能久留了！你是——太没有经历了啊！走吧，孩子！去到一个什么地方去躲避一下！'

"'我到什么地方去呢，干爹？'他急促地说：'家里是万万不能去的，他们一定知道！并且我的爹爹也完全坏了！他天天对我啰嗦着，他还羡慕曹三忘八"首告"得好——做了官！……您想我还能躲到什么地方去呢？'

"先生，这孩子完全没有经历地惊急得愚笨起来了。我当时实在觉得可怜，伤心，而且着急。

"'那么，其他的朋友都完全弄去了吗？'我说。

"'对的，干爹！'他说，'我们还有很多人哩！我可以躲到杨柏松那里去的。'

"他走了，先生。但是走不到三四步，突然地又回转了身来，而且紧紧地抱住着我的颈子。

"'干爹！……'

"'怎么呢，孩子？'

"'我，我只是不知道：人心呀——为什么这样险诈呢？……告诉我，干爹！……'

"先生，他开始痛哭起来了，并且眼泪也来到了我的眼眶。我，我，我也忍不住了！……"

刘月桂公公略略停一停，用黑棉布袖子揩掉了眼角间溢出来的一颗老泪，便又接着说了：

"'是的，孩子。不是同一命运和地位的人，常常是这样的呢！'我说。'你往后看去，放得老练一些就是了！不要伤心了吧！这里不是你说话的地方了。孩子，去吧！'

"这孩子走过之后，第二天，……先生，我的那蠢拙的亲家公一早晨就跑到我这里来了。他好像准备了一大堆话要和我说的那样，一进门，就战动着他那猪鬃一样的几根稀疏的胡子，吃吃地说："'亲家公，您知道王，王老发昨，昨天夜间又弄去了吗？……"

"'知道呀，又怎样呢？亲家公。'

"'我想他们今天一，一定又要来弄，弄我的汉生了！……'

"'您看见过您的汉生吗？'

"'没有啊——亲家公！他昨天一夜都没有回来……'

"'那么，您是来寻汉生的呢？还是怎样呢？……'

"'不，我知道他不在您这里。我是想来和您商，商量一桩事的。您想，我和他生，生一个什么办法呢？'

"'您以为呢？'我猜到这家伙一定又有了什么坏想头了。

"'我实在怕呢，亲家公！……我还听见他们说：如果弄不到汉生就要来弄我了！您想怎样的呢？亲家公……'

"'我想是真的，亲家公。因为我也听见说过：他们那里还正缺少一个爹爹要您去做呢。'先生，我实在气极了。'要是您不愿意去做爹爹，那么最好是您自己带着他去将您的汉生给他们弄到，那他们就一定不会来弄您了。对吗，亲家公？'

"'唉，亲家公——您为什么老是这样地笑我呢？我是真心来和您商量的呀！……我有什么得罪了您老人家呢！唉，唉！亲家公。'

"'那么您到底商量什么呢？'

"'您想，唉，亲家公，您想……您想曹德三少爷怎样呢？……他，他还做了官哩！……'

"'那么，您是不是也要您的汉生去做官呢？'先生，我实在觉得太严重了，我的心都气痛了，便再也忍不住地骂道：'您大概是想尝尝老太爷和吃人的味道了吧，亲家公？……哼哼！您这好福气的，禄位高升的老太爷啊！……'

"先生，这家伙看到我那样生气，更吓得全身都抖战起来了，好像怕我立刻会将他吃掉或者杀掉的那样，把头完全缩到破棉衣里去了。

"'唔，唔——亲家公！'他说，'您，怎么又要骂我呢？我又没有叫汉生去做官，您怎么又要骂我呢？唉！我，我我不过是这样说

说别人家呀！……'

　　"'那么，谁叫您说这样的蠢话呢？您是不是因为在他家里做了一世长工而去听了那老狗和曹德三的笼哄，欺骗呢？想他们会叫您一个长工的儿子去做官吗？……蠢拙的东西啊！您到底怎样受他们底笼哄，欺骗的呢？说吧，说出来吧！您这猪一样的人啊！……'

　　"'没有啊——亲家公！我一点都——没有啊！……'

　　"先生，我一看见他那又欲哭的样子，我的心里不知道怎样的，便又突然的软下来了。唉，先生，我就是一个这样没有用处的人哩！我当时仅仅只追了他一句：

　　"'当真没有？'

　　"'当真——一点都没有啊！——亲家公。……'

　　"先生，就是这样的，他去了。一直到第六天的四更深夜，正当我们这山谷前后的风声紧急的时候，我的汉生又偷来了。他这回却带来了另外一个人，那个人就是木匠李金生。现在还在一个什么地方带着很多人冲来冲去的，但却没有能够冲回到我们这老地方来。他是一个大个子，高鼻尖，黄黄的头发，有点象外国人的。他们跟着我点的蜡烛一进门，第一句就告诉我说：王老发死了！就在当天——第四天的早上。并且还说我那亲家公完全变坏了，受了曹大杰和曹德三的笼哄，欺骗！想先替汉生去'首告'了，好再来找着汉生，叫汉生去做官。那木匠并且还是这样地挥着他那砍斧头一样的手，对我保证说：

　　"'的确的呢，桂公公！昨天早晨我还看见他贼一样地溜进曹大杰的家里去了。他的手里还拿着一个包包，您想我还能哄骗您老人家吗，桂公公？'

　　"我的汉生一句话都不说。他只是失神地忧闷地望着我们两个人，他的眼睛完全为王老发哭肿了。关于他的爸爸的事情，他半句言词都不插。我知道这孩子的心，一定痛得很利害了，所以我便不愿再将那天和他爹爹相骂的话说出来，并且我还替他宽心地说开去。

"'我想他不会的吧，金生哥！'我说，'他虽然蠢拙，可是生死利害总应当知道呀！'

"'他完全是给怕死，发财和做官吓住了，迷住了哩！桂公公！'木匠高声地，生气一般地说。

"我不再作声了。我只是问了一问汉生这几天的住处和做的事情，他好像'心不在焉'那样地回答着。他说他住的地方很好，很稳当，做的事情很多，因为曹德三和王老发所留下来的事情，都给他和李金生木匠担当了。我当然不好再多问。最后，关于我那亲家公的事情，大家又决定了：叫我天明时或者下午再去汉生家中探听一次，看到底怎样的。并且我们约定了过一天还见一次面，使我好告诉他们探听的结果。

"可是，我的汉生在临走时候还嘱咐我说：

"'干爹，您要是再看了我的爹爹时，请您老人家不要对他责备得太利害了，因为他……唉，干爹！他是什么都不懂得哩！……并且，干爹，'他又说：'假如他要没有什么吃的了，我还想请您老人家……唉，唉。干爹——'

"先生，您想：在世界上还能寻到一个这样好的孩子吗？

"就在这第二天的一个大早上，我冒着一阵小雪，寻到我那亲家公的家里去了。可是，他不在。茅屋子小门给一把生着锈的锁锁住了。中午时我又去，他仍然不在。晚间再去，……我问他那做竹匠的一个癫痢头邻居，据说是昨天夜深时给曹大杰家里的人叫去了。我想：完了……先生。当时我完全忘记了我那血性的干儿子底嘱咐，我暴躁起来了！我想——而且决定要寻到曹大杰家里的附近去，等着，守着他出来，揍他一顿！……可是，我还不曾走到一半路，便和对面来的一个人相撞了！我从不大明亮的，薄薄的雪光之下，模糊地一看，就看出来了那个人是亲家公。先生，您想我当时怎样呢？我完全沉不住气了！我一把就抓着他那破棉衣的胸襟，厉声地说：

"'哼——你这老东西！你到哪里去了呢？你告诉我——你干的好事呀！'

"'唔，嗯——亲家公！没有呵——我，我，没有——干什么啊！……'

"'哼，猪东西！你是不是想将你的汉生连皮，连肉，连骨头都给人家卖掉呢？'

"'没有啊——亲家公。我完全——一点……都没有啊——'

"'那么，告诉我！猪东西！你只讲你昨天夜里和今天一天到哪里去了？'

"'没有啊！亲家公。我到城，城里去，去寻一个熟人，熟人去了啊！'

"唉，先生，他完全颤动起来了！并且我还记得：要不是我紧紧地拉着他的胸襟，他就要在那雪泥的地上跪下去了！先生，我将他怎么办呢？我当时想。我的心里完全急了，乱了——没有主意了。我知道从他的口里是无论如何吐不出真消息来的。因为他太愚拙了，而且受人家的哄骗的毒受得太深了。这时候，我忽然地记起了我的那天性的孩子的话：'不要将我的爹爹责备得太利害了！……因为他什么都不懂得！……，先生，我的心又软下去了！——我就是这样地没有用处。虽然我并不是在可怜那家伙，而是心痛我的干儿子，可是我到底不应该在那个时候轻易地放过他，不揍他一顿，以致往后没有机会再去打那家伙了！没有机会再去消我心中的气愤了！就是那样的啊，先生。我将他轻轻地放去了，并且不去揍他，也不再去骂他，让他溜进他的屋子里去了！……

"到了约定的时候，我的干儿子又带了李金生跑来。当我告诉了他们那事情的时候，那木匠只是气得乱蹦乱跳，说我不该一拳头都不揍，就轻易地放过他。我的干儿子只是摇头，流眼泪，完全流得象两条小河那样的，并且他的脸已经瘦得很利害了！被烦重的工作弄得憔悴了！眼睛也越加现得大了，深陷了！好像他的脸上除了那双黑黑的眼睛以外，就再看不见了别的东西那样的。这时候我的心里的着急和悲痛的情形，先生，我想您们总该可以想到的吧！我实在是觉得他们太危险了！我叫他们以后绝不要再到我这里来，免得给人家看到。并且我决意地要我的干儿子和李金生暂时离开这山村子，等平静了一下，等那愚拙的家伙想清了一下之后再回来。为了要使这孩子大胆地离开故乡去飘泊，我还引出自己的经历来做了一个例子，对他说：

"'去吧，孩子啊！同金生哥四处去飘游一下，不要再拖延在这里等祸事了！四处去见见世面吧！……你看干爹年轻的时候飘游过多少地方，有的地方你连听都没有听到过哩。一个人，赤手空拳地，入军营，打仗，坐班房……什么苦都吃过，可是，我还活到六十多岁了。并且你看你的定坤哥，（我的儿子的名字，先生。）他出去八年了，信都没有一个。何况你还有金生哥做同伴呢！……'

"可是，先生，他们却不一定地答应。他们只是说事业抛不开，没有人能够接替他们那沉重的担子。我当时和他们力争说：担子要紧——人也要紧！直到最后，他们终于被说得没有了办法，才答应着看看情形再说；如果真的站不住了，他们就到外面去走一趟也可

以的。我始终不放心他们这样的回答。我说："'要是在这几天他们搜索得厉害呢？……'

"'我们并不是死人啊，桂公公！'木匠说。

"他们走了，先生，我的干儿子实在不舍地说：

"'我几时再来呢，干爹？'

"'好些保重自己吧！孩子，处处要当心啊！我这里等事情平静之后再来好了！莫要这样的，孩子！见机而作，要紧得很时，就到远方去避一时再说吧！……'

"先生，他哭了。我也哭了。要不是有李金生在他旁边，我想，先生，他说不定还要抱着我的颈子哭半天呢！……唉！唉——先生，先生啊——又谁知道这一回竟成了我们的永别呢？唉，唉——先生，先生啊！……"

火堆渐渐在熄灭了，枯枝和枯叶也没有了。我们的全身都给一种快要黎明时的严寒袭击着，冻得同生铁差不多。刘月桂公公只管在黑暗中战得悉索地作响，并且完全停止了他的说话。我们都知道：这老年的主人家不但是为了寒冷，而且还被那旧有的，不可磨消的创痛和悲哀，沉重的鞭捶着！雄鸡已经遥遥地啼过三遍了，可是，黎明还不即刻就到来。我们为了不堪在这严寒的黑暗中沉默，便又立刻请求和催促这老人家，要他将故事的"收场"赶快接着说下去，免得耗费时间了。

他摸摸索索地站起身来，沿着我们走了一个圈子，深深地叹着气，然后又坐了下去。

"不能说哩，先生！唉，唉！……"？他的声音颤动得非常利害了。"说下去连我们的心都要痛死的。但是，先生，我又怎能不给您们说完呢？唉，唉！先生，先生啊！

"大概过了半个多月的平静日子，我们这山谷的村前村后，都现得蛮太平那样的。先生！李金生没有来，我的亲家公也没有来。我想事情大概是没有关系了吧！亲家公或者也想清一些了吧！可是，正当我准备要去找我那亲家公的时候，忽然地，外面又起了风传了——鬼知道这风传是从什么地方来的呢！我只是听到那个癫痢头竹匠对我说了这么一句：'汉生给他的爹爹带人弄去了'我的身子便象一根木头柱子那样地倒了下去！……先生，在那时候，我只一下子就痛昏了。并且我还不知道是什么人在什么时候给我弄醒来的，总之，当我醒来的时候，我的眼睛已经给血和泪弄模糊了！我所看见的世界完全变样了！……我虽然明知道这事情终究要来的，但我又怎能忍痛得住我自己呢？先生啊！……我不知道做声也不知道做事地，呆呆地坐了一个整日。我的棉衣通统给眼泪湿透了。一点东西都没有吃。不知道世界上还有没有比这更残酷。更伤心的事情！为什么这样的事情偏偏要落到我的头上呢？我想：我还有什么呢？世界上剩给我的还有什么呢？唉，唉！先生……

"我完全不能安定，睡不是，坐不是，夜里烧起二堆大火来，一个人哭到天亮。我虽然明知道'吉人天相'的话是狗屁，可是我却卑怯地念了一通晚。第二天，我无论如何忍痛不住了，我想到曹大杰的大门口去守候那个愚拙的东西，和他拚命。但是，我守了一天都没有守到。夜晚又来了，我不能睡。我不能睡下去，就好像看见我的汉生带着浑身血污在那里向我哭诉的一样。一切夜的山谷中的声音，都好像变成了我的汉生的悲愤的申诉。我完全丧魂失魄了。第三天，先生，是一个大风雨的日子，我不能够出去。我只是咬牙切齿地骂那蠢恶的，愚拙的东西，我的牙齿都咬得出血了。'虎口不食儿肉！'先生，您想他还能算什么人呢？

"连夜的大风大雨，刮得我的心中只是炸开那样地作痛。我挂记着我的干儿子，我真是不能够替他作想啊！先生，连天都在那里为他流眼泪呢。我滚来滚去地滚了一夜，不能睡。也找不到一个能够探听出消息的人。天还没有大亮。我就爬起来了，我去开开那扇小门，先生，您想怎样呢？唉，唉！世界真会有这样伤心的古怪事情的——我第一眼看见的就是那个要命的愚拙的家伙。他为什么会回到这里来的呢？这又是怎样一回事呢？唉，唉，先生！他完全落得浑身透湿，狗一样地蹲在我的门外面，抖索着身子。他大概是来得很久了，蹲在那里而不敢叫门吧！这时候，先生，我的心血完全涌上来了！我本是想要拿把菜刀去将他的头顶劈开的，但是，我还没有来得及翻身去，他就抓到泥地上跪下来了！他的头捣蒜那样地在泥水中捣着，并且开始小孩子一样地放声大器了起来。先生，凭大家的良心说说吧！我当时对于这样的事情应该怎样办呢？唉，唉！这蠢子——这疯子啊！……杀他吧？看那样子是无论如何也下不去手的！不杀吗？又恨又过，心痛不过！先生，连我都差不多要变成疯子了呢！我的眼睛中又流出血来了！我走进屋子里去，他也跟着，器着，用膝头爬了进来。唉，先生！怎样办呢？……

"我坐着，他跪着。……我不做声，他不做声！……他的身子抖，我的身子也抖！……我的心里只想连皮连骨活活地吞掉他，可是，我下不去手，完全没有用！……

"'呜——呜……亲家公！'半天了，他才昂着那泥水沾污的头，说。'恩，我的恩——人啊……打，打我吧！救救，我和孩，孩子吧！呜，呜——我的恩——亲家公啊……'

"先生，您想：这是怎样叫人伤心的话呢！我拿这样的人和这样的事情怎么办呢？唉，唉，先生！真的呢，我要不是为了我那赤诚的，而又无罪受难的孩子啊！……我当——时只是——"'怎样呢？——你这老猪啦！孩子呢？孩子呢！——'我提着他的湿衣襟，严酷地问他说。

"'没有——看见啊！亲家公，他到——呜，呜，——城，城里，粮子里去了哩！——呜，呜……'

"啊——粮子里？……那么，你为什么还不跟去做老太爷呢？你还到我们这穷亲戚这里来做什么呢？……'

"'他，他们，曹大杰，赶，赶我出来了！恩——恩人啊！呜，呜！……'

"'哼！"恩人啊！"——谁是你的"恩人"呢？……好老太爷！你不要认错了人啦……只有你自己才是你儿子的"恩人"，也只有曹大杰才是你自己的恩人呢！……'

"先生，他的头完全叩出血来了！他的喉咙也叫嘶了！一种报复的，厌恶的，而且又万分心痛的感觉，压住了我的心头。我放声大哭起来了。他爬着上前来，下死劲地抱着我的腿子不放！而且，先生，一说起我那爱罪的孩子，我的心又禁不住地软下来了！……看他那样子，我还能将他怎么办呢？唉，先生，我是一生一世都没有看见过蠢拙得这样可怜的，心痛的家伙呀！……

"'他，他们叫我自己到城，城里去！'他接着说，'我去了！进，进不去呢！呜，亲家——恩人啊！……'

"唉，先生！直到这时候，我才完全明白过来了。我说：'老猪啦！你是不是因为老狗赶出了你，而要我陪你到城里的粮子里去问消息呢？'先生，他只是狗一样地朝我望着，很久，并不做声。'那么，还是怎样呢？'我又说。

"'是，是，亲家恩人啊！救救我的孩子吧——恩——恩人

啊！……'

"就是这样，先生！我一问明白之后，就立刻陪着他到城里去了。我好像拖猪羊那样地拖着他的湿衣袖，冒着大风和大雨，连一把伞都不曾带得。在路上，仍旧是——他不作声，我不作声。我的心里只是象被什么东西在那里踩踏着。路上的风雨和过路的人群，都好像和我们没有关系。一走到那里，我便叫他站住了；自己就亲身跑到衙门去问讯和要求通报。其实，并不费多的周折，而卫兵进去一下，就又出来了。他说：官长还正在那里等着要寻我们说话呢！唔！先生，听了这话，我当时还着实地惊急了一下子！我以为还要等我们，是……但过细一猜测，觉得也没有什么。而且必须要很快地得到我的干儿子的消息，于是，就大着胆子，拖着那猪人进去了。

"那完全是一个怕人的场面啦！先生。我还记得：一进去，那里面的内卫，就大声地吆喝起来了。我那亲家公几乎吓昏了，腿子只是不住地抖战着。

"'你们中间谁是文汉生的父亲呢'一个生着小胡子的官儿，故意装得温和地说。

"'我——是。'我的亲家公一根木头那样地回答着。

"'好哇！你来得正好！……前两天到曹大爷家里去的是你吗？'

"'是！……老爷！'

"唉，先生！不能说哩。我这时候完全看出来了——他们是怎样在摆布我那愚拙亲家公啊！我只是牢牢地将我的眼睛闭着，听着！……

"'那么，你来又是做什么的呢？'官儿再问。

"'我的——儿子啦！……老爷！'

"'儿子？文汉生吗？原来……老头子！那给你就是娄！——你

自己到后面的操场中去拿吧！……'

"先生，我的身子完全支持不住了，我已经快要昏痛得倒下去了！可是，我那愚拙的亲家公却还不知道，他似乎还喜得，高兴得跳了起来，我听着：他大概是想奔到后操场中去'拿儿子'吧！……突然地，给一个声音一带，好像就将他带住了！

"'你到什么地方去？老东西！'

"'我的——儿子呀！'

"先生，我的眼越闭越牢了，我的牙关咬得绷紧了。我只听到另外一个人大喝道：

"'哼！你还想要你的儿子哩，老乌龟！告诉你吧！那样的儿子有什么用处呢？"为非做歹！""忤逆不孝！""目无官长！""咆哮公堂！"……我们已经在今天早晨给你……哼哼！枪毙了——你还不快些叩头感谢我们吗？……嗯！要不是看你自己先来"首告"得好时……'

"先生！世界好像已经完全翻过一个边来了！我的耳朵里雷鸣一般地响着！眼睛里好像闪动着无数条金蛇那样的。模糊之中，只又听到另外一个粗暴的声音大叫道：

"'去呀！你们两个人快快跪下去叩头呀！这还不应当感激吗……'

"于是，一个沉重的枪托子，朝我们的腿上一击——我们便一齐连身子倒了下去，不能够再爬起来了！……

"唉，唉！先生，完了啊！——这就是一个从蠢子变痴子、疯子的伤心故事呢！……"

刘月桂公公将手向空中沉重地一击。便没有再作声了。这时候，外面的，微弱的黎明之光已经开始破绽进来了。小屋子里便立刻现出来了所有的什物的轮廓，而且渐渐地清晰起来了。这老年的主人家的灰白的头，仰靠到床沿上，歪斜的，微闭着的眼皮上，留下着交错的泪痕。他的有力的胡子，完全阴郁地低垂下来了，错乱，不再高翘了。他的松弛的、宽厚的嘴唇，为说话的过度的疲劳，而频频地战动着。他似乎从新感到了一个枪托的重击那样，躺着而不再爬起来了！……我们虽然也觉十分疲劳，困倦，全身疼痛得要命，可是，这故事的悲壮和人物的英雄的教训，却偿还了我们的一切。我们觉得十分沉重的站起了身来，因为天明了，而且必须要赶我们的路。我的同伴提起了那小的衣包，用手去推了一推刘月桂公公的肩膊。这老年的主人家，似乎还才从梦境里惊觉过来的一般，完全怔住了！

"就去吗？先生！……您们都不觉得疲倦吗？不睡一下吗？不吃一点东西去吗？……"

"不，桂公公！谢谢你！因为我们要赶路。夜里惊扰了您老人家一整夜，我们的心里实在过意不去呢！"我说。

"唉！何必那样说哩，先生。我只希望您们常常到我们这里来玩就好了。我还罗罗苏苏地，扰了您们一整夜，使您们没有睡得觉呢！"桂公公说着，他的手几乎又要揩到眼睛那里去了。

我们再三郑重地，亲敬地和他道过了别，踏着碎雪走出来。一路上，虽然疲倦得时时要打瞌睡，但是只要一想起那伤心的故事中的一些悲壮的，英雄的人物，我们的精神便又立刻振作起来了！

前面是我们的路……

1936 年 7 月 4 日，大病之后。

湖　上

　　晚饭后，那个姓王的混名叫做"老耗子"的同事，又用狡猾的方法，将我骗到了洞庭湖边。

　　他是一个非常乐天的，放荡的人物。虽然还不到四十岁，却已留着两撇细细的胡子了。他底眼睛老是眯眯地笑着的。他的眉毛上，长着一颗大的，亮晶晶的红痣。他那喜欢说谎的小嘴巴，被压在那宽大的诚实的鼻梁和细胡子之下，是显得非常的滑稽和不相称的。他一天到晚，总是向人家打趣着，谎骗着。尤其是逗弄着每一个比较诚实和规矩的同事，出去受窘和上当，那是差不多成为他每天惟一的取乐的工作了。

　　他对我，也完全采一种玩笑的态度。他从来没有叫过我底名字，而只叫"小虫子"，或者是"没有经过世故的娃娃"。

　　"喂！出去玩吧，小虫子"，一下办公厅，他常常这样的向我叫道。"你为什么还在这里用功呢？你真是一个——没有经过世故的娃娃呀！……来，走吧，'人生不满百，常怀千年忧'，你大概又在这里努力你底万里前程了罢，你要知道——世界上是没有一千岁底人的呀！何不及时行行乐呢？……小虫子！ '今朝有酒今朝醉'啦！……'于是他接着唱着他那永远不成腔调的京戏："叹人生……世间……名利牵！抛父母……别妻子……远……离……故……园！……"

今天，他又用了同样的论调，强迫着将我底书抛掉子。并且还拉着我到湖上，他说是同去参观一个渔夫们底奇怪的结婚礼。

我明明地知道他又在说谎了。但我毕竟还是跟了他去，因为我很想知道他到底要和我开一个怎样的玩笑。

黄昏的洞庭湖上的美丽，是很难用笔墨形容得出来的。尤其是在这秋尽冬初的时候，湖水差不多完全摆脱了夏季的浑浊，澄清得成为一片碧绿了。轻软的，光滑的波涛，连连地，合拍地抱吻着沙岸，而接着发出一种失望的叹息似的低语声。太阳已经完全沉没到遥遥的，无际涯的水平线之下了。留存着在天空中的，只是一些碎絮似的晚霞的裂片。红的，蓝的，紫玉色和金黑色的，这些彩色的光芒，反映到湖面上，就更使得那软滑的波涛美丽了。离开湖岸约半里路的蓼花洲，不时有一阵阵雪片似的芦花，随风向岸边飘忽着。远帆逐渐地归来了，它们一个个地掠过蓼花洲，而开始剪断着它们底帆索。

人在这里，是很可以忘却他自身底存在的。

我被老耗子拉着走着，我底心灵就仿佛生了翅膀似的，一下子活到那彩霞的天际里去了。我只顾贪禁地看着湖面，而完全忘记了那开玩笑的事情。

当我们走近了一个比较干净的码头底时候，突然地，老耗子停住了。他用一只手遮着前额，静静地，安闲地，用他那眯眯的小眼睛，开始找寻着停泊在码头下底某一个船只。而这时候，天色是渐渐地昏暗起来了，似乎很难以分辨出那些船上底人底面目。那通统是一些旧式的，灵活的小划船。约莫有二十来只吧。它们并排地停泊着，因为给我看出来了那上面底某一种特殊的标志，我便突然地警觉过来了。

老耗子放下他底手来，对我歪着头，装了一个会心的，讽刺的微笑。因为过份地厌恶底缘故，我便下死劲地对他啐了一口："鬼东西呀，你为什么将我带到这地方来呢？"

他只耸了一耸肩，便强着我走下第一级码头基石。并且附到我底耳边低低地说："傻孩子，还早啦！……人家的新娘子还没有进屋呢。"

"那末，到这里来又是找谁呢？……"

"不做声，……"他命令地说，并且又拖着走下三四级基石了。

我完全看出了他底诡计。我知道，在这时候，纵使要设法子逃脱，也是不可能的，丢丑的事情了。他将我底手膀挟得牢牢的，就象预先知道了我一定要溜开的那样。天色完全昏暗下来了。黑色的大的魔口，张开着吞蚀的一切。霞光也通统幻灭了，在那混沌的，模糊的天际，却又破绽出来了三四颗透亮的，绿眼睛似的星星。

我暗自地稳定了一下自己底心思，壮着胆子，跟着他走着。码头已经只剩六七级了，老耗子却仍然没有找着他底目的，于是，他便不得不叫了起来："秀兰！……喂——哪啊？……"

每一个小船上都有头伸出来了，并且立刻响来一阵杂乱的，锐利而且亲热的回叫："客人！……补衣吧？"

"格里啦——客人哩！"

"我们底补得真好呢，客人！……"

我底心跳起来了，一阵不能抑制的恶心和羞赧，便开始象火一般地燃烧着我那"没有经过世故的"双颊。老耗子似乎更加变得镇静了，因为还没有听到秀兰底回答，他便继续地叫着："秀兰！……喂！……秀兰啦……"

"这里！……王伯伯！……"一个清脆的，细小的声音，在远远的角角上回应着。

一会儿，我们便掠过那些热烈的呼叫，摸着踏上一个摇摆得利害的小划船了。这船上有一股新鲜的，油漆底气味。很小，很象一个莲子船儿改造的。老耗子蹲在舱口上，向那里面的一个孩子问道："妈妈呢，莲伢儿？"

"妈妈上去了！……"

"上哪里去了呀？"

那孩子打了一下喷嚏，没有回答。老耗子便连忙钻了进去，很熟识地刮着火柴，寻着一盏有罩子的小桐油灯燃着了。在一颗黄豆般大的，一跳一跳的火光之下，照出来了一个长发的，美丽的女孩子底面目。这孩子很小，很瘦，皮肤被湖风吹得略略带点黄褐色。但是她底脸相是端正的。她底嘴唇红得特别鲜艳，只要微微地笑一下，就有一对动人的酒靥，从她底两颊上现了出来。她底鼻子，高高的，尖尖的，她底眉毛就象用水笔描画出来的那样清秀。但是我却没有注意到：她底那一对有着长睫毛的大大的，带着暗蓝色的眼睛，是完全看不见一切的。她斜斜地躺在那铺着线毯和白被子的，干净的舱板上，静静地倾听着我们底举动。

我马上对这孩子怀着一种同情的，惋惜的心情了。

"还有谁同来呀，王伯伯？"她带笑地，羞怯地说。"一个叔叔！……你的妈妈到底哪里去了呢?"老耗子又问了。"她说是找秋菊姑姑的，……我不晓得……她去得蛮久了！……"

老耗子摸着胡子，想了一想，于是对我笑着："你不会跑掉吗，小虫子?"

"我为什么要跑呢！……"

"好的，跑的不是好脚色。你在这里等一等，我去寻她来！……但是，留意！你不要偷偷地溜掉呀！……要是给别的船上拖去吃了'童子鸡'，那么，嘿嘿！……"他马上又装出了一个滑稽的，唱戏似的姿势："山人就不管了——啊！……"

我非常肯定地回答了他，因为我看破了这条诡计也没有什么大的了不得。而月那盲目的女孩子，又是那样可爱地引动了我的好奇心，我倒巴不得他快快地走上去，好让我有机会详细盘问一下这女孩子——关于他和她们往来的关系。

晚风渐渐地吹大了。船身波动起来。就象小孩子睡摇篮那样地完全没有了把握。，当老耗子上去之后，我便将那盏小桐油灯取下来放在舱板上，并且一面用背脊挡着风的来路，提防着将它拂灭了。

那女孩子打了一个翻身，将面庞仰向着我，她似乎想对我说一句什么话，但是她只将嘴巴微微地颤了一下，现了一现那两个动人的酒靥，便又羞怯地停住了。她底那蒙胧的大眼睛，睁开了好几次，长睫毛闪动着就象蝴蝶底翅膀似的，可是她终于只感到一种痛苦的失望，因为她无论如何也不能够看见我。

"你底妈妈常常上岸去吧?"我开始问她了。

"嗳——这鬼婆子！"莲伢儿应着。"她就象野猫一样哩，一点良心都没得的！……嗳嗳，叔叔——你贵姓呀?"

"我姓李……你十一岁吗?"

"不，十二岁啦！"她用小指头对我约着。但是她约错了，她伸出底指头，不是十二岁，而仍旧是十一岁。

"你一个人在船上不怕吗？"

"怕呀！……我们这里常常有恶鬼！……我真怕呢，叔叔！……下面那只渡船上底贾胡子，就是一只恶鬼。他真不要脸！他常常不做声地摸到我们这里来。有一回他将我底一床被窝摸去了，唉，真不要脸！我打他，他也不做声的！……还有，洋船棚子里底烂橘子，也是一只恶鬼。他常常做鬼叫来唬我！……不过他有一支吹得蛮好听的小笛子，叔叔，你有小笛子吗？……"

"有的，"我谎骗她说。"你欢喜小笛子吗？明天我给你带一支来好了。……你底妈妈平常也不带你上去玩玩吗？……"

"嗳嗳，……她总是带别人上去的——没有良心的家伙！……"她抱怨地，悲哀地叹了一口气。"我有眼睛，我就真不求她带了，象烂橘子一样的，跑呀，跑呀！……嗳嗳，叔叔，小笛子我不会吹呢？"

"我告诉你好啦！"

"告诉我？……"她快活地现出了她那一对动人的酒靥，叫道："你是一个好人是吗？叔叔！……我底妈妈真不好，她什么都不告诉我的。有一回，我叫她告诉我唱一个调子，她把我打了一顿。……还有，王伯伯也不好，他也不告诉我。他还叫妈妈打我，不把饭我吃！……"

"王伯伯常常来吗？"我插入她底话中问道。

"唔！……"她底小嘴巴翘起了，生气似的。"他常常来。他一来就拖妈妈上去吃酒。……有时候也在船上吃！……我底妈妈真丑死了，吃了酒就要哭的——哭得伤心伤意！王伯伯总是唱，他唱得我一句都不懂！他有时候就用拳脚打妈妈！……只有那个李伯伯顶好啦！他又不打妈妈，他又欢喜我！……"

"李伯伯是谁呀？"

"一个老倌子①，摸摸有蛮多胡子的。他也姓李，他是一个好人。……还有，张伯伯也有胡子，也是一个好人。……黄叔叔和陈叔叔都没得胡子。陈叔叔也喜欢我，他说话象小姑娘一样细，……黄叔叔也顶喜欢打妈妈——打耳刮子！……另外还有一些人，妈说他们是兵，会杀人的！我真怕哩！……只有一个挑水的老倌子，妈可以打他，骂他！……妈妈说他没得钱——顶讨厌！嗳嗳，他买糖我吃，他会笑。他喜欢我！妈妈这样顶不好——只要钱，只吃酒。她底朋友顶少有一百个，这一个去，那一个又来……"

这孩子似乎说得非常兴奋了，很多的话，都从她底小嘴里不断地滚了出来，而且每一句都说得十分的清楚，流利。尤其是对于她底母亲过去的那些人底记忆，就比有眼睛的孩子还说得真确些。这不能不使我感到惊异。并且她底小脸上底表情，也有一种使人不能抗拒的，引诱的魔力。只要她飞一飞睫毛，现一现酒靥，就使人觉得格外地同情和可爱了。

我问她底眼睛是什么时候瞎的，她久久没有回答。一提到眼睛，这孩子底小脸上就苦痛起来了。并且立刻沉入到一种深思的境地，象在回想着她那完全记不清了的，怎样瞎眼睛底经过似的。半天了，她才愤愤地叹了口气说："都是妈妈不好！……生出来三个月，就把我弄瞎啦！清光瞎呢。……我叫她拿把小刀割我一只耳朵去，？换只看得见的眼睛给我，她就不肯。她顶怕痛，这鬼婆子！……我跟她

---

① 老倌子：即湘语老头子。——作者原注。

说——嗳嗳，借一只眼睛我看一天世界吧！……她就打我——世界没有什么好看的，通统是恶鬼！……"

一说到恶鬼，她底脸色，就又更加气愤起来。

"她骗我，叔叔。……象贾胡子和烂橘子那样的恶鬼，我真不怕哩！"

湖上底风势越吹越大了。浪涛气势汹汹地，大声地号吼着，将小船抛去得就象打斤斗似的，几乎欲覆灭了。我底背脊原向着外面的，这时候便渐渐地感到了衣裳的单薄，而大大地打起寒战来。我只能把小灯移一移，把身子也缩进到中舱里面去。我和这孩子相距只有一尺多远了。正当我要用一种别样的言词去对她安慰和比喻世界是怎样一个东西底时候，突然地，从对面，从那码头底角角上，响来了老耗子底那被逆风吹得发抖了的怪叫声：

"你跑了吗，小虫子？……"

"我底妈妈回来了。"莲伢儿急忙地向我告诉道。

船身又经过一下剧烈的，不依浪涛底规则的颠簸之后，老耗子便拉着一个女的钻进来了。这是一个三十岁左右的、长面孔的妇人。她底相貌大致和莲伢儿差不多，却没有秀气。也是小嘴巴，但是黑黑的，水汪汪的，妖冶的眼睛。皮肤比莲伢儿底还要黑一点，眉毛也现得粗一点，并且一只左耳朵是缺了的。老耗子首先打了一个大大的哈哈，然后便颇为得意地摸着胡子，向我介绍道：这就是他的情妇——莲伢儿的母亲——秀兰，……并且说：我们老早就预备了，欲将一个生得很好看的，名字叫做秋菊的小姑娘介绍给我。但是他们今天去找了一天，都没有找到——那孩子大概是到哪一个荒洲上去割芦苇去了。……老耗子尽量地把这事情说得非常正经，神秘，而且富有引诱力。甚至于说的时候，他自己笑都不笑一下。……到末了，还由他底情妇用手势补充道："娄娄娄，叔叔！这伢儿这样高，这样长的辫子，这样大的眼睛……"

她将自己底眼睛妖媚地笑着，并且接着唱起一个最下流的，秽亵的小调来。

我的面孔，一直红到耳根了。我虽然事先也曾料到并且防到了他们这一着，但是毕竟还是"没有经过世故"底原故，使他们终于开成一个大大的玩笑了。（幸喜那个叫做秋菊的女孩子还没有给他们找到。）这时候，老耗子突然地撕破了他那正经的面具，笑得打起滚来。那女人也笑了，并且一面笑，一面伏到老耗子底身上，尽量地做出了淫猥的举动。

我完全受不住了，假如是在岸上，我相信我一定要和老耗子打起来的。但是目前我不得不忍耐。我只用鼻子哼了一口气，拚命地越过他们底身子，钻到船头上了。

他们仍旧在笑着，当我再顺着风势跳到黑暗的码头上底时候，那声音还可以清晰地听得出来。只有那盲目的女孩子没有忘记她应该和我告别，就从舱口上抛出了一句遥遥的，亲热的呼叫："叔叔！李……叔……叔……，明天……来啊！……小……笛……子呀！……"

我下意识地在大风中站了一下，本想回应那孩子一句的，但是一想到那一对家伙的可恶和又必须得避免那左右排列着的，同样的小船底麻烦的时候，我便拔步向黑暗中飞逃了。

一连四天，我没有和老耗子说一句话。虽然他总是那样狡猾地，抱歉似地向我微笑着，我却老板着面孔不理他。同事们也大都听到了这么一桩事，便一齐向我取笑着，打趣着。这，尤其是那些平日也上过老耗子底大当的人，他们好像又找到了一个新的，变想的报复的机会，而笑得特别起劲了。

"好啦！我以为只有我们上当呢！……'

可是，我却毫不在意他们这样的嘲弄，我底心理，只有老放不下那个可怜的盲目的女孩子。

真到第五天——星期日——底上午，老耗子手里拿着一封信，又老着面皮来找我了。他说他底母亲病得很厉害，快要死了，要他赶快寄点钱去，准备后事。但是他自己底薪金早就支光了，不能够再多支，想向我借一点钱，凑凑数。

一年多的同事，我才第一次看到老耗子底忧郁的面相。他的小胡子低垂着，眉头皱起来了，那颗大的红痣也不放亮了，宽阔的鼻子马上涨得通红了起来!"……

我一个钱也没有借给他。原因倒不是想对他报复，而是真的没有钱，也不满意他平时底那种太放荡的举动。他走了，气愤愤地又去找另外一个有钱的同事。我料到他今天是一定没有闲心再去玩耍了的，于是我便突然地记起了那个盲目的女孩子想趁这机会溜到湖上去看看。

吃过午饭了，我买了一枝口上有木塞的，容易吹得叫的小笛子，一个小铜鼓，一句花生，糖果，和几个淮橘。并且急急地，贼一般地——因为怕老耗子和其他的同事看见——溜到了湖上。

事实证明我底预料没错———老耗子今天一天没有来。莲伢儿底妈妈吃过早饭就上岸去寻他去了。

我将小笛子和糖果通统摆在舱板上，一样一样地拿着送到这孩子底小手中。她是怎样地狂喜啊！当她抓住小笛子底时候，我可以分明地看见，她底小脸几乎喜到了吃惊和发痴的状态。她底嘴唇抿笑着，并且立刻现出了那一对大大的，动人的酒靥来。她不知所措地将面庞仰向着我，暗蓝色的无光的眼睛痛苦地睁动着。……

"叔叔呀！这小笛子是你刚刚买来的吗？……嗳嗳，我不晓得怎样吹哪！……哎呀——"当她底另一只手摸着了我递给她的橘子和糖果底时候，她不觉失声地叫道：

"这是么子呢？叔叔——嗳嗳，橘子呀……啊呀，还有——这不是花生吗？有壳壳的，这鬼家伙！……还有——就是管子糖呀！……嗳嗳，又是菱角糖！……叔叔，你家里开糖铺子吗？你有钱吗？……我妈妈说，糖铺子里底糖顶多啦，嗳嗳，糖铺子里也有小笛子买吗？……"

她畏缩地，羞怯地将小笛子送到了嘴边，但是不成，她拿倒了。当我好好地，细心地给她纠正的时候，她突然地飞红了脸，并且小心地，害怕似地只用小气吹了一口：

"述——述——述！……"

我蹲着剥橘子给她吃，并且教给她用手指按动着每一个笛上底小孔，这孩子是很聪明的，很快就学会了两三个字音，并且高兴到连橘子也不愿吃了。

我回头望望湖面，太阳已经无力地，懒洋洋地偏向西方去了。因为没有风，远帆就象无数块参差的墓碑似的，一动不动地在湖上竖立着。蓼花洲湖芦苇，一小半已经被割得象老年的癫痫头一样了。我望着，活泼的心灵，仿佛又欲生翅膀了似地几乎把握不住了。

莲伢儿将笛子吹得象鸡雏似地叫着，呜溜呜溜地，发出一种单调的，细小的声音。她尽量地将小嘴颤动着，用手指按着我教给她的那一些洞孔，但是终于因了不成调子底缘故，而不得不对我失望地太息了起来：

"叔叔，我吹得真不好呢！……嗳嗳。只有烂橘子吹得顶好啦！

他吹起来就象画眉一样叫得好听，……叔叔，你听见过画眉叫么？秋菊姑姑拿来过一个画眉，真好听呀！她摸都不肯给我摸一摸，……叔叔，画眉是象猫一样的吗？……"

我对她解释道，画眉是一种鸟，并不象猫，而是象小鸡一样的一种飞禽，不过它比小鸡好看一点，毛羽光光的黄黄的，有的还带一点其他的彩色，……

一说到彩色，这孩子马上就感到茫然起来。

"叔叔，彩色是么子东西呢？"

"是一种混合的颜色——譬如红的，黄的，蓝的，绿的——是蛮好看的家伙！……"

想想，她叹了一口气说："我一样都看不见呀，叔叔！……我底妈只晓得骗我！她说世界上什么好东西都没得，只有恶鬼，只有黑漆！……"

我又闭着眼睛对她解释着：世界上并不只是恶鬼，只是黑漆，也有好人和光明的。这不过是她底妈妈底看法不同罢了，因为人是可以把世界看成各种各样的。……

"叔叔，你说么子呀？……"她忽然地，茫然地叫道。"你是说你要睡了吧？听呀，我底妈妈回来了！……她在哭哩！一定又是喝醉了酒，给王伯伯打了的，这鬼婆子！……你听呀，叔叔。……"

"那末，我走吧！"我慌忙地说。

"为么子呢？"

"我不喜欢你底妈妈。……我怕她又和那天一样地笑我。"

"不会的，叔叔！等一等。……"她用小手拖住我的衣服。"她喝醉了酒，什么人都不认得的，她不会到中舱里来。……"

我依着这孩子底话，在艄后蹲着。一会儿，那一个头发蓬松，面孔醉得通红的，带着伤痕和眼泪的莲伢儿底妈妈，便走上船来了。船身只略略地侧了一下，她便横身倒在船头上，并且开始放声地号哭了起来。

莲伢儿向我摇了一摇手，仿佛是叫我不要做声，只要听。

"……我底男人呀！你丢得我好苦啊！……你当兵一去十多年——你连信都没有一个哪！……我衣——衣没得穿哪！我饭——饭没得吃哪！……我今朝接张家——明朝接李家哪！……我没有遇到一个好人哪！……天杀的老耗子没得良心哪！——不把钱给我还打我哪……"

莲伢儿爬到后面来了，她轻声地向我说："叔叔，瓜瓢！"

我寻出了一个破瓜瓢来，交给她递过去了。我望着她妈妈停了哭声，狂似地舀了两瓢湖水喝着，并且立刻象倾倒食物似地呕吐起来。我闻着了那被微风拂过来的酒腥气味，我觉得很难受得住，而且也不应该再留在这儿了。我一站起身来，便刚好和那女人打了一个正正的照面。

她底眼睛突然地，吃惊地瞪大着，泛着燃烧得血红的火焰，牢牢地对着我。就仿佛一下子记起来了我过去跟她有着很深的仇恨似的，而开始大声地咒骂着：

"你这恶鬼！你不是黄和祥吗？……你来吗——老娘不怕你！你打好了！……老娘是洞庭里底麻雀，——见过几个风浪的……老娘不怕你这鬼崽子！……哈哈！你来呀！……"

她趋势向中舱里一钻，就象要和我来拚命似的，我可完全给唬住了！但是，莲伢儿却摸着抱住了她底腿子，并且向她怒骂着：

"你错了呀！鬼婆子！这是李叔叔呀！——那天同王伯伯来的李叔叔呀！……人都不认得哩，鬼婆子！……"

"啊！李叔叔！"她迟疑了一回，就象梦一般地说道："我晓得了！……我晓得了……他不是黄和祥，他是一个好人！……是了，他喜欢我，他是来和我交朋友的！……小鬼崽，你不要拖住我呀！……来，让我拿篙子，我们把船撑到蓼花洲去！……"

我底身子象打摆子似地颤着！我趁着莲伢儿抱住了她底腿子，便用全力冲过中舱，跳到了码头上。

当我拚命地抛落了那个醉女人底错乱的，疯狂似的哈哈，一口气跑到局子里的时候，那老耗子也正在那里醉得发疯了。他一面唱着《四郎探母》，一面用手脚舞蹈着，带着一种嘶哑的，象老牛叫似的声音：

"眼睁睁！……高堂母，……难得……见……啊啊啊啊！……儿的老娘哪！……"

我尽力地屏住了呼吸，从老耗子底侧边溜过去了。为了这一天底过份的无聊、悔懊和厌恶，我便连晚饭都不愿吃地，横身倒在床上，暗暗地对自己咒骂了起来。

1936 年 10 月 2 日

校长先生

　　上课钟已经敲过半个钟头了，三个教室里还有两个先生没有到。有一个是早就请了病假，别的一个大概还挨在家里不曾出来。

　　校长先生左手提着一壶老白酒，右手挟着一包花生，从外面从从容容地走进来了。他的老鼠似的眼睛只略略地朝三个教室看了一看，也没有做声，便一直走到办公室里底那个固定的位置上坐着。

　　孩子们在教室里哇啦哇啦地吵着，叫着，用粉笔在黑板上画着乌龟。有的还跳了起来，爬到讲台上高声地吹哨子，唱戏。

　　校长先生并没有注意到这个，他似乎在想着一桩什么心思。他的口里喝着酒，眼睛朝着天，两只手慢慢地剥着花生壳。

　　孩子们终于打起架来了。

　　"先生，伊敲我底脑壳！"一个癞痢头孩子哭哭啼啼地走进来，向校长先生报告。

　　"啥人呀？"

"王金哥——那个跷脚！"

"去叫他来！"校长先生生气地抛掉手中的花生壳，一边命令着这孩子。

不一会儿，那个跷脚的王金哥被叫来了。办公室底外面，便立刻围上了三四十个看热闹的小观众。

"王金哥，侬为啥体要打张三弟呢？"

"先生，伊先骂我。伊骂我——跷脚跷，顶勿好；早晨头死脱，夜里厢变赤老！"

"张三弟，侬为啥体要先骂伊呢？"

"先生，伊先打我。"

"伊先骂我，先生。"

"到底啥人先开始呢？"

"王金哥！"

"张三弟，先生！"

外面看热闹的孩子们，便象在选举什么似地。立刻分成了两派：一派举着手叫王金哥，一派举着手叫张三弟。

校长先生深深地发怒了，站起来用酒壶盖拍着桌子，大声地挥赶着外面看热闹的孩子们——

"去！围在这里——为啥体不去上课呢？"

"阿拉的张先生还勿曾来，伊困在家里——吭没饭吃呢。"

"混账！去叫张先生来！校长先生更是怒不可遏地吭喝着。

一边吩咐着这两个吵架的孩子——"去，不许你们再吵架了，啥人再吵我就敲破啥人的头！王金哥，侬到张先生屋里去叫张先生来，张三弟，侬去敲下课钟去——下课了。真的，非把你们这班小瘪三的头通统敲破不可的！真的……"校长先生余怒不息地重新将酒壶盖盖好，用报纸慢慢地扫桌子上的花生壳。

下课钟一响，孩子们便野鸭似地一齐跑到了弄堂外面。接着这，就有一个面容苍白，头发蓬松的中年的女教员，走进了办公室来。

校长先生满脸堆笑地接待着。

"翁先生辛苦啦！"

"孩子们真吵得要命！"翁先生摇头叹气地说，一边用小手巾揩掉了鼻尖上的几粒细细的汗珠子。"张先生和刘先生又都不来，叫我一个人如何弄得开呢？"

"张先生去叫去了，马上就要来的。"校长先生更加陪笑地，说："喝酒吧，翁先生！这酒的味道真不差呀！嘿，嘿，这里还有一大半包花生……娄，嘿嘿……"

"加以，加以，……"

"唔，那些么，我都知道的，翁先生。只要到明天，明天，就有办法了。一定的，翁先生，嘿嘿……"

"为啥体还要到明天呢？"

"是的！因为，嘿嘿，因为……"

校长先生还欲对翁先生作一个更详细的，恳切的解答的时候，那个叫做张先生的，穿着一身从旧货摊上买来的西装的青年男子，跟着跷脚王金哥匆匆地走进来了。

"校长先生，"他一开言就皱着眉头，露出了痛苦不堪似的脸相。"叫我来是给我工钱的吧？"

"是的，刚才我已经同翁先生说过了。那个，明天，明天一定有办法的。明天……嘿嘿……"

"你不是昨天答应我今天一定有的吗？为啥体还要到明天，明天呢？……"

"因为，嘿嘿……张先生，刚才我已经对翁先生说过了，昨天白天，校董先生们一个都不在家，所以要到今天夜里厢去才能拿到。总之，明天一早晨就有了，就有了！总之，一定的……"

"我昨天夜间就没有晚饭米了！校长先生，请你救救我们吧！我实在再等不到到明天了！"张先生的样子象欲哭。"我底老婆生着病，还有孩子们……校长先生……"

"是呀！我知道的。我何尝不同侬一样呢？这都是校董先生们不好呀！学校的经费又不充足。……唉，当年呀！唉唉……娄，侬的肚皮饿了，先喝点儿酒来充充饥吧——这里有酒。我再叫孩子们去叫两碗面来。娄，总之，嘿嘿……这老白酒的味儿真不差呀！……嘿嘿……"校长先生将酒壶一直送到了张先生的面前。

"那么，是不是明天一定有呢，校长先生？"张先生几乎欲哭出声来了，要不是有翁先生在他的旁边牢牢地钉着他时。"酒，我实在地喝不下呀！"他接着说，"我怎能喝这酒呢？我的家里……"

"是了，我知道的。你不要瞧不起这酒呀，张先生。当年孙中山先生在上海的时候，就最欢喜喝这酒。那时候——是的，那时候我还非常年轻的呀——我记得，那时候的八仙桥还只得一座桥呢。中山先生同陈英士住在大自鸣钟的一家小客栈里，天天夜间叫我去沽这老白酒，天天夜间哪……那时候，唉，那时候的革命多艰难呀！哪里象现在呢，好好生生的一个东北和华北都给他们送掉了，中山先生如果在地下有知，真不知道要如何地痛哭流涕呢！……张先生，侬不要时时说侬贫穷，贫穷，没饭吃；人啦——就只要有'气节'！'饿死事小，失节事大'。譬如我：就因为不愿意'失节'，看不惯那班贪脏卖国的东西，我才不出去做官的。我宁愿坐在这里来喝老白酒。总之，张先生，嘿嘿……翁先生，嘿嘿……人无'志'不立……张先生，侬不要发愁，我包管侬三十六岁交好运。娄，侬来喝喝这杯酒吧！翁先生，侬也来喝一杯……总之，明天无论如何，我给你一个办法……"

第二次的上课钟又响了——校长先生猛地看见壁上的挂钟已经足足地离上课时间过了三十多分了，他这才省悟到自己底话说得太多，太长，忘记了吩咐孩子们敲钟上课。要不是孩子们忍不住自动地去敲钟耍子，恐怕他还以为自家是坐在南阳桥的一家小酒店里呢。

张先生为了"气节"，只得哭丧脸地拿了两枝粉笔和一本教科书站了起来。翁先生却更象"沉冤莫诉"似地，也只得搔搔头发，扯扯衣襟，懒洋洋地跟着站起来了。大家相对痛苦地看了一眼，回头来再哀求似地，对着校长先生说："先生，明天哪！那你就不能再拆我们烂污了啊！"

"那当然娄！"校长先生装成了一个送客一般的姿势，也站起来轻轻地说，"不但侬两位先生的，就连生着病的刘先生的薪金，我也得给伊送去呢。"

于是，办公室里又只剩了校长先生一个人，立刻寂静起来了。他一面从从容容地将壶中不曾吃完的老白酒，通统倒在一个高高玻璃杯中，一面又慢吞吞地用手拨开着那些花生衣和花生壳。他想，或者还能从那些残衣残壳里面找寻出一两片可堪入口的花生肉的屑粒来。

第二天底清晨，因为听说有薪金发，三个先生——连那个生着肺病的老头儿刘先生也在内——一齐都跑了来，围在办公室里的那张"校长席"的桌子旁边，静静地伸长着颈子等候着。

"今天无论如何，他要再不给我们薪金，我们决不上课了！"三个人同声地决定着。

孩子们仍然同平常一样：相骂，打架，唱歌，敲钟上课耍子……但是校长先生却连影子都没有回来。

"无论如何不上课！无论如何……"张先生将拳头沉重地敲在办公桌子上，唾沫星子老远老远地飞溅到翁先生底苍白的脸上。

"对啦，咳咳！……三四个月来，我就没有看见过他一个铜钱吃药！咳咳……"老头儿刘先生附和着。他那连珠炮似的咳嗽声，几乎使他连话都说不出来了。

孩子们三番五次地催促着先生上课，但翁先生只将那雪白的瘦手一挥："去！不欲再到这里来噜嗦了。今天不上课了，你们大家去温习吧！"

因为感到过度的痛苦、焦灼和无聊，翁先生从抽屉里拿出了一团绒线和两枝竹削的长针来，开始动手给小孩结绒绳衣服。张先生只是暴躁得在办公室里跳来跳去，看他那样子不是要打死个把什么人，就是要跟校长先生去拚性命似的。只有老刘先生比较地柔和一点，因为他不但不能跳起来耀武扬威，就连说几句话都感觉到十分艰难，而且全身痉挛着。

整个上午的时间，就在这样的无聊、痛苦和焦灼的等待之中，一分一分地磨过去了。

"假如他下午仍然不来怎么办呢？"翁先生沮丧地说。

"我们到他的家中或者他的姘头那里去，同他理论好了！要不然，就同他打官司打到法院里去都可以的。"张先生在无可奈何中说出了这样一个最后的办法。

"张先生，咳咳……唉！同他到法院里去又有什么用处呢？唉，唉唉……唉！"刘先生勉强地站起来，叫了一个孩子扶着他，送他回家去；因为太吃力，身子几乎要跌倒下来了。"依我的，咳咳……还是派一个人四围去寻寻他回来吧！老等在这里，咳咳……我看他无论如何都不会回来的了……"

但是下午，张先生派了第一批孩子们到校长先生的家里去，回来时的报告是："不在。"第二批，由张先生亲自统率着，弯弯曲曲地寻到了那一个麻面的苏州妇人的家里。那妇人一开头就气势汹汹地对着张先生和孩子吆喝着："寻啥人呀？小瘪三！阿不早些打听打听老娘嗨头是啥格人家！猪猡！统统给老娘滚出去……"

因为肚皮饿，而且又记挂着家里的老婆和孩子们，张先生只能忍气吞声地退了出去。好容易一直寻到夜间十点多钟，才同翁先生一道，在南阳桥的一家小酒店里，总算是找着了那已经喝得酒醉熏熏了的校长先生。

两个人一声不做，只用了一种愤慨和憎恶的怒火，牢牢地钉住着校长先生的那红得发黯色了的脸子。

"阿哈！张先生，张先生，你们怎么能寻到此地来的呢？嘿嘿……娄，来来来！你们大概都还没有吃晚饭吧，娄，这里还有老白酒，还有花生。嘿嘿……娄，再叫堂倌给你们去叫两盘炒面来！嘿嘿……张先生，翁先生，侬来坐呀！坐呀……客气啥体呢！嘿嘿……客气啥体呢！来呀！来呀！……"

"那么，我们的工钱呢？翁先生理直气壮地问了。

"有的，有的，翁先生，坐呀……喂，堂倌，请侬到对过馆子里去同阿拉叫两盘肉丝炒面来好吗？……娄，张先生，……娄娄，火速去，侬火速去呀，堂倌！"

"那么，校长先生，谢谢侬了！如果有钱，就请火速给我一点吧！我实在不能再在这陪侬喝酒了，我的女人和孩子们今天一整天都呒没吃东西呢！校长先生……"

"得啦，急啥体呢，张先生，侬先吃盘炒面再说吧！关于钱，今天我已经见过两位校董先生了，他们都说：无论如何，明天的早晨一定有！明天，今天十二，明大十三……嘿嘿，张先生！只要过了今天一夜，明天就好了。明天，我带侬一道到校董先生家里去催好吗？……嗳嗳，张先生，我看……嗳，侬为啥体还生气呢？假如侬嫂子……嘿嘿……娄，我这里还有三四只角子，……张先生，嘿嘿……侬看——翁先生伊还呒没生气呢！"

想起了老婆和孩子们，张先生的眼泪似乎欲滴到肉丝炒面的盘子上了。要不是挂记着可怜的孩子们的肚皮实在饿得紧时，他情愿牺牲这三四只角子，同校长先生大打一架。

翁先生慢慢地将一盘炒面吃了净净光光，然后才站起来说："校长先生，侬老老实实地告诉我们吧，钱——到底啥时光有？不要再老骗我们明天明天的。我们都苦来西，都靠这些铜钱吃饭！娄，今天张先生的家里就有老婆孩子们在等着伊要饭吃……假如……加以，加以……"

"得啦！翁先生，明天，无论如何有了，决不骗侬的，娄，校董先生们通统对我说过了，我为啥体还骗侬呢？真的，只要过了今天夜里厢几个钟头就有了。翁先生，张先生，嘿嘿……来呀！娄，娄，再来喝两杯老白酒吧，这酒的味儿真不差呀！嘿嘿……娄，当年孙中山先生在上海的时候，就最欢喜喝这酒了！那时候我还交关年轻啦。还有，还有……娄，那时候……"

张先生估量校长先生又要说他那千遍一例的老故事了，便首先站了起来，偷偷地藏着两只双银角子，匆匆忙忙地说："我实在再不能陪侬喝酒了，校长先生，请侬帮帮忙救救我们吧！明天要再不给我们，我们通统要饿死了……"

"得啦！张先生，明天一定有的———一定的。"

翁先生也跟着站了起来："好吧，校长先生，我们就再等到侬明天吧！"

"得啦，翁先生，明天一定的了———一定的……你们都不再喝一杯酒去吗？……"

两个人急忙忙地走到小酒店的外面，时钟已经轻轻地敲过十一下了。迎面吹来了一阵深秋的刺骨的寒风，使他们一同打了一个大大的冷噤。

"张先生，明天再见吧！"翁先生在一条小弄堂口前轻轻地说。

"对啦，明天再见吧！翁先生。"

时间，虽然很有点象老牛的步伐似地，但也终于在一分一分地磨过去。

明天，——明天又来了……

1936 年 5 月 19 日作于病中